沙汀

沙汀与女儿杨刚颀（后右）、小女儿杨刚虹（后左）及孙子、孙女。

　　1984年，沙汀与艾芜（中），高缨、段传琛夫妇（右二及左一），李致（右一）合影。

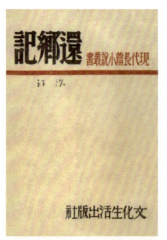

长篇小说《还乡记》（1948）、中篇小说《奇异的旅程》
（1944，后改名为《闯关》）初版本书影。

沙汀文集

还乡记 闯关

四川文艺出版社

图书在版编目（CIP）数据

沙汀文集 / 沙汀著. —2版. —成都：四川文艺出版
社，2018.3

ISBN 978-7-5411-4906-1

Ⅰ. ①沙… Ⅱ. ①沙… Ⅲ. ①中国文学—当代文
学—作品综合集 Ⅳ. ①I217.2

中国版本图书馆CIP数据核字（2017）第326836号

沙汀文集　第二卷

HUANXIANGJI · CHUANGGUAN

还乡记·闯关

沙　汀　著

编辑统筹	卢亚兵　金炀淏
责任编辑	彭　炜　周　轶等
封面设计	叶　茂
内文设计	史小燕
责任校对	蓝　海
责任印制	唐　茵等

出版发行　四川文艺出版社（成都市槐树街2号）
网　　址　www.scwys.com
电　　话　028-86259287（发行部）　　028-86259303（编辑部）
传　　真　028-86259306

邮购地址　成都市槐树街2号四川文艺出版社邮购部　610031
排　　版　四川胜翔数码印务设计有限公司
印　　刷　成都东江印务有限公司
成品尺寸　149mm×210mm　1/32
印　　张　168.75　　　　　　　　　字　　数　4030千
版　　次　2018年3月第二版　　　　印　　次　2018年3月第一次印刷
书　　号　ISBN 978-7-5411-4906-1
定　　价　2400.00元（共10卷11册）

目 录

还乡记

一

要详细追述林檎沟的全部发展历史，相当困难。但有件事可值得一提：自从上个世纪末叶以来，那种支配整个山沟社会生活的某项规律，便已经失效了。

这项规律是：每隔一二十年，必有几户人家，带着自己辛勤的积蓄，搬向汗坝里去；而另外一批在汗坝里，或者邻境其他丰饶土地上被地主恶霸剥削得破了产的，则用箩筐担了婴孩、破锅和破棉絮，搬进林檎沟来，慢慢舔治自己的创伤。他们可能一代代伴同落后的生产方式，苟延残喘，永远陷在这穷山沟里；但也可能侥幸回转到平坝上去。这样，全沟的人口相当稳定。

然而，近十年来，人口的变动可也经常发生。只是出去的全是逃亡；抗战以后，则多半是被抓了壮丁。而且总是出去的多，进来的少。因此，虽然清朝末年，全沟还有六十户人家，现在，可只有三十户上下了。它的衰落原因之一，是辛亥革命不久出现过一帮"土匪"，曾经煊赫一时，随后吃了官兵一场围剿。人们至今还很伤悼那些强悍的反抗者，而咒骂官兵们太毒狠。

人们怀念那帮"土匪"，这不是没理由的：因为只有那个时期，林檎沟的居民，才勉强像个人样，至少并不比野猫溪其他地区的居民逊色。以后的情形便完全不同了！上街去卖柴草、卖粮食，总是他们吃亏。每一个大力盘剥者都有权脱去他们最后一条像样的裤子，或者把他们捆在米市坝晒太阳。说到捐税徭役，他们的负担也特别比别处重。

在建造乡公所的工程上面，林檎沟的居民，不用说也会被迫扮演要角。而且，打从前几天开始，一部分砍伐、搬运木料的工作，就已经轭一样地架在他们的颈子上了。因为耕地和住宅附近的树木，虽然已经快砍伐完，变成了房料柴薪，那些早年砍伐过的林莽地带则被开成了火地，后山的树木可还不少，可以听凭野猫溪的豪绅恶霸巧立名目，拿去支差。

这项对于劳动人民毫无实际利益，甚至于非常有害的苦工，已经开始了四五天了。其初，大家用怠工的形式发泄他们的愤懑，躲在家里不动声色；到了第三天上，在保长、保队副不断地催促下，他们可又陆续跑出来了，而且加紧工作起来。因为想来想去，他们知道这是躲不脱的，只能逆来顺受，尽快把砍料、运料的差使完成，否则他们便无法动手铲草。也就是说，明年大春的肥料，会因延误发生恐慌，难以栽种粮食。

林檎沟绵延有三里路长，因为山势起了两个大而生硬的转折，人们就因地势把它划成三个段落：上沟，中沟，下沟。下沟要开阔些，住户也多，不仅山脚边有人家，山岬左面，沿着一条狭仄陡峭的小径，攀登向大方坪、红岩嘴去，随处都可发现零星的住户。更上是老鹰岩，因为已经接近野兽出没的世界，便没有住户了，只间或有人跑去开发一两块火地。

红岩嘴有一大片弓形平地，对着一道险峻的岩谷；它是那样壁陡，正像地面猛然崩陷了下去的一样。面临深谷，有一所大院落，但已只剩有屋椽和墙基了。这是三十年前官兵们留下的遗迹，因为那个诨名冯偏毛根的"土匪头儿"就正住在那里。废址左面另有一列房屋，住着一对老年夫妇，也姓冯，是那偏毛根的一个同宗兄弟，叫冯有义。

现在虽然还未天亮，冯有义已经从床上坐起来了。正在把黑白相间的羊毛氆子往腿子上缠。这是松茂一带地区少数民族的手工制成品，山地居民冬天御寒的恩物。

“修牢房!”冯大妈也醒了，想到丈夫正在准备去搬运木料，她忍不住詈骂说。

冯有义没有张声，继续缠着毪子。这不是他对国民党的所谓“新县制”有特别好感，他也很不满意，但他生性豁达，又是一个直肠子人，现在，气话既然早已经说够了，同时又认定这是一件无法摆脱的祸事，他就不愿意再啰唆。

“戏园子才完工好久啦，”冯大妈越想越加感觉气愤，“又要修乡公所了！……”

冯有义已经缠好毪子，他解嘲似的嗤声一笑。

“啊哟！你怕是银钱么？气力用了还在!”

“你总是说松和话!”沉重地叹口气，冯大妈不满地接着说，“再不算算，今天好久了啦？草，草没有割，这样好的天气都不动手，遇到像去年样，冬至节来几场雨，看你又怎么办？——只能望到天哭!”

冯有义原想说：“就那么遇缘啦?”但他不由自主地叹了口气。

“真是害人不浅!”叹息之后，他喃喃说，一面伸手向床脚摸索满耳子草鞋。

他顿然感到周身都没有气力了。而接着更想到下面一系列事实：明年春来得早，即或年底没有雨水，不会妨碍他铲草，但拖延得太迟了，烧草的时候会不会碰到春雨，却是谁也没把握回答的。做山庄稼，这是一件头等重大的事，因为草灰就是一项主要的肥料来源。

他懒心懒肠地将草鞋提起，穿上；捞抹捞抹包脚用的棕皮之后，就结草鞋的火麻练子。然而，等到收拾好脚，他便已经如释重负，把他的烦闷搁置开了，不再感觉苦恼。

“有什么办法呢?”他自我嘲讽地苦笑说，“背时帖子，捡都捡到了啦!”

“那么你就多捡些吧!”冯大妈更生气了，“变牛不说，还要自己掏腰包搞吃的。给你留个帮手也不说了!"她叹口气说,想起了他们的儿子;但她接着一顿,又叹口气,于是有意规避地支吾道,"馍馍在面柜里。"

"你快睡你的啊!"冯有义生滞地说,在开始扎腰带。

近半年来,这一对老夫妇,总怕提起他们的儿子。因为一提起来,便不免联想到一长串极不愉快的事情,因此他们总避免谈到他,正像保护一个创伤一样,随时担心撞到。

冯有义今年已经五十八了,白净瘦长,红润的上唇上蓄着两撇棕色八字胡须。虽然身体还很健康,而且具有老婆子常常抱怨的皮糖性格,一向又很信奉"退后一步自然宽"这个古老格言,他有时却也不能不想到他和妻子面临的晚境。特别在怀念到儿子的时候,常常这样。但在目前的情况下,他能够预见的可又只是一个凄苦无靠的暮年。

如果不是老婆子气运坏,情形也会好一点的! 年轻时候,她就曾经是冯有义的得力的帮手,不仅做庄稼抵得上男子汉,由于性格上的坚定泼辣,对于外事,她比丈夫还行。然而,十五年前,当她还只有三十五六的时候,她的右胳膊跌断了,从此她的健康一天不如一天,工作能力降得很低。这使她很苦恼,因而她的气性也越来越大,带一点神经质。

因为看见丈夫一天工作到晚,看见生活越来越紧,去年秋天,冯大妈曾经自告奋勇,要到坝子坎摆地摊,贩卖香烟、花生、草鞋等等。这是个好主意,坝子坎是通松茂大路上的一个小幺店子,过往客商不少,而且,地方又近,就在那条横断林檎沟的大河对岸。但还没有到一个月,她就自动把摊子收捡了。因为她总时常碰到团队、烟帮估吃霸赊。

然而,这也带来一桩好处,冯大妈从此不再好高骛远地东想西想,而把全部心思集中在一个唯一的想头上:希望儿子快点回来!因此,丈夫虽然叫她安心睡自己的,她可再也不能够合眼了。正如创痛既然还在，又已经碰到了，你就不能假装没有那么一回事情。

丈夫冯有义也正处在同样的心情下面，但他沉得住气。当他扎好了腰带，就紧闭上嘴，摸进厨房去了，希望用行动来岔开妻子的提示。至少不要招惹，免得叫她伤心。

他没有留心到面柜的盖儿没有盖严，他掀开它，伸下手去；但又很快吆喝着抽出来。

"啊哟，这是啥家伙哇?!"他叫着，同时看见跳出一匹老鼠。于是，他提起脚踩下去，而跟着来了一声脆弱的哀鸣。

他是没有料到老鼠会钻进面柜的，更没有料到，他会踩得那么准确；但从此以后，他的记忆上更多了一个不快的阴影了。然而，这在当时，他可感到一种邪恶的快意。

从微弱的曙光中，他凝视着那个动也不动的死鼠，忍不住笑起来。

"看你还想吃人肉么?"他滑稽地说，"这就是咬人的报应!"

"毛蜡①在神柜里，"冯大妈关照说，"年成真越来越发怪了!……"

在妻子的叹息声中，冯有义把那匹可怜的鼠子提将起来，看了看，于是掀开夹在石砌短垣上的篾席笆子，感觉恶心地抛出去。之后，在衣襟上擦擦指头，重新把手伸进面柜里去，取出了几个玉米面馍，准备吃掉一部分，剩下的带上山。

最后，他敞开门走进那间敞屋去了。这间屋子是瓦盖的，屋角泥地上有一大堆灰土渣滓，一个箩筐大小的槐树根兜，周围摆着一张矮凳，两段木料。平常无事，两夫妇就坐在上面烤火和接待客人。山民们每家人过冬，都这样烧着柴火，从九十月起，要烧到下一年三四月。他们不仅要靠它取暖，柴灰和锻过的尘土，还可以当作肥料使用。

放好馍，取来一段木柴，把灰土拨开，冯有义就埋下身子，对那火堆吹将起来。因为隔夜埋得有火种，不多一阵，火焰便崛起来了。

---

① 毛蜡：一种草药，形状像蜡烛，可以医治创伤。

借着火光，他看了看那只被老鼠咬了的手，虽然只有几个牙齿痕迹，血也干了，但他忽然感到很不适意。而接着便在一种不大吉利的预感下面沉思起来。

和一般山民一样，冯有义也是很迷信的。对于鼠子，他自然讨厌它的糟害粮食、器具；同时，却又把它看成带着某种神秘性的生物。家里没有老鼠，这是没落的征兆；若果衣服被老鼠咬破了，不用灯火燎燎，可又一定会生疮生病。而他先前所以没有想到这些，只因为他正感觉困恼，乐得有机会发泄发泄，现在的看法就完全两样了。

浮出苦笑，闷坐在火堆边，他脑筋里奔腾着种种极不愉快的想头。他一时觉得他不久会病倒，甚至死掉，也许今天上山去就会跌伤哪里；一时他又设想这个征兆说不定会验在老婆身上，因为冯大妈健康太坏，又有残疾，病倒死掉都很可能。最后，他又想到他们的儿子，出去一年半了，除了最初寄回的两封信，一直到今天都没有消息！

其实，既然是在前线作战，忽然被一颗子弹洞穿，这不很容易么？即或不被打死，在这兵荒马乱的年景，带点伤也是极寻常的。前次赶场，他就亲眼看见过一个沿街乞讨的断腿伤兵，回来一晚上没有合眼，总是想念自己的儿子。现在，那个可怜的人竟又拄着拐杖，满脸污垢地站在他面前了。

那个乞儿一样的伤兵，自然不是他的儿子，然而，由于那个征兆，他恍惚觉得他的儿子已经堕入了同样的命运。他顿时觉得心紧，蓦地站了起来；但他随又十分鲁莽地坐下去。

"啥啊！"他心一横喃喃说，仿佛对儿子断了念，"沟死沟埋，路死插牌！……"

于是从火边取来玉米面馍，拍一拍灰，就动手吃起来。

等到吃完了馍，回转厨房，舀了半瓢冷水，刚开始喝下去的时候，他听见了老婆的啜泣声。他相信她是为了什么啜泣；而事实上，她也的确认为鼠子咬了是个恶兆，正在经历种种幻想的折磨。而且，因为特别放心不下他们无影无踪的儿子，以至于痛哭起来。

冯有义决心不理睬她，只是一心一意喝他的水。但还没有喝到几口，端在手里的瓜瓢，忽然离开了他的嘴。他强笑着叹息了，左手随即抹了抹粘在胡须上的水珠。

"你想他做啥啊？"他恳求地柔声说，"将来我会给你当孝子的！……"

他索性搁下瓜瓢，不想再喝水了。

这不是困恼重又抓住了冯有义，他的心里忽然塞满了一种怜悯同安慰互相掺和着的感情。而且，不仅是这一次，以往的许多次，每每当他用同样的话语劝慰妻子的时候，他始终都是这么感动，因为他总相信冯大妈会死在他前面。而他自己的晚境怎样，也就用不着再想了。能够替她送终，似乎便是他一种唯一的想头。

虽然不免伤感，但他相当平静。他在一只破柜子脚边取出他的斧头、弯刀、刀插、棕绳以及尖钉，然后又用尘土渣滓焙熄了火，于是把剩下的馍馍揣在怀里，就出发了。

"听到门喏！"他关照说，走进曙光里去。

"你今天当心点啊！"冯大妈从屋里叫出来。

"啊哟，昨晚上凌①大哩！"

二

因为忙于应差，有些家庭的农事，完全搁下来了。但是多数家庭，则由主妇做主，约集一批经常换工的妇女帮手，仍然在忙着进行铲草。所以天一见亮，刮刮铿铿的金石声，便在山坡上响起来。过些时候，就又逐渐静寂下来，大家到招请人家里吃饭休息去了。

---

① 上凌：冬天，往往一夜之间连植物上的露水都凝成了冰，俗称下了凌。

红岩嘴的地势比较高，坐在敞房里的火堆旁边，冯大妈就可以笔直看见对沟山坡上铲草的种种活动。她是才起床不久的，刚把火堆引燃，准备烤个馍吃。但她忽又忘记了她的主意，就那么失神地望着那一队陆续走下山来的妇女。她们扛起锄头，行动都很迟缓。尽管她们几乎全都是大脚板，一个小个子背上还驮着娃儿，因而用锄把挂着走路。

冯大妈忍不住叹了口气，拿在手里，打算用来掏灰烤馍的一段木柴，也随着掉下去了。这不是她对她们的处境感到难堪，反而倒是因为她不能够参加她们的工作。而若果她有资格参加，她和老伴冯有义关于雨水的种种顾虑，也就不存在了，她可以同大家换工。

在林檎沟，不管佃农或自耕农，通是实行换工制的。因为一个人若果连山庄稼都做不起，便早已逃亡了，决不会留下来当雇工。而由于普遍的贫困，也没有人请雇工做庄稼。

这是一种山地居民自己创造出来的良好制度，然而现在，冯大妈可因它陷落在苦恼里面。

她又想起她折断胳膊的经过来了。那时，她的儿子冯大生才十岁，得了伤寒，医药无效，一天晚上忽然遍身冷汗，只剩有出气了。这是个险恶征兆，丈夫已经动手准备后事，但是冯大妈不甘心，她摸黑跑向沟口，求卦婆子张姨娘化水去了。她在回来的时候把左臂跌断了！万幸那只装着神水的罐儿还很完好，于是她忍痛把它带到了家。……

在以往，这段回忆，每每给她的自尊心带来支持，使她确信自己并不是生来的懒虫，故意把笨重工作一概推在丈夫身上。而且，还会因为她的残废感到骄傲。

"哎哟，管他的啊！"因为深信那"神水"真的有效，她会对自己这样说，"我总算把我的大生娃救转来了！……"

然而，这时候，她可再也不能够这样来安慰自己了。

她所感到的只是恼恨，恼恨自己运气太坏，恼恨儿子久不归来，若果冯大生回来了，丈夫有个帮手，一定不会弄得这样狼狈。而她自己也不会因为无力工作感到难受。

"唉唉！连自己怎样长大的都忘记了啦！"她怨恨地说，哽咽起来。

她觉得儿子有些忘恩负义，没有把她放在心上，更没有把她为什么变成残疾人这件事情放在心上。但在一声心软的叹息之后，就又把她所有的怨恨，转移到媳妇身上去了。

那媳妇是冯大妈的姨侄女，十一二岁就过门做童养媳，圆房还只有五六年。她早已是冯家一个重要助手，自己又继承了三亩多油砂地。她在丈夫离开的前半年，倒还规矩，半年以后，可就惹出不少事端。到了最后，终于哭哭啼啼地改嫁了。

在改嫁的当初，冯有义两夫妇都感觉很痛快。认为把冯家和儿子的脸面保留住了，正像去了一个赘瘤一样。但是，没有多久，还不曾等到夺产事件发生，两个人就又失悔起来。特别是冯大妈很失悔。虽然她在这件事情上该负责任，若果不是她吵闹不休，使得媳妇的失足给全沟人公开了，她的媳妇还不至于走上绝路，索性改嫁给她的情人。

两夫妇后来所以失悔，还因为忽然考虑到儿子回来抱怨他们，而且开始感到劳动力的莫大损失。现在，因为不能及时铲草，冯大妈就更加觉得后者的重要了。然而，她却始终没有想到自己有什么错误，但只觉得媳妇可恶。

"唉，才十一二岁我就养起你啦！"她呻吟说，"就是喂条狗吗，这么久也养家啦！……"

一个高大褴褛的庄稼人忽然从外面走进来。这是冯有义的幺爸，叫冯立品，六十多岁，在大方坪住家。他头缠黑布，头发直耸，狭长的马脸上满是汗和尘土结成的污垢。大眼睛，没生胡子，整个表情显出一种倔强气概。

一进敞房，幺爸冯立品就在火边坐下，反复地烤着手。

"我是你喂大的？——我倒没有别人那么听话！……"

他傲然地自言自语着，又瞬眼睛，同时发出短促的笑声。

这个全沟驰名的孤人的来意，冯大妈立刻就懂得了。作为一个男子，他早该上山砍树子的，但他一直都躲避开。昨天，保队副放出话来，他再调皮，就要送他进乡公所吃官司！

"你跟那些人作对做什么啊！"冯大妈叹息说。

"如果他要你拜寄给他做干儿子，你也答应？"幺爸冯立品猝然反问。

冯大妈啼笑皆非地笑了。

"我倒没有那么听话！"幺爸接着又说，傲然地笑起来。

"这个背时的不晓得还要害死几湾湾人啊！"冯大妈叹息了，带点愤恨想起了保队副徐烂狗，那个改嫁的媳妇的后夫，"他就揪着我们几家人整，就像前一辈的冤牵！"

"可是，他总害不了我！"幺爸沾沾自喜地说，摸出叶子烟来。

"害不了你？你的庄稼总拖坏了，草，草不能铲……"

"庄稼坏了当得腿疼！"

"你该说这个话！你一个人，砍背柴就可以混一天……"

冯大妈重又想起了自己的处境；她喉头一哽，于是乎住了嘴，再也没勇气开口了。

她自然没想到要从幺爸那里得到安慰，但也没有想到他会撞到她的创伤。然而，由于那个倔强老人的有力的暗示，她不免更难过了，觉得倒是死了好些，免得拖累丈夫……

幺爸冯立品忽然神经质地一跃而起，随又悄声笑了。

"再喊大声点吧！"他作弄地说，想象着那个正在山下吆喝他的队副。

被他吓了一跳的冯大妈好容易回过神，于是唠叨起来。

"你这样大惊小怪做什么呀！……"

这时，幺爸已经蹑脚退出敞房，正在望了老鹰岩攀登上去。

冯大妈叹了口气，没有再抱怨了，这不仅因为她同情幺爸冯立品孤孤单单的处境，她更想起了他是丈夫的唯一一个亲房长辈。冯家在这沟里虽是大族，某个时期，这沟里甚至没有过异姓居民，尽都是姓冯的，然而最近五十年来，特别是遭到那次官兵的蹂躏以后，却已逐渐地零落了，姓氏也多起来，冯家不再占有优越地位。

幺爸是抄小路走的，他偻着上身，有时又来一个箭步，似乎他正在被追赶着。看见他那种疲于奔命的样子，冯大妈就更难过了，而且担心到这件事情的可能后果。

直到望不见人影子了，装作是看庄稼，她又走向岩谷边去观看动静。

"天老爷，凌再下不得了！"她喃喃说，穿过门前的胡豆地。

那岩谷多半是黄土，中间夹杂着水成岩的碎片，有的地方又突出几个石角，一横山岩，显然土脚不厚。但虽然如此，而且那么陡峭，除了中部岩石太多，无法耕种，上部与同谷底，却都两三尺一个段落，用玉米秆扎成埝，看来好像梯阶一样，算得本沟的中等耕地。这是冯有义的老业之一，但在十年以前，已经变卖给了野猫溪一家地主。

站立在峡口边，冯大妈向了山脚望去。她没有发现队副，但她随即听到了队副的吆喝声，接着就是咒骂、威胁，说请冯立品准备好"坐飞机"！而吵嚷一停，队副也出现了。

队副原是躲在大方坪下面泉水边的，设想冯立品会莽撞地走出来，落在他的圈套里面。

"看把你的狗肠子操烂了！"冯大妈狠声地说，略略感到一阵快意。

她一直目送着队副走下山脚，走向自己的屋子，而且一直小声地诅咒着。因为她的本意虽是为了幺爸，打算代他探明一个究竟，队副是否有着抓人的准备？然而，仇人见面，分外眼明，现在她却只记得自己的私怨了，觉得一切她的不幸都该队副负责。若果不是队副怂恿，冯大生不会上茂县去，种种极不愉快的场面也就不至于发生，不至于家散人亡。

那是四年前的事，街上的烟贩子需要脚夫，因为大家认为山民们吃得苦，队副徐烂狗又是光棍，这个招请脚夫的差事，便由他拍着胸口承担下来。其时冯家带了点账，又碰到拉丁的空气紧张，于是冯大生被迫接受了招请。但他刚才走到沙窝，就病倒了。这是边地，医药条件很坏，烟贩们生了病，往往抽几口鸦片烟治疗；但他再三拒绝抽烟，认为这不是下力人干的勾当。然而他的病势更沉重了，很少有活的希望了，这才在那个烟贩子的劝诱下开始抽烟；乃至此后有点病痛，就抽两口。而结果呢，几次脚夫生涯换来一副烟瘾，后来被逼得卖了壮丁！……

一想到这里，冯大妈更气了，忽然觉得一切事都是队副徐烂狗预先布置下的阴谋。因为接着来的就是媳妇的失身、改嫁，争夺田产！而每一场纠纷都同他有关系。

"唉唉，我把你的祖坟伤到了啦！"她大声说，同时淌下痛愤的眼泪。

她站在那里咒骂了好一阵。最后，长长咽一口气顺便拾取玉米根兜去了。

那些根兜是散落在地里的。她四下寻觅它们，一发现出来，她就走去拾起，在土堆上敲一敲，抖掉那些结在根须上的泥土。这是乡下人的燃料来源之一，虽然打柴是林檎沟山民们的副业，却也一根草不漏过。因为凡是成材料的，都得担上街换油盐，舍不得自己烧掉。

不管是拾柴草，或者其他便是小孩子也能做的琐事，每每总会给冯大妈带来一点安慰；但是还没捡到多少，她便感觉得腰酸了。而且不知道怎样安顿它们。

"一个人残废了，就只有等死了！"她叹息着停下来。

冯大妈身材颇高，骨骼宽大，然而仅仅十斤上下的柴草，便几乎使得她束手无策了。她想了很多方法，才把它们扎成几个把儿；拿膝盖磕着，用嘴和手结着草绳；而若果挽滑了，立刻散乱一地，她又得重新砌好，套上绳子，再结一遍。但她终于把它们搬回去了。

这个使她淌了一身汗水，可也使她忘掉了她的不快。她开始吃早饭了。虽然只吃了一个玉米面馍，喝了一点凉水，心情却很爽快。随后她就提了桶到大方坪去打水。

在那股成天流淌不息的山泉下，一个老太婆正把一只桶递过去接水。

"啊哟，你也多睡它几天嘞！"冯大妈怜惜地招呼说，在水泉边停下来。

那老妇人满面浮肿，呼吸迫促，始终没有回望冯大妈一眼。

"没有那个命啊！"她终于说，几乎一个字喘口气。

"再说，你得到这个病啦！"

"啊哟！我知道我这个病不会好了！"老婆子叹息说，微不可见地瘪一瘪嘴。"你想吧，耗子都爬到脸上来了！上个月晚上，我正在睡，——这么长一个耗子！……"

一阵哮喘使得病妇人住了嘴。冯大妈随着一声叹息，在岩石上坐下来。

两个人都没有再开口，似乎给水声迷住了。那股泉水从两丈多高的一方岩石上淌下来的，哗哗啦啦，像下急雨。而那些注进水桶里的水，则又发出一种单纯的淙淙声。但认真着迷的只有个冯大妈，因为直到那病妇人走远了，她才又叹口气，提起水桶，没心没肠地走去接水。

在归途上，她也没有来的时候那么起劲，因为由于那个老妇人的暗示，她又记起丈夫早晨曾经被鼠子咬伤过。她猜不透他们会碰到什么事，但是一定会有不幸在等他们。

"但愿应在我身上就好了！"她对自己说，感觉得有些伤心。

最后，当到家好久了，她才决定下来，去请卦婆子张姨娘替她禳解。这自然是迷信，但是，既然得不到科学文化的光照，又经常在种种迫害下面生活，山民们几乎每个人都无法摆脱它。有时甚至成为精神上的唯一支持，正如一般人感觉绝望时候呼天喊地那样。

她从麻线兜里选出三个鸡蛋，准备拿起去做禳解的酬劳。这是她集起来春天抱鸡儿的，吃都舍不得吃，现在她可一点不觉得惜疼了。她只希望通过禳解减轻自己的忧惧。

当她扣好房门的时候，幺爸忽然从屋后出现了。

"要我像人家那样听话倒靠不住！"他说，满不在乎地在火堆旁边坐下。

"你来得正好，——帮我看看门吧！"

"你这样慌慌张张做什么哇？"幺爸感觉怪异地问，正在怀里掏玉米面馍。

"我去找张姨娘。你不知道，大生爸给耗子咬了……"

"哈哈！钱太多了，你拿去打漂漂好啦！……"

三

卦婆子张姨娘就在沟口大路边住家，离红岩嘴有三里路。

卦婆子张姨娘有五十多岁，矮胖和善，不像一般巫婆的喜欢敲诈。每逢赶场，她总是在野猫溪栅门子外面一家铁匠铺门首摆张桌儿，点燃香烛，口中念念有词，替人照水碗和烧蛋①。平常时候，就在家里应酬；但主要的，是照管庄稼和帮同丈夫看守山王庙会上公有的那座磨坊。

磨坊里一共只有两副磨子，建造在沟口大河边上。稻草作顶，四面是竹篾笆，一年必为洪水吞没一次。磨坊离住宅只隔有一条大路，一段坡道，任何一处都可以照管到两方面。

_____

① 照水碗、烧蛋：是一般巫婆用来禳解替人治病的方式。

有些时候，这也相当麻烦，刚刚端着饭碗，磨坊里又有人吆喝了。因为整个林檎沟只有这样一栋磨坊。

"来了！来了"张姨娘应声着，搁下手里的一钵玉米面搅团。

她走向靠门一根柱头边去，取下笭儿、课升①，就又向磨坊走去了。一边走一边叹气。

"大半天没有人，你一端着碗他又来了！……"

她想赶快送去笭儿，把课打了，就跟着转来吃饭。她担心凉冷了她的面团，她是有胃病的，吃了冷东西会不好受。但当走完坡道，正待横过大路的时候，她忽然住了脚。因为一个人恰恰打从沟外面来，她偶然瞟见了，觉得面熟，但她一时竟不敢相信自己的眼睛。

那是一个中等身材，骨骼宽大的男子。黧黑瘦削，满脸尘污，已经好久没有洗过脸了。浓眉深眼间显现出一种消沉神气。头发耸得很高，没有帽子，也没有挽头套。赤脚草鞋，身穿蓝色破棉紧身，腿上可又绷着短而油污的白布单裤。他袖统着手，似乎边走又边在想心思。但一走近磨坊主人，并且察觉出张姨娘在注意他，他可又红着脸停下来了。

这个类乎乞儿的男子，光景也认识张姨娘，而且一点也不怀疑自己的眼睛。但当他又赧然一笑，从袖管抽出两手，正想招呼对方的时候，张姨娘早已一把手抓住他。

"冯大生哩！"她同时懊怜地叫出来，"我简直不认识你了！"

"是啦！"冯大生反应地说，"你老人家好么？"

"好啥啊，这个年岁，拖得出来就不错了！"

"我们妈他们好吗？"

张姨娘叹口气，又微不可见地摇一摇头。

"好，"她吞吞吐吐地接着说，"还好！你妈前几天还来推磨来的……"

---

① 课升：磨坊向推磨人抽头用的升子；抽头，叫打课。

看见冯大生忽然罩上一层怀疑侦察的神气，她一顿，于是又叹息了。

"你们这些年轻人啦！"她苦滞地批评说，"只管逢州耍州，逢县耍县，多好玩啊！——丢下父母亲就不管了！害得当娘老子的到处求神许愿，吃饭睡觉都不安心。"

"我们爹没啥嘛?"冯大生又问，眼睛眨也没有眨一下。

"他有啥啦？哈哈，昨天还同我们那两个在后山给乡公所砍树子呢！……"

因为怕推磨的老等，更拿不准是否应该尽情告诉对方自己家庭间的变故，张姨娘走向磨坊去了。但在动身之前，她却坚决留下了冯大生，等她一道去家里喝碗便茶。

当她把推磨的安顿好，回身转来的时候，她私下决定了说话应该当心，因为她是亲眼看见冯大生长大的，知道他外表尽管沉闷，实则是个火炮性格。一着火，就响了。而且知道他对老婆一向很好，他会招架不起她的败德跟同离异。

冯大生还在大路边等待她，虽然离家已经很近，归心更像箭了。但他从小就是很诚实的，说过话便作数。"嘴是嘴啦！"他常爱这样批评那些毫不看重信用的人，而若果他答应了你换工，即便临时生了事故，他也决不会食言的。同时，他也须得要歇一歇脚，因为近几天来，他赶路太急了，而且两三天来很少吃过东西。

胁下夹着课升，张姨娘带头走上坡道去了。

"真想不到今天你会回来！"她再三地叹息说。

冯大生没有应声，他默默跟在后面，多少有点失悔他的耽延。因为张姨娘叫他想起了许多往事。

"你昨晚上歇什么地方呢?"张姨娘忽然想到地问。

"筲箕滩，"冯大生简捷地回答了，随又叹了口气，于是像讲笑话似的接下去说，"本想赶到家的，想不到才到根搭桥就黑了。没有办法，只好在上场口石炭窑过了一夜。"

"你看出门有啥好处！"张姨娘懊恼地失声叫了，"这还是筲箕滩，——才隔三十里啦！"

"你在跟哪个讲话哇？"张大爷大声地问，因为张姨娘、冯大生正在登上阶沿。

张逢春张大爷是个六十多岁的老人，因为好酒贪杯，眼睛已经不大看得见了。但还相当强旺。他满面红光，一贯就生气勃勃的，似乎每根胡子都会捣蛋。喜欢饶舌，而一旦开头了，总又有声有色，招招引人入胜。因为庄稼几子、媳妇会做，又在看守磨坊，他的晚景也就比较安闲。

当他辨认出进来的是冯大生，老头子立刻失声笑了。因为他陡然想起对方碰见的种种遭遇，——但一定自己还睡在鼓里哩！而这个也正是一般兵油子的可怜收场。

"我早就掐算到啦，"他大笑说，"快来吃两杯迎风酒吧！……"

他欠欠身，装出让座的样子；但他随又严重地摇摇头。

"不忙、不忙，"他连连地否认说，故意把声调拖得很长，"让我先看一看，究竟挣了好大个官。"

他匆忙地离开火堆，匆忙地走向冯大生去，于是把头偏来偏去，认真观察起来。

"吁，"他瘪瘪嘴叹息了，"还是个泥脚杆嘞！"

"看吧，你走了一年多，还是这样神呢！"张姨娘忸怩不安地替丈夫圆谎。

"我不是神，我是可怜他，——这回本钱太花大了！……"

"哪个喊你喝的马尿水啦！"张姨娘制止说，生怕丈夫失言，说出冯大生家庭的变故。

"好吧，好吧，"老头子极为知趣地说，一面不住地唉声叹气，"坐下来慢慢讲吧！……"

十分殷勤，张大爷把冯大生拖向火堆，在一条权当食桌的长凳前面坐下。

其实，对于来客本身，他是并没有恶意的，而他终于不免要嘲弄他一下，一半由于习性，一半由于一向看不惯当兵的。二十五六年前，因为庄稼给做坏了，他自己也当过一年多兵，但从此他就骂当兵的是牛马，糟蹋老百姓，同时自己又被官们糟蹋。他毫无分别地坚持他的见解，因此对于冯大生一年多前卖壮丁，他曾经第一个站起来表示反对。

在刚坐下的时候，冯大生依旧显得忸怩不安。他忸怩，因为张大爷的嘲弄竟使他答不上话；他不安，因为一接触到本乡人，他就更挂念家庭了，巴不得立刻就回家去。因此他就一直闷声不响地喝酒，而对于张大爷的种种询问，回答得很简略。

然而，末了，几口酒一下肚，他可逐渐地开展了。

"好啦！那怎么会不好？"他忽然充满感情地用反话回答说，当张大爷问起他目前的军队生活是否好一点的时候，"若果不好，老实讲吧，我也不会厚起脸回来了！"

"现在是抗战啦，至少，饭总吃得饱吧？该不会像我们那个时候，当官的拿根军棍，把甑子守住……"

"一个样啊！"冯大生苦笑着叫出来，"正式编制了要好一点；不过还要看你命大不大。命不大么，送新兵就拖死了！你怕还要埋么？就把你丢在路上，簊折子都没一床！……"

"啧啧！"张姨娘苦着脸呷呷嘴，"那你也算菩萨供得高了。"

"我们那一团人到湖南去补充，"冯大生兴奋地继续说，"从成都动身的时候，有三百多个，拖到万县，就只剩一百几十个了。从万县搭轮船，又淹死十几个！……"

"是翻船么？"张大爷插进来问。

"哪里是翻船嘞！想跳水跑，上面就用枪指着打！……"

冯大生的下颚忽然颤动起来，没有继续讲说下去。

因为话语虽然简单，他可重又看见那惨剧了。轮船开航不久，他就发觉后舱里有人往水里跳。接着是乘客们的呼号。但这招来的不是救援，却是枪声。其中一两个并不会水，很快就消失了。而最使他难忘的是他一个熟人；他原本是向码头上浮去的，因为枪响起来，临时又改变计划，于是成了最后一个目标，而在临近河岸时这才顿然沉没……

正同当时一样，这个时刻，冯大生忽然觉得自己连呼吸都停止了。因为他是参加过打猎的，也看见过枪毙罪犯，但是好多人围攻一个受难的活人的事，他可第一次才看到！

他好一会没有话说，也不喝酒；张大爷狠声地叹息了。

"哎呀！把老百姓抓去这样糟蹋啦！"张大爷嘶声地喃喃说。

"难道没有一个人逃脱么？"张姨娘一再关心地问。

并不回答，冯大生摇摇头，又长长吁口气。

"我们沟里，今年又抓去多少呢？"他接着问，决心换换话题。

"现在完全在当生意做了！"张大爷愤愤地回答说，"三个月一期，每期一名，每名连安家费三四万。像我老汉这个家务，都要摊两三千；可是，也对！人我总救到了。"

"还有些什么人卖壮丁呢？"冯大生又问，只是出于应酬。

"都像你那样老实啦！"张大爷回答，跟着哈哈大笑起来，"不过去年春天，你们冯家大茶壶又卖了一次壮丁。这回算运气好，尽管胯底下挟的还是把大茶壶，可验上了！"

冯大生也几乎笑了，但他又叹口气，于是红着脸解释。

"你老人家知道的，我那一次是逼得没办法啦！又想到是抗战……"

"这些那些都不说了，我问你啊！你的瘾呢？"

"瘾早丢了！"想都没想一下，冯大生大声地回答了。

他的口气那么斩切、肯定，而他脸上的消沉气象，也暂时一扫而空了。接着更满意地笑起来，因为这句话一出口，他就立刻想起了他的父母、妻子，以及为了烟瘾他与他们之间曾经发生的种种争吵。尤其是那妻子，她曾经好几次守住他哭，企图逼他戒掉，说抽烟绝对不是正派人干的事。然而现在，他不仅对得住她，也为他的父母争到一口气了。

总之，这是件大快事，对自己，对妻室，对家里每个人都是这样。

"你老人家想吧，这个不丢掉得行啦?"他继续说，笑也继续照亮他那瘦削尘污的脸，"不过我也受过不少罪呢。瘾发了你动都不能动，可是照样得去下操。头几分钟还熬得住，久了就不行了。那个汗啦，就像雨样! 长官又一点不放松，一不对头就打……"

他又接着追述了一件小事。有一回，他实在熬不住了，简直倒在操场上了，而他立刻接受了一顿脚头。这的确跟受活罪差不了多少，但是，他的口气却像在讲什么趣事。

"你单看这个光景，"他装模作样地接着说，"就是不想戒也要戒啦。"

"阿弥陀佛! 你这下总算把梅子树①卸脱了!"张姨娘欢呼说。

"的确是这样的，"张大爷附和说，"让我来敬你一口酒吧。"

冯大生接过酒碗，喝了一口，又双手还转去。

"吃了一两年苦，就是这一点想得过!"他沾沾自喜地说。

"不过你听我讲，"张大爷严重地叮咛，"不要再笼上烟瘾啊!

"那就不成一个人了!"冯大生自负地叫出来。

他是个硬汉子，他充分相信他不会这样没有志气。而且，若果再笼上瘾，他将不仅得不到父母的欢欣，便是妻子，也会认真讨厌他了。因为从前她所以原谅他，有时不惜把积存起来换鞋脚的鸡蛋偷着拿去给他换烟，那只因为她相信他之弄上烟瘾，的确由于边地医药条件太差，烟贩子些又从中怂恿，而且是想救活自己。加之，她即或能照旧

---

① 梅子树：遇见了倒霉的事，俗称拷到梅子树了。

原谅他，他的父母、朋友，一切的庄稼人，一定把他看成一个自甘堕落的家伙。

这在旁人，也许会是一时的感情作用，但是在冯大生，这个却是决心。正如他发誓不把烟戒掉不回来，于是出门去当长年，接着又卖了壮丁，而终于把烟戒掉了一样。

"我告诉你老人家！"他兴奋地接着说，"我一辈子都记得我是为什么出门的！……"

他一顿，没有再说下去，因为他的喉头有点哽塞。

他又一下记起他出门的经过了。因为烧烟，他同父亲吵了一架，接着又和母亲大闹。当天夜里，他的妻子也伤心地哭起来了，于是他跑到她面前去，赌咒说："不戒掉挨冷炮死！""我没有叫你赌伤心咒哇！"妻子阻切地说，算是当夜的第一句话，也是一别一年多的最后一句话。因为话才出口，他便冲出去了；在磨坊里歇下来，次晨一早离开了林檎沟。……

看了他的突然沉默，张姨娘叹息了。猜想他心里一定是很难过。

"人哪里不出一点岔子啦！"她怜惜地喃喃说。

懵然一笑，冯大生抬起头来，又含情地望一望张大爷两夫妇。

"我随常想，"他柔声说，"一个人一抽烟就完了。"

"你肯这样想就对了！"张大爷激赏地说，"就怕老当恍恍①，牛牵绳都拖不回头！"

四

等到撤去酒罐，端来两碗滚热的面团的时候，冯大生已经很安静了。既不再显得消沉，也不再显得兴奋。这不仅因为食物给了他帮助，

---

① 恍恍：就是糊涂虫的意思。

还有其他重大原因。

当他流浪奔波的时候，只有一个原始观念支配着他，那就是逃命！因而家庭在他只是一个可以逃避灾难的洞穴。到了已经走近林檎沟了，想念就较为复杂了，可又失望多于希望，甚至反而脚软起来，似乎家庭并不是一个怎样适意的去处。然而，经过一席坦白热诚的谈话，现在情形又不同了，他看见了前途和他受难的深刻含意。

简单点说，他的安静是建筑在下面一系列想法上的。他的出走，原是为了烟瘾，到底他把它戒掉了，所以一年多来的吃苦也就有了收获。同样为了那个倒霉的嗜好，他曾经使得全家人不快活，现在尽管一事无成，拖来不成人样，但他应该对他们毫无愧色。不仅这样，他们还会把他视同骄傲。至少他的妻子会感到骄傲的。因为她有好几次向他哭诉，说，只要他把烟戒掉了，就是讨口她都会快活的。

冯大生的想法也许不很确切，现在这个世界就无时不在发生情理以外的事。而且它本身便是很不合情理的。然而现在，若果有人向他指明这个，他一定会认为是胡说，或者认为是开玩笑。因为，虽然一年多来的奔波、受难，已经使他逐渐学会了仇恨和不信任，对于一个亲人，他可断不相信他们会对他不住，使他遭受任何损害。

冯大生是个信心坚强的人，而目前的事实，更使他没有一点怀疑的余地。张姨娘两夫妇对待他太好了。端来面团，看见菜碗空了，老婆子又忙着去挟了碗泡青菜来。

"军队上怕难得有泡菜吃吧？"她问，舔着指头上的咸水。

"你还想杀鸡炖膀么？"张大爷取笑说，"告诉你吧，饭吃得饱就算好了。"

山沟里主要的是潦①把野菜下饭，泡菜算是上色的副食品。但若果

———————————

① 潦：把菜用开水煮几煮捞起来，切碎，加点盐就吃，这种菜叫潦菜。

俭省盐，就会酸而无味，连潦菜都不如。冯大妈做的泡菜就是这样，直到他出门当兵的前两年，媳妇也逐渐成人了，才慢慢好起来。又香又脆，一点不惊牙齿。虽然父母常常抱怨，责备她太浪费，全不想想盐啥价钱。

冯大生笑了。他夹了块泡青菜喂进嘴里，正像吃着自己家里妻子做的泡菜一样。

"两年多没吃过了。"他说，于是一连掏了几口面团。

"你不要客气啊！"点点菜碗，张大爷感到满足地说。

"幺哥恐怕已经当爹了吧？"冯大生忽然问，停住了正在夹菜的筷子。

"三月间得了一个女儿，"张姨娘说，"今天背出去了，都在刘大发家里换工。"

冯大生不由得叹了口气。幺哥是张大爷的幺儿，他走那年才结婚的，现在可已经做了父亲。他自己原也是个父亲，但是命太坏了，他的金生娃才半岁就死了。

"他比我要小七八岁呢。"他羡慕地说，想起妻子养了一个便没有再生育。

"其实养些做什么啊，大人都糊不圆！"张大爷说。

"你不能这样讲！"冯大生反驳了，"长大了也多个帮手啦！"

他说的理直气壮，因为他所说的，正是农民对于子息的普遍看法，但是现在，这还不是他的全部真情实意。因为虽然一时那么渴望有个儿子，他可只觉得这是他们夫妇间必不可少的现象，而且有点惋惜他们的金生娃夭亡了，没有想到它的现实价值，更未想到养儿养女的种种困难。

"打一个比方，"他带笑地接着说，"你老人家不是一群儿子，会这样清闲吗？"

"当然啊！"张大爷承认说，"要不然，我早一个个枭死了！可是这是早前的讲法，要是现在，我也会拉命债。你问问他妈吧，前天上沟还弄死一个，才生下地就弄死了！"

"恐怕养得太多了吧？"停住筷子，冯大生插嘴问。

"并不多，一共才养了三个！……"

冯大生笑了。"难怪！"他想，于是又动手掏搅团。

然而，当老头子继续讲起沟里近年来不断加深的贫困，作为自己立论的根据的时候，他也显得很愁蹙了。虽然这个并未推翻他对于子女的设想，只是暂时地搁置开。

"完了！"他苦笑着摇摇头说，"你都叫不得了，那我们家里嘞？"

"你们家里么？"张大爷一面沉思，一面迟迟疑疑地说，"你们家里还糊得圆。"

"先不先你老人能做啦！"张姨娘补充说，又示意地望望丈夫，要他说话留心一点。

"恐怕也不行了！"冯大生沉思地接着说，"你算好大的岁数了啦？妈呢，手跌坏了，能做些啥？媳妇呢，你们都晓得的，做倒还能够做，可以勉强帮一把手，可是……"

他叹息了，因为每一想起翁媳间的不合，他就感到困惑。

"杂种就是脾气太坏！"他匆忙地接着说，微微涨红了脸。

他红脸，原因十分简单，他怕一对老年人笑话他袒护老婆。而实际上，他的确也觉得妻子并不怎么样不孝顺。但他提醒自己，这次回去，他该尽力使得他们相安无事。

"从前我也就只有那么骂了！"他又辩解地接下去说，显出一副愁蹙神气，"性子比牛还犟……"

"啊，我问你呀！"张大爷忽然插进来问，因为他深深感觉到，再不换换话题是不行了，"你是从外面才回来的，地方又跑得多，这个仗究竟要哪一年才打得完啊，哼？"

"把人的皮都快磨掉一层了！"张姨娘帮腔说，深为丈夫的机灵感到轻松。

冯大生沉思地抿抿筷子，又擦擦额头，于是羞怯地笑起来。

"好久才打得完？这个话不好讲呢！"他终于吞吞吐吐回答。

"怎么，难道长官都没有给你们宣布过？"

"这个话你快不要提了吧！"把嘴一嘟，冯大生半恼半笑地回答了，"才当新兵的时候，他们就说不要想家，今年是胜利年，打跑东洋兵你们就可以回去了，——简直放屁！"

"完了！"张姨娘叹息了，"这样看来还有些时候拖呢！"

"也要得啦！"张大爷烦恼地大叫，"横竖大家都拖垮完事！……"

于是，他又那么顽固地唱起他的"反战论"来了。因为抗战当中，自己虽然没有参战，也没有听见过枪炮声，但在反动政权下面，他却身受了战争带来的种种灾害：役政、粮政、各色各样莫名其妙的捐税、徭役。他把它们比作大麻疯，说，既然是染上了，纵有灵丹妙药也医不好了！

十分明显，他并不明白抗战的神圣意义，更不明白真正领导人民抗战的是中国共产党，不明白共产党领导的武装力量正在敌后不断成长壮大，已经成为抗战的主力。然而这不是他的错！错在国民党假抗战之名的层层剥削和反动宣传……

"我过去也打过仗，"他愤慨地加上说，"从没有像这次烂得宽呢。每天都在喊：'正月里拿钱来！'……"

"本来日本鬼子也太可恶了！占了我们好多地方啊。"冯大生提示说，想起他所听过的难民们的诉苦。

"他有没有恶到林檎沟来啦！"张大爷紧接着叫出来。

他不满意冯大生的解释，神色很不好看。随又支吾地把脸转向老婆。

"追魂票又下来了！"他叹息说，浮上一个苦笑。

于是，抬起右手，从套头上取下一张摊派飞机捐的墨条。

"你看下吧，这究竟是什么人发下来的啊！"转面向冯大生，他微微带点讽刺地说，"我告诉你，这一个月都两次了！这样来了又是那样，生怕你拖不死！……"

冯大生叹息起来，埋下眼睛，不知道应该怎么回答才好。

其实，他也无法理解在我们国土上进行的这个战争的深刻含意。更没有分析国内国际各种矛盾斗争的知识；而他之所以觉得张大爷话太过火，只因为他亲眼看过敌机轰炸的惨状，难民们的颠沛流离……

现在，经过对方的有力反驳，他就更加没把握判断了。

而且，不仅没有把握回答，他还立刻掉在矛盾当中。但是这个并不新鲜，远在脱离部队以前，便已长久苦过他了。因为从本心上说，他倒并不以为他的参加抗日战争是没有意义的，但他日常经历的却是打骂、欺骗，半年多没有看见过日本侵略者的影子！连上每一次发现逃亡，他就兴奋一次，那么笨拙地解一次那个可恶可恼的疙瘩……

"认真有些地方也太糟了！"抬起眼睛，他沉郁地回答说，"拿我们部队上说吧，又何尝不是生怕你拖不死？米也吃，副食费也吃，只图塞饱自己。要不然我怎么会跑呢！"

"你不是请假回来的么？"正在收拾碗筷，张姨娘吃惊地停下来问。

"我倒不是怕跟日本鬼子拼啊！"冯大生红着脸开始解释。

"我一看你的装束就猜到了！"张大爷叹息说，开始燃叶子烟。

"我并不怕死，要死来值得！"冯大生兴奋地接着说，想起他同一个伙伴商量逃跑时的情形，"像那样屙屎屙尿都不自由，不对就拳打脚踢，——那我倒不干啊！"

"你做得对！"张大爷吧吧烟说，"免得拖死了连祭文都不好写。"

"万一来公事抓人呢？"忘记了收碗筷，张姨娘禁不住替冯大生着起急来。

"跟他拼了好啦！——死在家里至少有人埋么！……"

冯大生回答得很直接，而他那么困难得来的一点平静，又破坏了。因为他已经忘记了他所能理解的那一点战争的神圣意义，包围他的全是一些早该清除的污毒。于是，他重新看见了牛马般的士兵生活，而一只黑手正在拖他过去。……

冯大生并不是冒失人，没有逃跑之前，他就再三考虑过这个问题：怎样逃避追捕？因为抓转去会被打得半死！但是他把重点搁在逃跑的布置上，回家以后如何，他是没有怎样设想过的。而他现在忽然给人提醒，就更加感觉到问题的严重了。特别因为在这一顿亲切的会食当中，那种种对于家庭温暖的本性需要，已经逐渐强烈起来。

只有张大爷一个人把问题看得轻松。因为从前当兵，他也是逃回来的，并没有来公事抓过他。抗战以后，他也一向只听见抓壮丁。而野猫溪十字口卖烧饼的丁九麻子，却是被抓去当了一年兵跑回来的，可是至今没有人碰过他，一直现采似的在桌面上敲击着擀面棒。

因此，当冯大生声色俱厉地表明他的决心的时候，他就立刻从嘴里把烟杆取掉了。

"啥啊？"他极端藐视地吐出了一个粗鲁字眼，于是提高嗓子接下去说，"现在的事，哪一件认过真来的啦！除非那是一扎钞票！丁九麻子不一样在街上打饼子么？"

"丁老九也当过壮丁啦？"冯大生吃惊地问，仿佛是件大事。

"怎么没有？杂种手爪爪痒，在场合里输烂了，前年热天卖了两万！……"

"今天我还看见在街上打饼子呢！"冯大生忍不住笑起来。

"所以说啊！单讲来公事抓，——他倒没有那么孝顺，就老是记挂着你。"

"啊哟，什么人又愿有这些事么！"张姨娘辩解地喃喃说。

"你老人家不要多意，"因为忽然记起先前的态度未免鲁莽，冯大生笑着道歉，"我刚才说的也是本心话呢！你们去尝尝那个味道就清楚了。想么，再说是打抗战，每个人都该上前线拼命，总该把人当个人啦！噫，——怎么……"

他一顿，于是就那么目瞪口呆地望定对方。

"所以我不是讲气话呢！"末了，他匆忙地接下去说，"他认真要来抓么，我硬要和他拼了！……"

张大爷忽然蹙着脸把烟杆取掉了。

"闹不到这一步啊！"他简捷地叹息说。

"我是打比譬的话啊！"冯大生柔声说，红着脸笑起来。

"不过，我告诉你！"点着烟杆，张大爷又严重地叮咛说，"你不要随便向人说啊。有人问起，给他个老牛吃豌豆，三二滚好了。常言道，人心隔肚皮，——你懂得我的话么？"

"懂，懂，懂！……你老人家的话我一定记住！"

"呵！"张姨娘丢心落意地叫出来，"现在一个人是要谨慎点呢！"

于是她赶忙收拾碗筷，轻松活泼地跑进厨房里去。而当她重又回转火边，动身去看磨坊的时候，冯大生已经翘起张大爷的烟杆，在抽烟了，准备抽一竿回家去。

"我没有陪你啊！"张姨娘抱歉说，一面向屋外走。

"你老人家真把我当成客人在看待呢！"冯大生感动地说，随又接起话头，详细告诉张大爷他的逃跑经过。他们一队人出去打柴，他乘机溜掉了，"一连在岩窝里躲了三天，"他继续说，"看见没有响动，才又往山下跑，——那个心啦，还那么剥夺剥夺地跳！又饿……"

"究竟有人来搜过没有呢？"

"这个就不敢说了。你想，山又大，——总有帽儿山那么陡嘛！……"

"你们看是哪个来了喳！"张姨娘忽然在院坝里叫起来。

停住谈话，冯大生第一个把头转过去了。他看见了他母亲。

五

幺爸的捣乱，虽然叫冯大妈很扫兴，但却毫未动摇她的信心。因为从她看来，那个倔强的老头子一向是侮神灭道的，而他的孤零无靠，就正是他应该得到的报应。

冯大妈没有同他争辩，就嘴巴一嘟，提起三个鸡蛋转身走了。她只在大方坪停了一下，向一个远房媳妇诉了阵苦，便一直下山；最后横过那条贯穿全沟的山岬，沿着大路望了张姨娘家里走。而她的心情，也愈来愈严肃，仿佛认真是在等候命运的判决一样。

林檎沟的住宅，十之八九都一律的。一道石砌的短垣，院坝里屹立着高过屋脊的玉米架。而墙壁就利用石短垣作基干，拿玉米秸或者篾笆一直的夹上去，同屋顶相连接。排列的样式通作矩形，一列正屋，转拐地方拖出两间，也不间隔，用来堆存杂物，烤火同接待客人。而且全都建造在一个小土墩上，来往都得通过一条坡道。

张家的房子也是这个格式。只是坡道比较的陡，有二十多步牛光石砌的阶梯。当冯大妈离开大路，转过一丛竹林，正待往上爬的时候，张姨娘恰好在最初一级梯阶上出现了。

张姨娘眼睛尖些，她一眼先看出冯大妈来，于是急忙忙走过去一把手抓住她。

"你真来得遇缘！"她嚷叫道，"你们冯大生回来了呢！"

"当真？"冯大妈怔了一下，失神地叫出来，简直有点不相信自己的耳朵。

"我未必哄你么！我刚才端起饭碗，磨坊里又叫起来了，"她仔细叙述了一遍她与那个逃兵碰头的经过。"你就进去看吧，才一见面，就只顾问我们妈好不好呢！"

她以为她的报告会受到欢迎的，冯大妈可忽然哭起来。

"这个冤孽他还记得起我么？"她边哭边说，"再不想想我的手是怎么断了的……"

"过去的事不要想了，"张姨娘劝解说，并不奇怪这个反常的表示，因为她是深知冯大妈这几年遭受的折磨，"想一阵有什么用处呢？好在他总算回来了！"

"他不回来我还好些!"

"好吧!"张姨娘打趣说,"我就去劝他又出门跑滩怎样?"

并不立刻答话,冯大妈长长咽一口气,于是支吾地接着说:"你不知道,好多事一想起眼泪就往肚子里滚啊!……"

"哎呀,你这个人!"张姨娘假装厌烦地叫起来,"走!我们进去坐吧!……"

对于这个命令式的邀请,虽然嘴里没有任何表示,冯大妈却也不由自主地跟过去了。而且,似乎生怕儿子看到难过,她还很当心地揩去眼泪,只是外表上总显得有点悲伤。

她们已经爬完坡道,走到玉米架旁边了,张姨娘忽然又停下来,神气显得又严重又紧张。

"你听我讲,"她低声说,"你们家务事莫忙提啊!……"

于是她高声叫起来。而当冯大生看望出来的时候,他首先发现的是他母亲。这不仅因为冯大妈身材高,特别打眼,当中似乎还存在着某种神秘作用。而且,虽然他们还隔着一两丈远,他可立刻认清了她正在很不快活。

带点忸怩,他从矮凳上站起来了,感觉鼻管里有点辣。

"妈,你老人家好么?"他终于负疚地叫出来,脸上露出勉强做出来的笑容。

"怎么不好?两个眼睛还在转呢!"冯大妈低声说。

接着,避开冯大生的视线,她背过身在门槛上坐下了。极力压制自己不要就哭出来。而在同时,她却多么愿意倾倒出那些哽塞在喉头上的话语,告诉儿子他走后她的痛苦以及担心。但这是不可能的,似乎只有哭一场过后才办得到,于是她嘤嘤啜泣起来。

看见情势不对,张姨娘出马了。她极力劝冯大妈凡事要从宽处着想。

"你听我讲,他能够这样快就回来,也就算菩萨供得高了!……"

"那不是!"张大爷帮腔说,"你转过来看看吧,又没缺掉哪样,简直连脚趾甲也没有跌反呢!若果伤到哪里,我看你又怎样?还是要活下去,总不能去跳河啦!"

"对啰!"冯大生终于找出一句话来,"要是上火线打死了呢!……"

他这样说,原是想安慰安慰冯大妈的,但一出口,却变成气话了。当他最初看见母亲,自以为能够了解她的心情,她还在生气他的出走。而他现在,可有点糊涂了,猜不透为什么她这样伤心,对于他的归来不像预料的那样高兴。

他烦躁地坐下去,埋下眼睛,双手托着下巴。

"早知道这样,倒是拖死在外面还好些!"他喃喃地加上说。

"你不要再吊起嘴乱说了。"张大爷叹息说,"老实讲,你走的这一年多,你妈的日子也够过啦!总之,人不伤心不落泪,她倒并不是在生你的气啊!"

"我是哭我自己福薄命浅!"冯大妈忽然哽咽地接口空了,这并不是她一定要说的话,但她极想倾诉那些难以控制的衷情,于是就在张大爷的暗示下开了口,"别人三个两个都消受得起,我拿到一个儿子还当孤人!我能做也不说了,背时手呢,偏偏又给你折断一只。……"

"啊哟,你现在总有帮手了啦!"张姨娘插入说。

"对!"张大爷赞成说,"冯大生呢,不要再东想西想了,好生把庄稼做起,这个才是办法。常言说:命中只有八合米,走尽天下不满升。你这回也算是尝到过味道了。"

冯大生痛苦而又鲁莽地扬起脸来。

"要不是两口烟,哪个愿出门啊!"他感觉受屈地大声辩解。

"老实话啦!"张姨娘欣喜地叫出来,"你还要怄,他的烟已经戒掉了呢!"

"不要哭了,这也算得是争气了!"张大爷叹息着连连说。

冯大妈辛酸地倒抽口气,果真停住了哭泣。然而,这可并不是完全因为冯大生把烟戒掉了这件事做成功的。淌过一阵眼泪，那些长久积压下来的闷气，已经发泄得不少了。于是到底认清了儿子的回来，无论如何是件好事，不该用啼哭来接待他。

"这下看你还乱不乱抽烟嘛。"她低声说，一再揩抹眼泪。

"再不会了，"张姨娘说，"他是吃饭长大的啦！"

接着，她又劝她进去烤火，冯大妈拒绝了。

"我还哪里有心肠烤火啊！"她愁蹙地随口说，显然另外有着心事，"草，草没有铲，他爹呢，天一亮就上山砍树子去了，砍了还要往街上搬，——把人都快要拖死了！"

"我们那两个还不是一样！"张姨娘抱怨说，"这个年辰变人真够受呢！"

"快少抱怨一些！"张大爷做作地接着说，"这是修乡公所啦！哪个人没有一份？嘿，你看，等到哪天交不起款，我还不是要请进去玩两天胖格①！"

"你就许这些愿吧！"张姨娘制止说，觉得老头子的话不大吉利。

"怎么？"张大爷诧异说，"除了这个，难道另外你还有机会进去住啦?！……"

于是，意外地骂了句粗话，他就从正面开火了。虽然他所说的并不新鲜，是他说过无数次的，别人也在同样重复着它，然而每说一次，它总带来了一种新的愤慨。这理由很简单，仇恨也同借贷一样，既不会白白销账，它也有累积性，非到连本带利都偿清了，受害的人绝不会一下子遗忘得干干净净！

一面尽情控诉，一面又从套头上取下飞机捐的墨条，他生气地摇晃着它。

---

① 玩格：要排场的意思，这里说玩胖格，意思是说这个排场非常难得。

"这一个月都两次了，就是泼碗水饭，也要管一个七七啦①！……"

因为磨坊里有人叫唤，一个打岔，老头子住嘴了。

"简直是鬼世界啊！"他喃喃地加上说，把那墨条照旧夹在套头折缝里。

当张姨娘动身往磨坊里去的时候，冯大妈也同时站起来。

"你就要走了么?"张姨娘问，"我去转一转就来呢。"

"听到这些话心都要炸了啊！"冯大妈叹息说。

她没有关照儿子，连望也没有望他一眼，但冯大生已经准备好跟她走了。他显然也不快活，而这个不快活，正如一个饥饿的人，好容易得来一点食物，正想下口，忽然发现它霉烂了。因为恰和母亲一样，他从张大爷的牢骚感到了重压，觉得故乡并不是乐土，一样不好过活。

"道谢你老人家啊。"勉强一笑，他带点拘谨地说。

"道啥谢啊，"张大爷叹息说，"回去要好好的，你妈你爹，都经不住再淘气了。"

张姨娘也同样含意深深地鼓励着他，而且一直到分手才住嘴。但这个没有引起他的任何怀疑，只有感动。因此，当只剩下他们俩娘母在走路了，他就试想讨讨她的欢心。

"妈，你手臂逢节季还痛么?"他问，好容易开了头。

"现在多下两天雨都痛啊！"冯大妈生气地叹息说，仿佛只是不满意她的手臂。

冯大生抑制地抽口气，更感觉沉闷了。找不出适当的话来安慰娘亲。

"爹呢?"停停，他又提起勇气问了。

"你爹倒还是那个样子，"冯大妈回答说，但她一怔，在路上停下来。"你看我这个人的记性啦！"她自怨自艾起来，"我原说请张姨娘给

---

① 泼水饭：乡下人遇到病痛，往往用冷水泡点饭，敬敬鬼神，将水饭泼去，相信这样做了，至少四十九天内鬼神不再扰害。

你爹通禀一下，——你看……"

"爹不是说还在山上砍树子么?"冯大生问，第一次正面望定母亲憔悴触目的脸。

"早上给耗子咬了!"冯大妈回答，说了一遍被咬的经过。

冯大生没有母亲那样迷信，觉得给耗子咬了都要请神，未免有点可笑。但他极力劝她，说是过两天再去也不妨的;同时自动接过母亲手里提的鸡蛋。而一经过这场谈话，两个人更接近了，虽然彼此依旧存在顾忌，但已不再感觉情绪上的骚乱。

比较起来，儿子要单纯些，他所隐瞒的只是那种对于妻子的爱恋之情。

"你的脸色真不大好看呢。"冯大生忽然间发愁说，当他们重新上路的时候。

"就是去年一场病害糟了!"冯大妈哼声回答，"头发害落一半，几乎连老本都收了。吃服药几百元钱，我都说算了，这一辈子不会见到你了! ——真怪，它又自己好了。"

"不是害了好久?"

"躺了半个多月，——啊，你碰到过张长贵么?"她问，忽然想起早上打水时碰见的张长贵的母亲，"他妈现在也病得厉害呢，肿得像判官样，去年冬至，老头子又一斤斗倒了。"

"张长贵他爹死了?"住了住脚，冯大生吃惊地问。

"去年冬至节死的。你在外面碰到，也该劝他回来下啦!"

冯大生叹息着，又沉痛地摇一摇头。

"从来没有碰到过啊! 你想，又不是点把点队伍。……"

他原是给母亲解释的，企图说明他们为什么没见过面，但他忽又叹一口气，没心思再说了，因为他从张长贵看见了他自己。现在虽然逃回来了，但他依然感到内疚，觉得十分对不住母亲。同时也更同情那个望眼欲穿的张长贵他妈。

他们已经离开大路，正在下一个坡，就要横过那条纵贯全沟的山岬了。岬面有丈多宽，每年洪水时期，因为山洪暴发，往往淹没了大路，但在平时，它却是干枯的，仅止前沟一段，因为有那一股长流不息的瀑布的调剂，倒还勉强像个岬沟。沙石莹洁，水声淙淙，一直涓涓不息地流往大河里去。坡道下面有一个深潭，中间倒卧着一列斗大的石头，一半露出水面，算是沟通山岬两岸的跳蹬。

冯大生一向对父母很体恤，现在又正觉这两年来做了不少笨事，当他走下大路，到了沟边的时候，他就绕到母亲前面，打算牵着她过沟；但是冯大妈缩回手拒绝了他。

"我自己会过。"她说，而且故为生气地笑了。

"你还是这么样好强呢！"儿子打趣地说，也忍不住笑起来。

"霉了，连这点沟都不敢过，一个人还要吃饭！……"

横过山岬，就开始爬坡了，而谈话也就逐渐活泼起来。但不知怎的，正唯其彼此都想谈得更亲切些，反而各自有了戒备，特别在触到家务事的时候，两个人都有一些拘束。

然而，当他们坐在那水泉边歇憩的时候，冯大生忽然变勇敢了。感觉有好多话非说不可。

"金娃子他妈恐怕还是那样犟吧？"他突如其来地问，直视着母亲。

冯大妈知道他问的媳妇，她叹息一声，立刻就埋了头。

"等你爹回来告诉你吧！"她低声说，又叹口气。

冯大生好久没有张声，而末了，等到站起来动身了，这才切齿地低声道："我晓得她啊——杂种！……"

六

为了一个女人，在以往，冯大生常常感觉得他的地位难处。因为在那些牵连不断的家庭口角当中，他既不能站在妻子一面反对父母，但有时却又感觉妻子过分遭受误解。

说也奇怪，单从外表来看，这一对青年夫妇，似乎没理由会那样合好的。冯大生是一沟皆知，规矩勤勉的人，有时候还有点害羞。他的妻子却恰恰相反，心粗气浮，举止心思都带野气。然而，凡是显在外人眼睛里的缺点，这当丈夫的不仅加以原谅，私心上却正因为这些缺点而更爱她，以致好多人无从判断：冯大生是傻呢，还是着了迷？

当然，冯大生并不傻，更不以为自己是着了迷。因为他并不糊涂。完全相反，凡事他都有主见的，不肯任人随意摆布。而由他看来，妻子的被误解，只因为她太好动了。但她不是一段木头，而且从来没有做过什么丢脸的事。虽然人们早就东猜西疑，认为如果放纵下去，这是免不掉的。说到做活，便是父母也承认她能干的，抵得一个青年男子。

然而，尽管自己认为一般的批评不尽公道，因为早已成了全沟的舆论了，冯大生一向总避免谈到妻子。所以当他在张大爷家里的时候，只顺便提到她。而当他单独同母亲一道了，也是经过许多踌躇才开口的，但他异常失望。

当从水泉边动身回家的时候，冯大生感觉得很烦躁。因为他猜不透妻子和双亲间的关系究竟怎样，但一定不痛快。而这个不痛快，他又愈想愈加觉得严重。

使他没有陷于绝望的只有一点，母亲没有哭诉，也没有破口大骂，可见情形并不怎么严重。

"说不定哪里把父亲得罪了，"他向自己解释，"妈面前她不会。不过这个总不对啦！丈夫走了，一个当媳妇的，你不多孝顺一点，——这不明明在跟我作对么？……"

"你幺爷今天又在发跳疯了。"母亲忽然提示地说，因为他们正经过大方坪。

"唔。"冯大生心不在焉地应了一声。"好得很，今晚上我们再慢慢说吧!"他一直丢不开妻子和父母之间的隔阂。

现在,他匆忙地把他的苦闷做了个结束,心情也平静了。简单地说,他认定妻子同父亲处得不好,而这个等于她对不住他本人,等到问明白了,他决定多少给她一点责备。

"你说幺爷今天又发跳疯来啦?"他反问道,忽然想起刚才对母亲太冷淡。

"叫他砍树子他不砍啦!保上来抓,他就往老鹰岩跑。"

"幺爷还是那么连铁钉子都嚼得断么?"他又问。

他忽然对那个古怪老头子发生了兴趣。而且记起幺爷一向的妙论:他自认他当过强盗,但说这个只是不如当官的刮地皮"文明";他叫结婚作自投罗网;养儿女是变牛……

"恐怕还是随常都挨打吧?"他又悬心地问。

"今年上春卖柴,还变过春牛啊!"冯大妈叹息说,"你想,嘴又硬,又不服输,——一个字眼的亏都不愿吃!……"

冯大妈意外地住口了。因为她偶尔发觉,对面山坡上的锄草声忽然静下来了;这个又似乎同他们有关系。事实上也正是这样。因为农妇当中有人认出了冯大生,那媳妇恰恰又同在一处换工,于是这意义就非同小可了。

冯大妈想要停下来看个究竟,但她看见的只是些摇晃不定的人影。儿子眼睛尖些,他立刻认出了张大爷的幺儿媳妇和刘大发女人,其中一个他很疑心是他妻子。

"金娃子他妈今天同刘家换工哇?"他脱口而出地问,想从母亲得到证实。

冯大妈心灰意懒地叹了口气。

"霉了!连眼睛也同你作对了!"她支吾说,拔步又走。

儿子叹息着跟上去,但才动了半步,他又停下来了。而且立刻断定那的确是他的妻子,因为不仅身材态度相像,也只有她才肯那样痴痴地立住不动，一直从对面望过来。

"杂种，看你回来又怎么回话嘛!"他低声说。

然而，就在骂出这句话的时候，他可已经原谅她了。而且，便连他自己也明确意识到，他的心里没有恨意，正如他们一向私下开玩笑时所常感觉到的一样，有的只是热爱。

但他忽然耳红面赤起来，于是带点矜持跟了母亲走去。此后一直回到家里，他几乎没有说什么话。他完全把心思用在妻子身上去了；但却已经不再记得她在家庭间可能引起的不快，更不曾设想到她该接受任何责难。他只一味回忆着他们中间的那些美好时光，推测着她会拿怎样一种态度和他见面。

"一定是一把鼻涕一把眼泪地抱怨!"他想起了那次他从茂县回家时她的别致招待，忍不住笑起来，"可是这个怪得么我?"他又叹息着想，"大家怎么不跟我淘气嘞! 好在鸦片烟戒掉了，这个总该算对得住你了吧?"他在臆想中对她说。

他笑了，因为他在想象中看见她顽皮捣蛋地瘪了瘪嘴。

"杂种，就是这样爱扯怪教!"他想，幸福地叹一口气。

"再下两回凌胡豆就算完了!"母亲自言自语，穿过着门外的胡豆地。

"啊哟，苔子已经炸啦!"冯大生答口说，从梦想中醒转来。

"这半边的还要炸得凶呢!"

"不要紧，等我明早晨淋它一道!"冯大生自告奋勇地说。

而这与其说他有意安慰母亲，或者一向劳动惯了，不如说是出于感情的自然流露。因为现在他正是感觉得很幸福，而那种骤然旺盛起来的精力，促使他需要劳动。

"这些香叶子也早剃得了啦!"偶一抬头，他又看见了那根挺然直立的香叶树。

"哪个来给你剃啊! 你爹连正事都揽不清。……"

冯大妈走上坡道去了；儿子正想跟去，但他忽然又停下来。

"呵哟，石头都崩了呢！"他说，发愁地凝视着零乱的阶梯。

他随即动手整治它们：砌得紧凑平顺一些，又用脚踩一踩。"将就将就。"他说，于是跟随母亲走去。但一走进院子，他更觉得需要他动手做的事太多了。石短垣塌了一处；玉米架上的茅棚，已经有很多漏洞；屋顶也不添草不行了，又薄又脏，上面长了很多苔藓，好像多少年都没人过问……

冯大生一向喜欢整饬，看了家里的情形，他真有点寒心。

"怎么扯成这个样子？"他一面愁蹙地连连说，一面东张西望。

"你来烤一烤吧！"母亲在敞房里叫，她已经燃好火了。

"拿两个月总要把你弄好！"他说，把他的观感变成一个决定。

于是，他走进敞房烤火去了，而一经坐定，他就用一种半是嘲讽，半是惋惜的调子，向母亲谈到他所看见的情形，而且向她表明，从明天起，他要每天抽点时间赔补一下房舍。

冯大生是个说做就做的人，母亲知道他的，但她表现得不很热心。仿佛一切在她都无所谓。……

"要得嘛！"她连连这么样说，"什么人又愿意它烂起啊！"

"看了真是心焦，分明不霉，都把人衬霉了！……"

"你怎么连裹腿都不搞一双啊！"母亲忽然插嘴，望着儿子那一双赤裸尘污的脚杆。

冯大生扫兴地叹了口气，同时把一段树枝投进火里。

"这一身衣服都是要来的啊。"他说，开始叙述回来的曲折经过。

他是七月间逃脱的。他的军装同老百姓换掉了。但是便服可也并不怎样保险，有时碰到抓丁，他还得藏起来。他讨过口，做过短工，只差了一点没有饿得上吊。他的破棉短袄是一个好心肠的庄稼人给他的，同时，还有一根包头的帕子；但他在遂宁就卖来吃到肚子里面了！……

凡是对他有深刻影响的，他都说到了，详尽而又细致。

"九十月间最糟，只差一床破席子了！"他嘲讽地接着说，这是他当兵前没有过的，"我想，未必还拖死在门槛脚底下么？幸好碰见一个机会，替人家种了几天小春。……"

"这一下看你还乱跑不！"母亲喃喃自语。

"我又跑？——我那么霉不醒了！"冯大生振奋地大声说，"家里再苦，总是在自己家里啦！……"

冯有义静悄悄从外面走进来。他已经砍倒那些指派给他搬运的树子，而且已经削去丫枝，照尺码锯好了。所以他收工得早一些，准备休息一夜，明天一早往街上送。

关于儿子的消息，已经有人告诉他了，他正感觉得很紧张，不知应该怎么样对待他。

"哎呀，也算完了一半工了！"他若无其事地曼声说，当他走向火边的时候。

"爹呢！"冯大生惊喜交集地叫出来，"你老人家好么？"

"好啦！"父亲回答，尽力隐藏着自己的感情，"你看，事情只要肯做，也快当呢！"他装作地只顾张罗老婆，"才三天啦，料就洗出来了，——顶多再拿它三四天来搬！"

放好斧头、弯刀在墙脚边，他在一段木料上坐下，存心不要看冯大生；但他没有办到。

"今天才回来哇？"他不假思索地问，当他们的眼睛相遇的时候。

"屁股还没有坐热呢！"冯大妈说，忍耐地咽了口气。

在熊熊的火光下，父亲冯有义脸红了，而且笑容更加显得勉强。因为他猛然觉得装假并不容易；而不管你怎样假装镇静，既然是赌定了，宝盖子终归要揭开的，不能永远罩住。

但他依旧认定不是爆发的时候，于是取出了叶子烟来，开始卷烟，希望借这个控制一下自己。

"你这回地方跑得多哇?"他切然发问,连自己也没有想到,只是越来越感觉无法装假。

他停住手不动了,侧起头,含笑看定儿子。

"还走了些地方。"冯大生曼声回答,想起父亲一向生气前的某种征候。

"那我也晓得啊,——不然就更加不合算了!……"

他顿住,于是勾了头,重又开始卷烟。他卷得那样专心,但在火光的照映下,冯大生看见他的手在颤动,而且卷得那么迟缓。随后又完全停止了,只是死死拿着烟叶。

"还走了些地方,"冯有义终于嘲弄地切齿说了,"你知道你走出些啥事来么?"

扬起苍白淌汗的脸,他责难地望定儿子;但是并不等候答复,他又一口气紧接着说下去道:

"老的伙①该受罪不说了!家务也该倒霉,更不说了!你晓得你的女人闹了些啥事么?有戏赶戏,有会赶会,是人是鬼她都来往,——难道她还想过自己有张脸吗?——想过给你冯家顾一点门面吗?——结果弄得乌七八糟,连我都没有脸见人了!……"

儿子跳起来又坐下,已经两三次了,但是父亲始终不让他打断自己的话头。

"你说没劝过么?嘴皮都说起茧疤了!"冯有义一股气说下去,显然不是一时想起的话,"可是有什么用处呢?这只耳朵进去,那只耳朵出来,——她当你把胡豆吃多了!……"

"爹,你不要说了!"儿子终于跳起来抢着说,"她做得受得!……"

"可惜已经嫁给野男人了!……"

"啥?……"冯大生嘶哑地失声问,仿佛有什么东西从他胸膛中裂开。

---

① 伙:与"些"同,都是"们"字的意思。

"已经嫁给徐烂狗了!"

"未必你们就让她嫁么?"

"弄得那么丑人……"

"我回来会收拾她啦!——你们就让她嫁了!……"

事情已经明明白白,再没有丝毫怀疑的余地了,也追不转来了!他顿然感觉得力竭声嘶,于是翻身落在短凳上面,脸色苍白,周身发颤,正像得了急症一样麻木紧张。

但他忽又一蹦跳了起来,充满怨愤地望定母亲。

"噫唉!"他痛苦地呻吟说,"你们挡都不肯挡一下啦!——就让她嫁了!……"

冯有义开始解释,因为现在他才觉得他所说的一点也不轻松;但是儿子并不需要这个,父亲才一开口,他便甩手跺脚地切住他,而神情恰像对付一个仇人那样凶狠。

"你不要再说了!——我知道她在这屋里签人眼睛得很!——挡都不挡一下啦!……"

于是他颓然坐下,一双手抱了头;父亲发觉了抽咽声。

"哭!"冯有义狠声说了,"像接不到老婆了!……"

"像她那样的人么,闭着眼睛也都找得到呢!"母亲也开始了劝解。

于是她很响地擤着鼻涕,又拿袖头揩抹眼睛,一面断断续续地尽力缓和儿子的绝望。但是,正当说得上劲的时候,冯大生咬牙切齿地站起来了,走向右手墙角落去。

父亲对他监视起来,因为那里存放着他从山上带回来的弯刀、斧头……

"你打算做啥哇?"父亲一跃而起,带点威吓地叫出来。

他叫得那么大声,但是冯大生毫无显著反响,提起斧头就朝院坝里走。

七

"嘴痒吗，抹把盐啦！……"

因为实在听不过意，刘大发他妈狠声地大叫了。挟着一大把豆秸，她正迅速往屋里走，但她忽又在墙垣边停下来。

"你们怎么这样爱吃家饭管野事啊！"她恼怒地接着说，特别望定她的外侄女冯有三老婆，一个满头黄发的瘦长女人，"我告诉你，人要惜点口德，话不要说尽了！"

"呵哟！看你还跟她撑得起么。"瘪一瘪嘴，冯有三老婆说。

"我撑不起！——我只怕有些人，男人出门半个月就会要露丑呢！……"

刘大发妈说得口沫乱溅，又啐一口，抱起豆秸走了。

农妇们当中立刻爆发出一种哄笑，接着就是争论。由于刚才一场吵嘴，她们各人的意见已经很明确了。有的站在冯有三老婆一边，似乎那个"寡廉鲜耻"的女人罪该万死；多数人可认定这不是她的错，只怪保长和队副太难缠了，又都在当公事。这个穷山沟算是他们的辖区。

因为刚才受了点气，性情又很褊狭，冯有三老婆更加顽固起来。

"你们梦倒会圆，可惜她自己心虚了！"她吵架似的顶住说，"要不心虚，为什么饭都不吃就要走呢？先前在山坡上，也脸上红一股，白一股的，——所以说，'为人莫做亏心事'……"

"幸好你不是她老公！"刘大发老婆冷冷地打趣说。

"要我是她老公，我老早把她两刀剁了！……"

"嘿，看！今天简直变成了把戏了呢！"一个嘶哑嗓音忽然提示地说。

于是，大家停住争吵，都向沟对岸望过去了。陈国才院子门口陆续跑出来一堆人，全都俯视着那个扛了山锄，正在爬坡的冯大生的前妻。因为那里是她回家必经之路。而当她走远了，一场争论又就地展开了：那个女人该死；或者，情有可原。

发言最多的是陈国才的大儿子陈永福，一向沉闷寡言，不喜欢管闲事。

"放屁！"陈永福切然说，觉得老婆的辩护毫无理由，"难道我们老庚对她还不好吗？简直护得像脓疱样！我还随时笑他：'算了，你碰到狐狸精了！'——就没有供上神龛。"

"所以，一个人给老婆迷住了，有什么好处啦！"陈国才老婆含蓄地叹息说。

她偷着瞟了儿子一眼，又轻轻叹口气，因为她一向觉得陈永福耳朵软，喜欢听凭媳妇摆布。

"现在我看这口气怎么咽得下啊！"她接着加上说。

"怎么咽得下？杀人偿命，欠债还钱！"陈永福愤愤地说，很为他的老庚冯大生抱不平。

"呵哟，现在的事！……"陈国才不以为然地说了句半截话。

板着张脸，他摇头而又叹气，而陈永福也忽然觉得事情不简单了。因为由于老头子的有力暗示，他也一下记起了那条从无数痛苦经历得来的结论：现在是不怕官，只怕管！于是，出现在眼前的，也不再是奸夫，而是某种恶势力的化身。

在阔人们眼睛里，这个看法也许可笑，徐烂狗徐荣成不过是甲长兼保队副！在哥老中也只是一个老九①，没有什么地位。但有一点却该记得：便是保长，也很少来到林檎沟的，一切公事都由他发号施令；说到哥老，地位虽然不高，但他干得来顶认真。而在目前大部分农村当中，除了保甲、帮会，也就无所谓权势了；同时，一切权势也就无从生根。

---

① 老九：在哥老会里老幺、老十、老九的地位最低。

然而，尽管在陈国才他们看起来，徐烂狗徐荣成好像一个奴隶总管；他自己平时也具有一个奴隶总管的气势，可是，一听到冯大生回来的消息，他也有一点心虚了。这因为他的魔力还不算大，所以不免自己觉得对不住人。其次，他是知道冯大生的，外表和平老实，一惹毛了，气性可并不小。正如父亲冯有义壮年时候那样，常常硬断不弯。

　　队副个子又瘦又小，但很精干。因为久已不做庄稼，近年又染上烟瘾了，面貌白净，看起来不像个乡下人。他诨名烂狗，因为他喜欢嚣张。而对于每一个地位高过他的角色，只需他们支一个嘴，他就立刻照吩咐行动了。而且十分带劲。但也容易坏事，街上的哥老头子们已经很少使唤他了，于是只好屈处在野猫溪十三保，死心塌地替保长做帮凶。

　　关于冯大生的消息，他是从父亲徐开金得来的。徐开金同冯有义先后几步从山上砍树子回来，才走到转岩子，下沟中沟交界处的那个大崩岩边，一个老太婆对面走过来了。她才推了磨转来，于是她就告诉了他们她从张姨娘处听来的一切……

　　徐开金一路上也不比冯有义安静。因为虽然分了火，但他还和儿子同住在一个屋顶下面。而且，他们终归还是父子，虽然旁人一提起徐烂狗他就感觉头痛。

　　徐开金胆小啰唆，还有点神经质，老婆常常骂他：连屁都挟不住！

　　"自己的事嘛，自己去抵住哇！"一进院子，他就嘀嘀咕咕起来，"想要我替哪个抹桌子，那倒靠不住啊！火呢，早就分了！难道进门时候，还给哪个叩过一个头吗？……"

　　队副徐烂狗正在火堆边自得其乐地哼唱戏文，他停住，向门外望出去。

　　"猫儿毛病又发作了！"他含笑地低声说。

　　他设想老头子在发神经，因为一不快活，徐开金总是爱这样不明不白发牢骚的。能够制止他的只有烂狗他妈和烂狗本人，因为他们闹起来比他凶，于是就只好先收嘴。

"我们哪里算得父子？早不是父子了！"老头子继续嘀咕，已经到了玉米架边。

"呵哟，你该上街去传个锣嘛！"队副滑稽地说。

"你不要赌我！娃娃，将来酿成官司，我是要上街去传锣呢！……"

他一气，顺手丢下弯刀、斧头在玉米架脚底下；而且，决心不要去烤火了。但他刚才朝着院子门转转身，就又忽然掉过念头，于是紧接着吵吵闹闹地冲进敞房里去。

若果说儿子对父亲应该有点敬畏，六七年来，这个时候，保队副算得上孝子的。因为徐开金才一说出那个消息，他就不再流腔流调，变得很正经了。起初连连发问，生怕对方传话有误，随后就搔首抓耳沉思起来。而愈想愈感觉不对劲。

那最使他担心的，是他同金大姐结婚时候没有媒人，也没有拜过堂。

"说起来也要怪你老人家啊！"他忽然跳起来，望着徐开金抱怨了，"一来就到处打锣放炮：'他接他的，我叫都不要哪个叫我一声！'人家亮油壶都答应当红爷①了，妈又跑去乱吹一通……"

"大家怕大生娃没有死啦！"父亲徐开金着急地大声说。

"可是，只要有个媒人，就蒙着半边嘴，我也要说赢他呢！——现在你看！……"

队副两臂一张，狠狠望定父亲，简直又不像儿子了。但他良心上逐渐轻松起来，因为他忽然感觉得他的事情是父母闹糟的，完全忘记了他自己作的孽。开始诱奸，接着又怂恿对方日夜同公婆吵闹，终至于逼得那个不幸的女人走上绝路。

"倒还口口声声说我拖累了你们呢！"他加上说，于是又坐下去，

---

① 红爷：就是媒人。

倨傲地架了腿。

父亲瞠目结舌了好一阵。他觉得儿子说的全是栽诬,但又一时找不出理由反驳。

"娃娃!"徐开金终于嘶声地呻唤了,"谨防你遭雷打!……"

"难道不是你们弄糟的吗?"放下腿子,队副更加凶恶地叫嚷起来,"除了打官司,坐水台子①,他做得出啥?只有看我两眼!——可是恰恰连媒人都没有!……"

"我倒担心大生娃会吃你的肉啊!"徐开金狠心地喃喃说。

"借给他娃娃二十四个胆子!——那还没世界了呢!……"

队副反驳得更放肆,但他随又毫不自觉地叹了口气。

"自然,杂种有一点孽胆大,我知道他,"他圆梦地接着说,情绪已经相当低落,"像那年军队拉夫一样,手都不抖一下,拿起锄把就打。那个时候,才他妈十来岁……"

"是啦!"徐开金赞同地说,"你以为他平常价不张声吧!"

队副神色更沮丧了。

"你没有见到过本人哇?"他忽然问道,虽然同样的话他已经问过两遍。

"影子都还没有看到。"

"那你也该问一问啦!看他是全武装吗?——便服吗?——请长假吗?……"

队副忽然觉得接触到了问题的要点,他重又昂奋了。因为若果是请长假,他是用不着惧怕的,至多打官司,讲理信他会吃一点亏。而若果还要归队,那就很难说了!说不定他会像那个单独到林檎沟来拉夫的丘八一样,冷不防就栽倒!……

他又烦躁不安地站起来了。而且更加不满父亲,认为他笨得可怜。

---

① 坐水台子:进茶馆讲理信的意思。

"没有看到!"他模拟地接着说,"再不想想自己还生得有嘴巴没有!……"

　　太阳出山啰,又落山啊,
　　粪草铲了啊,又还原啰!

门外忽然送进来山歌声,而接着,幺娃子在院坝里出现了。

　　裤子破了呵,没布补啰,
　　光起屁股啰,去种田啊!……

幺娃子一面唱,一面跳蹦着走进敞房,但一碰见哥哥的眼睛,他就吃惊地吐吐舌头,一声也不响了。这孩子才十二岁,大舌头,算得徐开金两夫妇的打心锤锤。

幺娃子取下山锄,搁在墙角落里,于是挤眉眨眼地走向火堆。当他挨着父亲坐下,徐开金老婆已经走到玉米架旁边了。母亲有四十八九,个子比丈夫大,满脸肥大的皱纹。她袖子挽到肘关节边,肩头上同样扛着一把山锄。她才同幺娃子从粪坡上回来,显出一副疲劳不快的神情;似乎铲了不到一整天草,便已经把精力耗尽了。

她在火堆边一坐下就叹气。接着是发牢骚,抱怨媳妇不肯帮忙。

"哎呀,幸得自己还生得有一双手,"她呻吟说,"到底也铲完一块了!……"

"现在讲这些话!"队副厌恶地大叫了。"我给你开个条吧,你去买一包耗子药来,把我们两个一起毒死好啦!这一下大家就安心了,——旁人也不必动手了……"

"倒是叫你那个嫩妈把我们几娘母毒死好些!"徐开金老婆一股气叫出来。

她是那样生气，全身都颤抖了。因为儿子从来没有这样露骨地袒护过媳妇。

"我问你哟，"她接着申辩，"我哪回换了工没有还哇？前几天就对她讲：'你爹要给乡公所砍树子，幺娃子只晓得玩，天气坏起来怎么办呢？帮我铲两天吧！'——嗨！……"

老头子徐开金苦笑了。

"你当真还没有听到么？大生娃回来了！"

出于意外，老婆子不但没有吓倒，反而冷笑起来。

"他回来他的啦！"她大声回答，而她的闷气找到发泄的机会了，"这个关我屁事！盐里没我，醋里没我——跨这个门槛一两年了，还给哪个叫过半个头吗？"

"对——对！——对！——你这样说就好得很！……"

队副跳起来连连大叫，一面撩脚挽袖地冲出去；但他忽又在门旁站住了。因为他一眼发觉妻子正在走进院子里来。

"狗杂种犯八败！"他愤愤地嘶声说。

队副的老婆，或者说冯大生的前妻，是个中等身材，肥壮红润的年轻女人。小名叫金女子，现在一般人通叫她金大姐。因为大家都不愿意把她和烂狗的姓氏连在一起，但又不好再叫大生嫂，于是想出这个含混称呼。她原是很开朗的，但她闷闷不乐地穿过院坝。

仿佛并未察觉出敞房里的动静，更未听到烂狗为她发出的詈骂，但她忽然懵懵懂懂停下来了。于是叹息着摇摇头，从肩头顺下山锄，靠在玉米架边，打算折向卧室里去。

"你到哪里去哇？"队副厉声发问，金大姐停下来。

她翻眼望他，一边嘴角可怜地笑起来；但她随又埋下视线。

"你已经知道了哇？"他接着问，从神色猜到了这一点。

"在坡上就知道了。"她低声说，顺手去扯堆在玉米架底层的黄豆秸。

"在坡上就知道了！"烂狗学舌地说，十分不满意对方的沮丧，"我怎么把你碰到了啊！先前要你找一个媒人呢，你麻麻眨眨！难道这是我一个人的事么？——现在你看！……"

"你倒还要抱怨我哇？……"她问，扬起脸来，眼泪不断迸流。

她还有好多话要说的，因为她第一次那么明显地意识到自己是受了骗；但是眼泪梗塞住她，于是她抽噎着走进卧房里去。而在同时，冯大生闯进院子来了，提着一把斧头。

八

金大姐姓张，在石门坎坐家，离林檎沟十五里。

金大姐很小就许给冯大生的。一年春天，因为全家人被伤寒抓去了，无依无靠，她就以童养媳的身份到了冯家。那时候她只有十一二岁，又瘦又萎，冯大生不很高兴，而且逢人便否认他们间的婚约，推口说只是亲戚关系。但是不到两年，他就不再这么说了，因为她变来又苗实又灵醒。而一个健康活泼的女子，正是每个农民的理想配偶。

圆房的时候，金大姐十七岁，结婚到现在快七年了。在五年的共同生活当中，她有时也有对他不满意的地方："你就是太古板了！"她这样批评他，一点不加掩饰。然而，便在丈夫染上烟瘾的时候，她也从来没有对他绝望，以为他值不得她爱了。而她的改嫁，主要原因在于她已经失了足，并且又同公婆闹翻脸了，几乎每天都有吵闹，无法一道生活下去。

除开改嫁以后最初那一段时间，冯大生是很少被她忘记掉的；而日子一久，她更时常想起他来。她同烂狗的结婚生活并不幸福；等到几亩田产夺过手了，他就立刻现了本相，而他那些曾经叫她迷恋的品质，原来才不过是堕落和自私。因为他总终日游荡，作威作福，并且毫无打算地用光每一个能够到手的钱，把她当作长工一样驱使。

那最使她感觉得不幸的，是每逢吵了嘴，或者被他野蛮地毒打了，她总不能不回忆一遍她同冯大生的过往生活。而每一回忆，又总常常看见那些她所迫切需要的美好东西：和谐，体恤，以及那种共同劳作、共同休息的无邪的幸福。然而，直到现在，她才认真被悔恨击倒了。她强忍着眼泪离开了玉米架。

她是没有意料到烂狗会对她那么坏的，因为当在山上铲草，一经旁人证明，那个同冯大妈一道的正是她的前夫以后，她对烂狗忽然很接近了。而冯大生一下变成了他们的共同威胁。于是在那种惶恐无地的沮丧当中，她满怀希望的从刘家走回来，希望得到一点支持……

"现在就害得我这样上不能上，下不能下啦！……"

她凄凉地自语着，走上阶沿，钻进卧室去了。

然而，正当她要投向床铺，准备伤伤心心痛哭一场的时候，她听见了叫骂声。而这声音在她又多么熟悉！她不敢相信自己的耳朵，于是奔向靠院坝那一面的篾笆边去。

她从一个洞眼里望出去了：那的确是冯大生！因为无论如何，她不会认错那张额头突出的长脸，那个陡峭的鼻子，和那副轮廓显著、倔强而又诚实的嘴唇。但他可又多么狼狈！……

冯大生早已停下来了，提了斧头，正在望了队副叫骂。

"你是人养的就出来！"他昂头大叫，毛茸茸的下巴颤动起来。

"呵哟，你那个是铁打的啦！……"

因为父母已经做了他的掩护，堡垒一样站在敞屋的阶沿上，队副忽然也闪在门边了。他故为轻松地回着嘴；但当发觉对方直闯进来的时候，他可又只敢于往屋角里跳。

冯大生提口气，又磨磨牙齿，于是重又往敞屋里冲。

"老子今天安心和你拼了！"他大叫，把斧头摆动到身后去，以便使用起来带劲。

"究竟还有个王法没有啊？"徐开金胆怯地抗议说，一只脚已经倒退着跨进门槛。

狂叫一声，老婆子不顾死活地迎上去了，接着就在玉米架边同着冯大生扭扯起来。

金大姐早已心惊胆战地离开了那个簸笆上的洞眼。她转身就跑，直到撞到对面的竹簸笆了，这才大吃一惊，懵懂地停下来。因为现在控制她的，已不再是悔恨，而是恐怖。而是一场于她有着深切关联的流血惨剧的威胁。

她就那么失神地站着，但她随又跑回原处去了，因为她忽然幻觉到那惨剧已经发生。她重又望那个洞眼里看出去。冯大生和烂狗妈正扭扯得很紧，而烂狗本人握着一个锄把，试图找个机会溜掉。他四面张望，已经决定了一个行动计划；但是他的仇家冯大生立刻后退一步，摆脱开老太婆的纠缠，准备换个方向截拦住那个张皇失措的恶棍。于是烂狗倒退进敞房去，而烂狗妈重又望冯大生缠上去了。

伸出精悍打皱的手，老婆子一把就揪住了那个复仇者的衣领。冯大生头一扬，但他没有滑脱。他试图摆脱掉，但是那只手却抓得更加紧了；用力过猛他又怕伤伤了她。于是他红涨着脸，稀开牙齿喘气。最后，他嘶声大叫："放手！"同时握着老婆子的手腔，左右地摇摆它；接着就无所顾忌地狠心一推。老婆子踉跄着退开了，冯大生破着领口奔向敞房。……

金大姐再一次从那个洞眼边跑开了。但在转身之后，她没有笔直跑；她折向床头边去，一双手蒙了脸；但她没有哭出眼泪。而接着，她听见了一种低哑紧迫的叫骂声。

她定定神，于是发觉队副徐烂狗正在母亲灶房里，而这灶房和她住的房间仅仅隔着一道泥壁。

"你霉了！"他继续叫骂，"叫你把枕头上的家伙递来！"

仿佛受了催眠术一样，她飞奔向床头去了。恍惚觉得这场骇人的纠纷已经接近解决。她忙乱地抛开枕头，又把席子揭开，于是取出那支土制的单响驳壳。

她翻身跳起来了；但她随又呆呆地坐在床沿上面。

"不！不！不！"她摇摇头对自己说，"他会打死他的！……"

"死人，就在席子底下啦！"隔着泥壁，队副愤恼地说。

金大姐吃惊地颤抖了一下，于是，正像强盗隐藏赃证一样，她赶紧转身匍匐下去，随又换了一个方位，然后慌乱地翻拨开床草，更为隐秘地埋藏下那支手枪。

"这才有鬼！"她假装慌乱地抱怨起来，"怎么又没见呢！……"

她在床上转来转去，故意翻得床草沙沙作响。

"你该没有借给人啊？"她又胆怯地问。

她没有得到回答，但她发觉了院子里更为繁复的嚷叫声。她跳下床，立刻又跑向那个洞眼边去了。她看见了跟踪赶来的冯有义两夫妇。他们站立在冯大生和敞房门槛之间，当中还夹杂着陈国才两父子。门槛里面则是徐开金和徐开金的老婆、儿子。他们齐声发言，吵嚷不休，但却十分显然，情势已经逐渐地和缓下来了。

当冯大生拖了斧头，一声不响跑出屋子的时候，父亲就猜到了他要干什么事，他追上去阻止；但儿子给滑脱了；母亲的哭泣哀告也没有叫转他。依照冯有义的脾气，要做的事既然已经做了，他就置之不理。正如他对旁的事情一样，喜欢干脆利落。然而，等到老婆子跟踪追去不久，他也在家里坐不住了，随即也赶来了，而且比老伴先赶到。

当冯有义赶到的时候，徐开金已经揪住了冯大生；因为他看得明白，若果是再畏缩，事情就无法挽救了。而队副则已经溜进了母亲的灶房，隔着泥壁问金大姐要手枪。但是，一进院子，冯有义就首先把冯大生拖开了，并且凭着一个父亲的尊严，不由分说地夺去了儿子的斧头。

等到冯大妈一到，陈国才两父子也陆续跟了来。他们本是跑来看热闹的，因为双方吵闹得没个了结，于是凭着一个旁观者的冷静，陈国才忍不住开口了。

"你们这样对吵对闹不是个办法啊!"他呼吁说,不以为然地连连摇头。

"你娃娃认错人了!老子并不是骇大的!"队副过后装腔地继续叫嚣。

"那总是他疯了啦!……"冯大妈愤激地望着烂狗妈抗议。

"你听我讲,"冯有义向了徐开金辩解说,"你说他一进门就提起斧头乱砍……"

"你们就让我说两句好么?"陈国才更加动情地说,着急地指指自己盖满胡子的嘴。

"少去接些血啊①!"假咳一声,陈国才老婆轻声说,她才紧跟着赶来不久。

然而,那个高大和善的老年人并不在意,他照样继续排解。同时也因为气势已经减低,他的行动立刻就生了效。于是大家都逐渐住了口,不再顶碰得很紧了。

冯大生不仅不再叫嚷,而且在正屋的阶沿边坐下来。背脊正对着金大姐望出来的那扇篾笆。仿佛忽然放松了的弦索一样,他突然感觉得很疲乏。这疲乏,大半是从内心的懊丧来的,懊丧他没有达到目的和父母的强行干预。而且,气性稍稍平静,他倒反而更加感觉得不能够容忍了。"我怎么活人啦!"他痛苦地想,呻吟着用双手蒙了脸。

陈永福审慎地走向他,于是四面看看,抑制地叹了口气。

"杂种在沟里坏透了!"他低声说,"动不动把保长抬出来压服人!……"

他意外地住了嘴,脸红起来,因为忽然觉得这样说不得阵,有点火上浇油。

---

① 接血:招惹不相干的麻烦事情。

"你回来才知道的哇?"他问,假装嗽嗽喉咙。

"是啦。"冯大生脱气地回答说,没有抬起眼睛。

但他忽又一蹦跳起来了。

"没有那么便宜的事!"他冲着父亲嚷叫,因为冯有义正在表示,吐出来的口沫他不会舔转去,"女人是我接的,要不要还在我!算了,天底下的事情有这样简单吗?"

"难道丢了的烂草鞋你也愿意捡回去么?"父亲反问,气恼地摊开手。

"我没有那么脸长!——我要问一个所以然……"

冯大生气势汹汹地坐下,重又很振作了。

"有这样便宜,那还成个世界!"他加上说。

"哎呀,乡下人看告示:凶凶凶!"队副嘲弄地说。

虽然一直没有离开争论的旋涡,但他始终是油腔滑调,因为他不仅知道自己理屈,还顾忌着冯大生的蛮干。所以他只希望暂时敷衍下去,将来找机会说下文。

但他这一回把冯大妈惹毛了,她恶毒地逼着他抢前一步,嚷叫道:"他凶啥哇?他凶,又不连老婆也给人拐带走了!……"

接着,徐开金老婆也插进来,代替儿子辩护,不肯承认媳妇是拐骗的。而因为大家都明白这是一个关键,双方的争吵又激烈了。只有冯有义嫌于再翻这本烂账。

"我肉皮子都麻了!"他连连呻吟说,"我快要钻土了!……"

"这样好么,"陈国才拉开嗓子建议,"你们约个时候到野猫溪坐水台子呢?"

"还坐什么水台子啊!"冯有义痛苦地说,"我接得起媳妇呢,接;接不起呢……"

"没有那么便宜!"冯大生重又跳起来了,一双手提提裤脚,仿佛他要涉水那样,"世界上有这样便宜的事吗?"他反问,"人我是不能要的！可是我要问问，我究竟哪一点对不住她金女子，要扫老子的脸？还有你！"他大叫着，手指指着队副，"你凭啥理由接她？她男人死了吗？哪个给你盖过脚模手印吗？——请你指出来我看看！"

"幸得好是她本人自愿！"嗤笑一声，队副软弱地辩解说。

"就可惜连红爷都没有！"瘪一瘪嘴，冯大妈顶住说。

"这些那些都不讲啊！"胡乱地挥挥手，队副着急地抢着说，"我只问你，你们究竟答应过没有啊？这个该是你们亲口说的话吧：她嫁她的，我屋里神龛小了！……"

"那因为你们做得太丑人了啦！"冯有义愤激地插入说。

"过去的话不要提啦！"陈国才紧接着呼吁说，"还是大家约个日子……"

然而，他的建议还是没有人肯接受，大家照样地吵下去。而末了，因为双方都把金大姐看成祸根，于是，那个正被懊悔折磨着的女人，冲出来了。抱着那种倒是死了痛快的悲痛决心，她想借着这个机会倾倒出满肚子的委屈。

冯大生抖擞了一下，接着呼吸迫促地喘息起来；同时毫不自觉地卷起了拳头。

"你们都不要吵，我一个人才是罪魁！"她号哭着，眼泪不住地流，"我把你们两家人都害了！——看你们怎么说，杀也好，剐也好！——挖个坑坑我自己跳下去！……"

她一偎就坐在门槛上，用衣角揩着眼泪；但却更加伤心地哭起来。

"唉，现在就是我一个人不对了！"扬起脸来，她悲愤地紧盯着队副，"不是你今天刁，明天刁，我会闹到这样子啦？只等你一过桥，就把板子抽了！——还好像我污了你！……"

"亏了你还有脸说！"冯大生切齿说，意外地撑起身来就朝大门外走。

"我没有脸……"金大姐开始说，但她泣不成声。

她把头埋下去了。而直到众人离开的时候，她都还坐在门槛上哭泣。

九

"狗杂种一张嘴会说啦！……"

只等众人一散，队副立刻从敞房里跳出来了，跑到金大姐面前去。

"我啥事情过桥抽板哇？"他伛偻着腰身胁迫地追问道，"我没有给你吃，给你喝吗？没有把你当人待吗？他妈的！处处把你往人面子上捡，你倒还讲老子不对头哩！……"

他一顿，忍不住笑起来；但他又做作地叹口气。

"又说我今天刁，明天刁，"他半开玩笑地紧接着说，显然并不否认这个事实，"我刁过你些啥来哇？幸得你吃饭都不长了，要不的话，你还会说我拐带你呢！……"

"哪个龟儿子刁我来的！"金大姐敞声大叫，一蹦跳了起来。

她冲回卧室去了。队副想一把抓住她，但他没有抓住。

"狗杂种犯八败！"他低声詈骂，忽然感觉得很扫兴。

他感觉扫兴，乃至多少有点羞愧，因为无论如何，他不应该怪金大姐。而且，他猛地想起，当他和冯大生面对面的时候，他显得太泄气了。至少他该拍拍胸口，肯定他所做的一切。而也只有这样才像一个光棍！然而，除了抵赖，心虚，以及张皇失措，他却再也没有足以自夸的行动了。

而且，冯大生穿着得那么破烂。而且提的是把斧头！

"龟儿子做得凶！"他末了解嘲地自语说，走回敞房里去。

徐开金两夫妇正在火堆边絮聒不休地互相抱怨。因为几十年来，他们在这沟里，是很少同人吵过嘴的，但老婆子今天几乎快同冯大生打起来了。而事情又那么不光彩！

"从来没人敢拿指头戳过我一下啦!"徐大娘再三再四地说。

"哪个叫你要跑起去接血啊!"徐开金叹息着抱怨。

队副歪起嘴角一笑,又叹口气,接着在火堆边坐下。

"嗨!对,接血!"他不满地喃喃说,"兴这么说!……"

"那你算做得有功好啦!"徐开金生气了,"只差神龛子没有给人揎倒!"

"呵哟!那今天才把面子都丢完了喃!"队副软弱地叫出来,而他随即一蹦跳起来了,"我放个屁在这里,我姓徐的不把他大生娃弄个怪相,我是众人做出来的!"

"只求人家不要再来滋事就万幸了。"徐大娘冷笑说,她知道儿子一向说话夸张。

"他不滋事我要滋事!"队副顶住说,而那种邪恶的感情立刻给他提供了一个邪恶的打算,正像经过长期的思考一样,"你一个当兵的,一没军装,二没符号,不是逃跑回来的是什么? ——说得不对,我还要把他的九斤半端下来呢!……"

"一个人少作一点孽啊!"徐开金说,忽然记起儿子是保队副。

"少作点孽?不是手脚矫捷我早变成两块了!……"

队副逐渐得意起来;但也愈加惊奇,自己为什么老早没想到这一着!可是他始终不怪自己脓包,只恨冯大生太可恶。因此,他的报复念头也更强烈,决定明天一早去找保长。

保长罗光裕只有二十八九,诨名叫罗懒王。很长很瘦,特别喜欢女人。而为了赌博可以一连熬三个通夜,不眨一下眼睛。他刚在小学毕业,就辍学了。四五年前又才住了三个月"社训班"。这是父亲逼迫他去住的,因为老头子太不放心他的终日游荡。而且,觉得自己年龄也不待了,单拿守成来说,不把儿子抬举出来,将来自己死后会有问题。

保长罗懒王是三年前就接事的,照理该算老公事了。然而,若果没有一个父亲，他是一件公事也推不动的。这不是他过分善良，是他自己没有多少能耐。老头子叫罗敦五。当过杂牌部队的连长，带过野猫溪的团队，曾经显赫一时。而在坍台以后，他就把灵魂皈依了上帝了，变成了基督徒。于是反对任何人再叫他罗大爷，以为这个称呼不大漂亮。

罗敦五有六十几。短小精干，喜欢活动，平常穿着一身不中不西的短服。因为教会关系，他一知半解知道一些所谓科学知识。而凭着这个，他不仅感觉得自己高人一等，还处处和野猫溪一般当权派作对。他做过种子改良运动，提倡过种牛痘，随时都想给人一种印象：他是替老百姓做事的！而他的敌人，除了敲诈剥削，作威作福，便什么也不管了。

现在，因为很不满意镇上一批人大兴土木，他正计划利用合作方式来开发野猫溪十三保。主要是林檎沟的土产白夹竹笋。他早已催过儿子几次，叫他知会一声乡长，先占一个地步，免得给人留下把柄。可是罗懒王始终总不把它放在心上，因而这天早晨，他就又动手劝架了。

"算算我催过你几遍了喳？像你这样，天上落钞票都没有你的份啊！……"

"呵哟！"保长厌烦地切住说，"我跟着就去好啦！"

"话我倒说得剀切！"罗敦五生气了；而他随又嬉皮笑脸，学舌地接下去说，"我跟着就去好啦！——可惜时间都不待了！你扳着指头计算下吧，一眨眼就翻春了。"

"你就拿城隍庙的大算盘来算，都还有两个月！"

"对，聪明！可是，见了老咪你又怎么说呢？"

"我怎么说？"翻翻眼睛，罗懒王审慎地回答道，"我说，现在到处都在闹增加生产，开合作社，林檎沟一年要出那么多笋子，全叫笋贩子收去把钱赚了！老百姓卖出去连狗屎都不如，闹得结果连裤子都没得穿的！……"

"呵！——对啰！——这就对啰！……"

街上一般人通把罗敦五叫老神经，因为不管举止言谈，不管对什么人，他总竭力要装作很天真，很懂趣，而始终总像做戏一样。现在，当他表演得正上劲的时候，队副来了。

"老太爷早！……"队副说，准备提说他的遭遇。

"坐！坐！"罗敦五回答，指指堂屋阶沿上一张条凳。

"我通知你老人家和保长知道……"队副开始申诉。

他忽然哭丧着脸，同时匍匐下去；但罗敦五伸出手扶住他。

"这太不文明了！"罗敦五摇头叹气，装出看不入眼的神气，"简直还是前清的老章法！我不知道教过你们多少次了，现在人人平等，就是到大堂上问案，都兴站起说呢！"

"因为你老人家不知道。"队副说，结结巴巴起来。

"哟！"罗敦五苦笑了，"我在请你坐啦！"

队副叹一口气，又瞥了一眼保长，接着准备吃苦似的在那张长凳上坐下。

罗敦五心满意足地笑起来。

"这就对啰！——这就像个文明人啰！……"

于是他叫队副稍等一下，因为凡事要讲秩序，而他同保长的谈话还未告一段落。

"接着你又怎么说呢？"他接着问，打偏头望定儿子。

"又怎么说？"保长反应地说，一时没有摸着头脑。

"哟！——哟！又忘记啦！"罗敦五半哭半笑地叫出来。

"呵！我记起来了！"保长回答，忍不住笑起来，"我说，我们是用合作方式干啦！他们只管打自己的，保上不过提个领口，帮他们运到州里去卖。场上去年子修戏院，最近又要修乡公所，这些事也该有人提倡……"

"呵！——这就点着穴道了啊！……"

罗敦五双手一合，身子一躬，而他的声调，表明他舒服透了。

"你将来也要鼓把劲啊！"但是他的表情忽又一变，显得严重地转向队副，"保甲人员的主要责任是管、教、养、卫，——这当中养字最为重要！——懂吧？不要以为今天跑到老百姓门上去：拿飞机捐来！明天去：给我抬树子！——这全是野道啊！全场的事暂且不说，我们先该拿林檎沟做个模范！……"

他接着问队副林檎沟的笋子一年出产多少。

"噫！一年都要打好多挑嘞！"队副含含糊糊回答。

"究竟有多少挑呀？"

"总有一两百挑。"

"一两百挑！"罗敦五嘲弄地笑了，"一百就一百，两百就两百……"

"确数我不知道，"队副嗫嚅着插嘴说，感觉害羞似的叹一口气。

"你不知道！"罗敦五更加嘲弄地笑起来，"要是问你红宝场合，你恐怕什么都清楚吧：车二倒魁升①！——你们这些年轻人呀！我再问你哟，去年的笋子，卖多少钱一斤呢？"

"零的，才出来卖五元，一登市就跌到三两元了。"

"这是到街上卖零的啦！贩子跑来趸批……"

"卖趸的不过一元钱一斤！"

"好！卖趸的不过一元一斤！可是，一走过下坝子，五十里路不到，你知道要卖多少？——起码十元！这就是说，笋贩子谢都不道一个，一斤就要落你九元！背后还要骂呢……"

"杂种笋贩子倒一向就可恶啊！"队副愤慨地插嘴说。

"你骂？"眉开眼笑，罗敦五打趣地反问了，"嘴骂出血都没用啊！要学文明人样，多用一点脑筋。所以我正在同保长商量，明年你们自己来干，不准笋贩子收！"

---

① 车二倒魁升：赌博里面的用语。

于是他开始叙述他所拟定的各项办法。

在所有的办法当中，有一项，是要请乡合作社分拨一部分款子，作为基金。而他之所以特别提起这件事情，因为其他办法他都觉得容易，就只这一件多少有点棘手。

其实，关于他同当权派在本乡合作贷款上发生的纠纷，这已不是第一次了。两年以前，他就支使儿子同乡长斗过法，主张把那笔早已由县合作金库分拨下来的专款，按保分配，以免把持。后来虽然领到一小部分，但这个并没有满足他的欲望，反而刺激了他，因为他已经尝出味道来了。

保长是直接参与这件事情的人，更加知道这当中的甘苦，而他灰心丧气地切住了他。

"这件事我倒不去提啊！"他说，感觉不满地架起了二郎腿。

"你看你喳？"苦着张脸，罗敦五摇头摆脑地拖长了声音说，"这叫作啥章法啊？亏了你还在替民众服务，——'我倒不提！'这个对得住民众么？自然，那批人都是饿蟒，不见就请得准；可是，为了问得过良心，刀山也要爬啦！你看基督，尽管钉上十字架了……"

"可惜有些事你还在梦里啊！"保长说，又大有讲究地笑一笑。

罗敦五没有接腔；他就那么洞察地看定儿子，但却老猜不透他的真意。

"噫！你今天想同我盘道啦？"他末了幽默地说。

"不是盘道，已经在清查前年那笔账了！……"

"我怕是什么事！"败兴地叹口气，罗敦五满不在乎地抢着说，"我懂得了！他们那一套麻得倒我？想先把你的嘴塞住啦！若果真的他要清账，为什么这样久了，又屁都不放一个？他们自己就挪用了不少啊！……"

他一顿，于是带点作弄地笑了，连连摇着伸出来的右手食指。

"嗨！这就是俗话讲的，只拉弓不放箭啦！"

"只拉弓不放箭啰！"保长非笑地重复说。"你问徐荣成吧！"

队副徐荣成张皇地四面看看，随即叹一口气。因为他早已忘记了罗敦五的议论，而在设想自己的处境了。在未来这里以前，他似乎蛮有把握，相信保长父子是会支持他的。而由于老头子的再三打岔，他可忽然丧失了自信了，不敢再相信他的申诉会有美满结果。

"我不大清楚！"他红着脸支吾说，因为他实在没听清楚他们的话。

"放屁！"保长生气地批驳了，"你自己亲口说的，冬至那天，乡长还向你清查过：'你们那一保的合作款在哪个手里哇？'又说，'要注意一点啊！谨防给人家烧了！……'"

"呵！——呵！——你说这个！——那倒的确有这么一回事！"

罗敦五失望地叹口气。他随即闷着脸，双手慢慢插入破呢大衣的口袋里面。

"那么你又怎样回答的呢？"冷然一笑，他伸直腰突如其来地问；可又并不等候答复，紧跟着说了下去，"难道我一个人把款子吞了吗，凭你徐荣成讲吧！好多人吃瓢炒菜；衣裳呢，屁股亮在外面，都舍不得换件新的；买点布补一补都没钱，——合作社开办起来卖给鬼啦？"

队副开口不得。因为十三保确乎穷，买办日用品没有销路。

"大约你说我窝在手里放大利吧？"罗敦五试探地加上说。

"完了！"队副从长凳上跳起来了，"你这一说，我简直是吃屎长大的了！……"

队副认真着急起来，同时他更想到，他现在正是求人的时候，因此他决定开心见胆表白一番他的忠诚。然而，正当他就快要开始了，随着一阵狗叫，冯大生走了进来。

十

当金大姐号哭着向了队副指责的时候，有两种完全不同的感情支配着冯大生：他痛恨她的受骗，但也可怜她的忏悔。而在这种矛盾中间，他十分厌恶地转身冲出去了。

"亏了你还有脸说！"他切齿说，一直朝了徐家大门外走。

然而，这种近乎快意的心情，为时是很短的。等到冯有义、冯大妈陆续跟上来了，他倒更加感到懊丧，也更不满意他们的干涉。因为他有一种看法，认定他们阻碍了他的复仇。而若果他们不赶起来，他可能已经把队副解决了，同时也就洗刷掉了他这一生的奇耻大辱。

因此，当他发觉他们的时候，也就忍不住抱怨起来。

"对！……对！……你们存心不要我在这沟里活人了！……"

他顿脚，接着逃遁似的加紧步子；但他忽又旋风样回转身来，恶狠狠地看望着冯有义。

"你们忍得了我忍不了！"他大叫，"至少我有张脸！……"

"那你又再转去好啦！"冯有义嘶声说。

"你赌我哇？"冯大生厉声反问。

非常显然，冯有义随口而出的气话，重又使他获得了勇气。但也同样显然，他已经领悟了这事情不简单，并且对于父母的意志无法置之不理。而当他提了斧头，一气冲向徐家的时候，他可不曾想到整个事件的某些重要关节。

冯有义好一会没有张声。最后，他痛苦地微笑了。

"我唯愿二辈人你给我当老子！"他说，落下两点老泪。

他没有再笑。接着用拇指擦擦眼眶，在一块石头上坐下。

"只有你的是脸，人家的都是屁股！"停停，他又苦滞地开口了。"老实讲吧，我并不希望哪个给我端灵牌子，——我只觉得那个残废人太可怜了！要不的话，我一定挡你做啥？——天地间总没有叫老子替儿子抵命的道理啦！……"

冯大妈跟上来了。陈国才一家人伴随着她，正在给她安慰。

"你不能再火上加油了！"陈国才说，但随又住了嘴。

他住嘴，因为他看见冯大妈忽然停下来了。接着他就明白了这是怎么回事，隔有两三丈远，在山径拐弯处，那两父子闷坐在路边上。而细看神情，他们无疑刚才有过争吵。

"你们两爷子怎么又赌气啊！"陈国才叹息说，同时走了过去。

"你也是养得有儿子的，"勉强一笑，冯有义神情凄凉地申诉了，"大约你处处都在害忌你陈永福吧？至少，我这个当父母的是这样：看见儿子跳岩我还要揎一掌！……"

他一跃而起，忽然变得很兴奋了。显见他忽然间得到了个重要念头。

"对！一个人的脸不是屁股！"他切齿地接着说．脸红起来，"我冯闷娃也不是生的受气包。你记得吧，"他把眼睛从儿子移到陈国才身上，"那一年我两个上街赶梓潼会，去买火镰，——杂种把我当成扒手，老子挽着就是一顿拳头！——后来呢，既然没有赃证，该算我有理吧？他妈的！八大帮不依了，码头上反转倒要我挂红放炮！……"

他顿住，因为他的激动而喘息着，脸孔涨得通红。

"唉，唉，"他末了强笑起来，"这个不是我吹牛嘛？"

"你年轻时候也像火药样啊！"陈国才叹息说。

"人家可以为我是生的受气包呢！"

"呵哟！还是那句口前话对：手内无刀怎杀人！"

"对啰！"冯有义快意地轻声叫了，仿佛一下弄明确了自己的全部思想，"手里没有'刀'么，你是方的，都会糊糊涂涂变成圆的！——嗨！可是人家不相信你这一套啦！好像只有逢岩跳岩，逢坎跳坎，这才是硬汉子！……"

"我跟他讲道理总讲得啦！"冯大生大叫，一蹦跳了起来。

"你就不会有半点道理！"冯有义顶住说，"你怎么会有道理？人家又是光棍，又是队副，——你该还记得吧，"他转脸向陈国才，浮上一个苦笑，"你们幺指拇没道理吗？天底下就没有这样的怪事：背了脚不给钱不说了，还要挨打！——还要坐禁闭室！——还要叩头作揖才能脱手！……"

"像你这么说我就没有路可走了！"冯大生高声呼喊。

他两臂一抛，又顿顿脚，于是感觉昏眩地重又坐下。

"对！你是我的老子，"停停，他沉痛地接着说，显然是在绝望里拼命挣扎，"你不会有二心；妈又是残废人，我该听你们的话，不要逞凶，——我是吃油盐长大的，懂得这个道理！可是，我走这一条路，你挡住，我不说了！走二条路，你又挡住！未必我连屁都不该放一个么？"

冯有义正想开口，但是陈国才呵唷一声，拉长脸挡住了他。

"呵唷，老庚呢！"陈国才抢嘴说，因为他相信不让冯大生出口气，事情终归会七拱八翘的，"也不能完全依照你啊！万一碰对了呢？就让他去找一找保长嘞！"

"对！把书往曹营里下！"陈永福闷声说。

"你懂得个屁！"陈国才反驳了，"他是道门槛啦！……"

于是，由于陈国才的热心劝解，冯有义没有再阻拦了。而冯大生也同意了他的建议，先去上附保长，然后约个日子，上街去讲道理。但当他在保长家里看见队副的时候，他立刻想起陈永福的提示来了；但是他忍耐着，依旧照习惯伏下去就叩头。

"这太不文明了！"摇头叹气，罗敦五哀怜地说。

"文明得很！"当叩了头，爬了起来的时候，冯大生激动地大叫了，"这还不文明么？我一没有闭眼睛，二没有盖过脚模手印，就把我老婆接了！要是天地间有这个道理呢，我姓冯的屁都不放一个！"

"你扯了这一串，究竟哪个有这样胆大啊？"罗敦五惊怪地问。

"你老人家问他吧！"指指队副，冯大生喊叫说。

当冯大生进来的时候，队副的吃惊也不下于他的仇人，而且十分感到懊丧。因为既然他的申诉被罗敦五压下了，他就无异失掉了某种优势，忽然变成了被告了。

但他是在保长家里，冯大生又是空着一双手跑来的，他还没有怎么样张皇失措。

"问我?"队副反驳地说,气势陡然旺盛起来,"我倒要先问你呢!我们请老太爷讲吧,红不说,白不说,一冲到我屋里就拿斧头乱砍,——幸得我自己矫捷呢!……"

"这是啥时候的事哇?"一下把背离开躺椅,保长集中注意地问。

"就在昨天下午呢!所以我特别一早来投你们。……"

一面说,队副一面又跪下去了,向了罗敦五、罗懒王叩头。

"要是你们两位都说,他姓冯的做得对……"队副继续说。

"我不对你对!"冯大生插嘴说,"糊里糊涂就把人家老婆接了!……"

"是她自己愿意的啦!……"

"可惜连红爷都没有!"冯大生顶住说,更愤激了;一双手卡住腰嚷下去,"我也请你们两位断一下吧!就是买猪买牛,也该有一个牙行么?就由你这样麻糖果子地蒙混过去都算事吗?——哪一篇书上写得有哇?……"

挽挽破棉短袄的袖子,他又双手卡腰,显然是在尽力抑制自己的感情。

"嗳!你拿话出来回啦?"他紧接着大叫,"为什么不张嘴?……"

"不管你这些那些啊!"队副终于蛮横地回答了,同时也示威似的双手卡腰,"我只问你,她是三岁两岁的娃儿么?吃饭都不长啦!并且,老太爷!我们有红爷啊!"

"那就请指出来吧:看是光脸吗,麻子!?"

"还没有到时候!"

"啊哟!你们是到我家里来吵架的啦!……"

罗敦五嘲弄地大笑了。而这么一来,双方都红着脸住了嘴。

"我给你们说,这叫作野蛮啦!"他嬉笑地接着说,神态非常悠闲,"难怪外国人看不起我们,我们自己都看不起呢。一来就脸也红了,眉也粗了，——这个章法多羞人啊！……"

他顿住，颦蹙着脸，正像他在谈说天灾人祸那样。

"就是他把你老婆接了嘛?"他接着问冯大生。

冯大生嗫嚅着点点头。现在，这件事忽然由个第三者那么平静地说出来，他一下感觉得羞惭了。正像一个少女，须得站在医生面前，仔细回答种种难于出口的问题那样。

但他忽又笔直望定对方，红晕从脸部立刻扩展到后颈窝。

"我出去当兵，他编筐筐把我老婆接了!"他愤激地加上说。

"呵! 你才从前线回来的哇?"

"偷着跑回来的!"队副抢着回答。

冯大生意外地挫折了。他勾了头，忽然觉得满手全是汗水。

"随便你说好啦!"他末了说，浮上一个极不自然的微笑。

"我随便说? 一没军装，二没符号……"

"你就老是插嘴!"罗敦五阻止说，接着就问冯大生姓什么。

"冯有义的儿子啦!……"

保长罗懒王抢着回答，一撑从躺椅上站起来了。

当冯大生进来后，他开始有点吃惊，接着觉得好笑，最后他就带着一种鉴赏恶作剧的神情，旁观着这场争执的进展。现在，因为父亲一点也不知道底细，他就忍不住出马了。

他并不如父亲设想的那么糊涂，实际倒也同样精细、诡诈。

"唉，他就叫冯大生喃!"他接着说，一面理着裤腰，"因为他一年多没信回来，家里又住不下，老婆前年冬天，就嫁给徐荣成了。后来因为争夺女人陪嫁的几亩地，又闹过一次，还是在街上讲理信说好的。"

"那我怎么一点不知道呢?"罗敦五吃惊说，有点莫名其妙。

"你几次都到王牧师那里去了,"保长装作惋惜地回答说，因为当时他有意要瞒哄罗敦五。"后来本想告诉你呢，又怕你发脾气，说，一点屁事都要找我! ……"

"那么他们究竟有红爷没有呢？"

"没有红爷怎么能接人呢？你想下吧！……"

保长一直不曾停止过笑，而他忽然蹙着脸转向冯大生去。

"我看这样好了，"他慎重地接着说，"现在生米已经煮成熟饭，就把人退给你，恐怕你也未见得会接手。最好不要扯了，认真把庄稼做起，将来另外接一个好了！"

"天地间没有这么便当的事！"冯大生强硬地反对说。

"依我看就便当！"罗敦五含笑地抢嘴说，十分满意儿子的措施，"喏！只要等明年合作社办成了，你又这样精强力壮的，好好打它一季笋子，我包你收了小春讨个老婆！……"

"你们说上天我都忍不下这口气！"冯大生插入说。

他的语气更为强硬，也更为愤恼了，而他的坚持已经形成了一个绝对性的概念。因为他不仅更加看清了他们是一气的，而那种随常提防遭害的农民习性，也反对他受愚弄。

"我没有那么蠢！"他又简捷地加上说。

"哎呀！"罗敦五打趣似的轻声叫了，"你真像个兵大爷喃！……"

"不要再理他了！"保长生气地抢着说，"越烧香越害癫！……"

"你不理好啦！"冯大生顶住说，"未必只有你这道衙门有资格哩!?……"

他很可能一个劲嚷下去，但他喘一喘气，转身就朝大门外走。而他这个"悖逆"行动，立刻把保长点燃了，正如一般恼羞成怒的豪霸那样。因为他知道自己该袒护队副。

"狗杂种放明白点，谨防哪一天老子抓你的逃兵！……"

保长嚷叫着，随即转向父亲，唤起注意地望身后挥挥手。

"你看杂种那个遭凶的样子喳！……"

"你还没看见昨天那个劲仗啊！"队副中伤地说，"一进门就提起斧头乱砍！……"

"以为弯毛根训善吧，一惹毛了，比牛还要犟呢！"摇一摇头，罗敦五不以为然地说道，"所以我随常教你们，啥事都要顺着毛毛摩，依不得自己的脾气啊！……"

十一

把树料架在打杵子上，又嘘地吹口气，冯有义停息下来。

"怎么，要歇气么？"跟在后面的陈国才问，同时取下打杵。

"又不是赶考啦！"冯有义生硬地说。

"我也这样想呢。"陈国才说，也决心歇歇气。

而陆续跟来的两三个青年人，却分别迈过那两段架在打杵上的树料，一直望野猫溪赶去了。这不单是由于精力充沛，他们也很不高兴，只想赶快干完这一件瘟差事。

撑好打杵，陈国才身子向下一缩，又向上一伸就笔直站立在架起的树料边。

"顶多再有两天也把账还清了！"他叹息说，抹了抹脸上的汗水。

"你福气好，有帮手啦！"冯有义羡慕地说。

陈国才望了一眼河对岸保长的院子，又看看冯有义，接着审慎地咳嗽一声。

"你们那一位恐怕正在跟老神经两爷子扯皮吧？"他沉吟说。

"管他扯也好，不扯也好，一根牛尾巴遮一个牛屁股！"

"你们晚上又吵来哇？"因为听见口气不对，陈国才问。

"我没有那么好的精神！"冯有义头也不回地生气说，但是接着，他又忍不住把脸转向陈国才去，"晚上还赌了大半夜气，我才懒得理嘞！——一言不中，千言无用！今早上要走了，又跑来向我说，'爹！我去了哇？''我没有挡你啦！'我说，就冲起走了！"

陈国才惋惜地叹了口气。"你两个都犟啊！"他笑一笑说。

"明明白白是讨气受啦!"冯有义不满地叫起来,但他随又摇摇头苦笑了,因为他忽然瞟见了从保长家里出来的冯大生,正在过桥,"左右不听我的话嘛!……"

他从儿子的神态猜测到他碰了钉子,更加不满起来。

"我们走吧!"他接着说,同时身子一缩,准备扛起树料就走。

陈国才也跟着他把身子向下一缩,但还没有扛上树料,他又站起来了。

"你就去过了么?"他问,一眼盯住正在跨上大路的冯大生。

冯大生站定了。他极力想使自己平静,但是他的呼吸愈加急促起来。

"杂种!"他詈骂着,"他以为他那道衙门了不起了!……"

他顿住,毫无目的地挽着破烂的棉紧身的袖子。

"我就不相信蛇是冷的!"他又顿着脚嚷叫。

叹一口气,冯有义又把树料架在打杵上了。

"我看你还要闹些啥乱子出来!"他嘲弄地抵塞说。

"他抓我的逃兵好啦!"

"对! ——豪杰!……"

"你两个又来了!"陈国才插入说,"保长对你究竟怎么说起的啊?"

"怎么说起的吗?说,生米已经煮成熟饭,叫我不要提了! ——可惜没有这么便当!乡长解决不了还有县长;我不信他徐烂狗会把乡长县长都喂家了,屁眼有这么大!……"

"难道就干干净净叫你不提了么?"

"还讲要抓我的逃兵呢! ——好嘛, ——活埋都只有这么凶!"

冯有义抑制地咽了口气。

"娃娃呢,气是㞎的①!"他怜惜地苦笑说,"我本来不打算挡你

---

① 㞎:是软的意思,这是说一个人用不着闹气性。

了，——你跑了那么多地方，见多识广，还会把我的话当话么？不过，我还是要说，我不要紧，也该替那个残废人想一想！我问你哟，难道刚才碰的钉子你就忘记了么？……"

冯大生把头埋下去了，但他忽又激昂起来。

"我钉子还没有碰够！"他敞声大叫，粗壮地喘着气。

"又何苦啊！"陈国才叹息说，"要是钉子碰得掉也不说了。……"

"我就偏要碰他这颗钉子！"冯大生大叫。

而且仿佛这个不止于是说辞，也是决心，他接着显得顽强地在路边坐下。

"你自己屁股上有屎啊！"陈国才说，摇头叹气起来。

"嗨！我这个人就怪，我又愿意再穿几天二尺五嘞！"冯大生轻快地接嘴说，显出一种极为愉快的神情；但他忽又罩上一层怒气，提高声音嚷道，"啥啊！难道他就能够干脱身吗？那还成了鬼世界了呢！"

"跟他拼犯不着啦！背上又背了个保长。……"

陈国才忽然间住了嘴。而且，立刻把表情也换过了，显得那么柔顺、谦卑，仿佛便是被人踢几脚也都不会生气。因为当他正想继续说下去时，他看见了保长已经出现在桥头上。

"保长！这么早！"作为警告，他喜笑颜开地大声招呼。

保长罗懒王写意地点点下巴。

"你们该快搬完了啦？"他问，眼睛却在审视冯有义两父子。

"呵哟，打草鞋才在缠鼻子呢！"陈国才大笑，正像听了一句趣话。

"你们脚板跑快点啦！"

"我们才巴不得几下就搬完嘞！你想，草，草该铲了。……"

陈国才原想申诉下去，因为保长一直走过去了，于是叹息着住了嘴；而且立刻换上一副愤愤不平的脸色，仿佛便是什么人不怀好意地看他两眼，他也会吵一架。

"杂种一张屁股倒会说话！"末了，他抑制地喃喃说。

冯有义忽然忍不住冷冷一笑。

"唉。你快去啦?"他望了望冯大生说,"看你有人家脚杆长么!我给你讲,"他蓦地提高嗓子,恼怒地紧接着嚷下去,"等你上街,人家已经袖子里一捏,啥事都串通了!……"

"那还搞假了呢!"冯大生反驳说。

但他并未动身,声调也有点缺乏自信。因为当发觉保长走过的时候,他也立刻怀疑到他是为什么上街的,而且立刻联想到自己那个十分容易被人抓住的弱点:逃兵!

但他终于带点强笑,鼓舞着自己撑身站起来了。

"啥啊!"他圆梦地喃喃说,"我就不相信当公事的都是坏蛋!……"

"你以为当公事的会有好人,你就错了!"陈国才说。

"嗷,天底下只有一个罗懒王坏啊!——其余的都好得很!……"

一面嘲讽地说着反话,冯有义一面已经迈过头去,拿肩头托着树料,决定要走掉了。但当快要取下打杆的时候,他又毛毛糙糙地将头一迈,撑起身来,显得激昂地望定儿子。

"乡长究竟有多么好,你问他吧!"他大叫,指一指陈国才。

"心把子都黑透了!"陈国才詈骂说,"修座戏院,落了他妈两三根檩子!越吃口味越大,现在又要修乡公所了。你以为他会给你主张公道,看把清鼻涕想出来!"

"可惜我是干的!"冯大生软弱地说,重又坐了下去。

"你晓得你是哪个榨干的哇?"冯有义挑衅似的反问。

冯大生瞠目不知所对;而在这紧张的沉默当中,只有河水哗哗作响。

"就是他几个打伙把我们榨干的啦!"冯有义直着嗓子嚷叫出来,原极善良的眼睛闪烁着仇恨的光芒。"我问你啊!你卖了一料壮丁,家里得过你三个烂毛钱吗?"

"我自己有一身账啦!"冯大生辩白地叫屈说。

"对！你拿去还了账了，人家可说你寄给家里了啦！就今天来追，明天来逼，"冯有义喘息着，又深深透口气，"像催命样！结果把那块撮箕口地①卖了，还脱不了手！……"

"啥？"冯大生一撑站起来了，"我又没有卖人家的壮丁……"

"他们就不听你这一套啦！就咬住不放，'不行！你是野猫溪的人，倒卖到红庙子去了！'想起来伤咮，关了我一个多月，徐烂狗今天来编②你妈，明天来编你妈。等到把地编起卖了，壮丁费啦，伙食费啦，东扣西扣，几个钱全扣光了！画字那天，可怜你妈连喜钱都没有讨到一个！……"

他叹息着停下来，空出只手，慢慢擦去几粒夺眶而出的老泪。

"真想不得，"他又强笑着沉思地说，"惹出一大摊事，好容易跑回来，他倒还要跟你摆祸事呢！"

"我也不懂！"冯大生抑制地嘶声叫了，"妈该到城里告他的状啦！……"

"你不要再抱怨你爹了！"陈国才劝阻说。

"我倒不是抱怨他啊！……"

"你也不要以为打官司有办法，"陈国才进一步接着说，"单讲这一点吧，每回县长来了，都在乡长公馆里住，——这个你都告得响啦？八月间赶场，我亲眼看见两个边走边说，热络得啥样！……"

"我们只有那块地方是保肋肉啦！"踢踢脚，冯大生秃头秃脑地叫出来，"唉，好几代人就有了的，现在就让他们吃了！婆婆死的那年，还说，'你们不要嫌它是山坡啊'。……"

"只有你一个人晓得心痛！"冯有义说，辛酸地咽一口气。

"连我们外人也心痛啊！"陈国才愁蹙地叹息说，"那是祖先人一锄

---

① 撮箕口地：指地形像撮箕口，农民每块地都有一个专名。
② 编：想方设计来作弄一个人。

头，一锄头开出来的啦！单讲流的汗水，不是笑话，一个人你一辈子总喝不完嘛。就是我卖了那一块犁冤地，——那叫啥地啦？每年要砌回埂，岩石占了一半。——现在做梦想起，也还要呻唤两声呢！"

"你卖它是为葬老的伙啦！"冯大生叫屈说，"现在白眉白眼就让人家吃了，没有那么便当！我就要上街去问，究竟根据哪一条，哪一款，我姓冯的该退钱哇？"

出乎意外，冯有义打杵一取，顺手把树料扔在了路边。

"这个人就没有一点想头了！"他丧气地喃喃说，在一个土埂上坐下。

而他随又撑身起来，摊开两手，申诉地把脸转向陈国才去。

"你想，这还有啥想头呢？翻精倒怪，要跑去当壮丁，——牛牵绳都拖不住！结果闹出一堆乱子，我抱怨过一句么？我总想，好！只要人在，啥哟，日子过苦一点好了！……"

"要苦得下去啦！"冯大生叫屈地大喊，全身都在战栗。

"怎么苦不下去？难道你想吃珍馐美味么！……"

"我不是为我想！我只觉得你老人家这么大岁数了，妈又是残废人，三天没有两天利落；我就是再怎样变牛，未必还能够让你们清清闲闲过两天么?!"

"娃娃呢！只要你肯顺老子一口气，就算大孝子了！……"

父亲冯有义的声调有点颤抖，同时又落下两点老泪，于是翻身在原处坐下了。垂头丧气一声不响。冯大生也好久没言没语，就那么瞪着眼睛，半张开口。一直僵在一种极不自然的姿势里面。而末了，他惨笑一声，又点点头，十分绝望地向了冯有义连连摇手。

"对！对！对！"他沉痛地低声说，"从今天起，我啥事都不提了！……"

于是抽身便走；但他忽又猛然站定，旋风一样回过身来。

"人家就要我的狗命我都不哼一声！……"

他踢脚大叫，但他为眼泪所梗塞；接着便走掉了。

虽然走得那么起劲，他的步调可有点跟跄；不时又停下来，于是从齿缝间喷出一句詈骂，又再动身。他从来没有想到过出卖一次壮丁竟会闹出这么多的乱子！而他的气愤不平，也就更加需要一个出口。但是，那些阻塞出口的砖石，却愈来愈多了，简直要闷毙他。……

皂桷垭路边上有一家幺店子，紧靠在大河边，店主人是个满面汗瘢的老年寡妇。当冯大生走过的时候，她正在抡麻线；但她忽然两眼呆滞，指头也粘住不动了。

冯大生也忽然住了脚，凝神聚气，陷在专注的沉思当中。

"我不撞他乡长保长这总行啦！"最后，他独自亢声叫了。

接着一眼发现那个含着哀怜眼色的老太婆。

"要口水喝好吧？"他说，一下觉得喉咙干燥，胸膛又烧又热。

"水缸在那里嘞。"老太婆说，长长叹一口气。

不待答允，冯大生早已钻进茅棚去了。一条皮毛已经擀毡的老狗，警戒地让开路，接着就在他身后汪汪汪叫起来。而随着一声哀嚎，它又缓缓绕个圈子，懒懒躺下去了。

冯大生一气喝了大半瓢水，接着就走出来。他拿手拐擦一擦嘴，一面道谢，同时让脚步把他带向大路上去。但不是朝着林檎沟走，是朝着野猫溪。因为经过一阵混乱而又激动的挣扎，那些阻塞住出口的砖石，也就是那些妨碍他作出判断的顾虑虽然还在，他可已经发掘了一个透气的小缝隙。

他的心绪重趋安定，他的精神又充沛了。他在场口上赶上了他父亲。

十二

指责了一番两个青年人的躁妄，接着，罗敦五就催儿子赶快上街去会乡长。

"哎呀，"保长显得厌烦地苦笑了，"你这个人怎么总说起风就是雨啊！"

"那么光吹风不下雨好吧？"罗敦五反问，打趣地眯着眼睛。

"你等我歇口气就去啦！"

"歇一口气！"罗敦五敞声大笑，"你大约才拉过犁头吧？再不然，就是吃早饭累倒了。不过，嗨！你要我打牌掷骰子么，——'好，来一个，三天三夜不眨一下眼睛！'"

"好吧，"保长红着脸插嘴道，"我碰见你，道锣都不响了！"

于是走去坐在马扎子上，结着跋在脚上的草鞋的练子，准备上街去找乡长。然而，等到套好草鞋，已经打算站起来了，他忽又坐下去，而且全身软瘫在马扎子上。

"那么，徐荣成的事究竟怎么办呢？"他猝然发问，仿佛在找借口。

"我也就等你老人家一句话，"队副紧接着说，侥幸他的上司还没有忘掉他，"他大生娃要不松手，我陪他好了！不过，不管公事私事，我总先该上咐你老人家一声。"

"我主张给他个下马威！"保长一蹦跳起来说，"太撒野了！……"

"你们怎么又是这一套啊！"罗敦五叹息说。

"又是这一套？动不动提起斧头就砍，像这样撒野下去……"

"他会造反？"罗敦五切住问，于是充满自信地笑了，"怎么说这些脓包话啊！他现在自然要乱蹦乱跳，只要你们会处，——我保险！——搁个时候就太平无事了。"

"你看他刚才那一副凶相喳！"

"我再告诉你们，就是条猪，有时候也会发跳疯呢！……"

保长感觉头痛地挥挥手，勉强承认下来；接着就动身了。

保长是那种所谓一股冲性格的人，平常虽然懒散，偶尔灵机一动，可也生气勃勃，说做就会做的。不过，这有时比较持久，有时却像火花一样，一闪就完事了。前一刻钟，他忽然敏感到冯大生的行动将会对他不利，牵连到自己的，但当横过苏堡河的石桥，上了大路，一下又发现那个逃兵的时候，他可又在心里暗自觉得好笑起来。

他没有张理冯有义两父子，而且假装毫不注意他们，但只大而化之地向陈国才应酬了几句，就一直向镇上走。可是，他的那股津津有味的邪恶情趣，却越来越浓了。最后，这个情趣甚至那么触目地表现出来，发为声音。虽然同时还残留着一些不快。

"杂种！"他自言自语说，"那么热腾腾一甑子饭，你不吃人家都不吃啦！……"

进场不远，一个头戴睡帽的中年人招呼住他。

"摸上街捡便宜哇？"那人问，不怀好意地笑一笑。

"倒找两百我都不干！"保长回答，一直又走过去。

"杂种！又要绷正像了，——看见石头缝缝都要插根签签的人！……"

保长没有再理睬那光棍。便是经过那家惯常招待游娼的旅馆门口，看见几个熟人，正在那里轻薄一个新到的年轻妇女的时候，他也只是显得贪馋地望了两眼，叹了口气，没有走过去伙着那批光棍胡闹。这不是因为他对女人已经乏味，另外一个邪恶念头正在控制着他。

他在场口上忽然得到一个想法：吹嘘队副搬到他附近住！

"杂种一定会答应的！"他接着想，"上街方便，又不怕大生娃动蛮了。只等他搬来么，嗨！"他心里忽然软了一股，又咽一口唾沫，因为他想起了他同金大姐的秘密……

他就这么飘飘荡荡走去，充满邪恶情趣，而一到目的地，他可立刻也清醒了。

"妈的，几下说完去看看牌九吧！"他想，走向乡长茶桌边去。

乡长老咪，是个无须的瘦长子老人，随时架着一副旧式水晶眼镜，翘着根长烟杆。他同罗敦五是老同事，但也是老冤家，两个人一直都互相戒备着，在野猫溪斗着法。

乡长从长而稀松的齿牙间取掉烟杆，叫了茶，随即含蓄地微微一笑。

"你们那一位呢？"他问，身子一直没有离开椅子靠背。

"还不是一天都在弄他的果园！"保长回答，仿佛自己也不满意父亲。

"对啦！"乡长轻声笑了，"替你们多盘几个还不好么？"

一个同席的茶客，翻眼望望保长，又咬着下嘴唇笑一笑。乡长已经悠然自得地在抽烟了。老咪的言语通常总是很短峭的，每每叫人发窘，而罗懒王一向更忌讳接近他。

然而末了，因为沉默得太久了，保长终于搭讪着开了口。

"杨伯伯！我今天想找你谈个话呢。"他红红脸说。

"好嘛，"乡长说，眉毛都没有动一下。

"因为……"保长开始陈诉，但他忽然又顿住了。

接着，他四下看看，于是拖了一下椅子，使自己挨近乡长一点，便是秘密话也可以听得见。而乡长自己，也反应地把身子一斜，又把右脚拖上椅子的靠手，双手勒住膝头；只是一双眼睛，却已不再向对方看望了，半开半闭的，正像打盹那样，毫无目的地望着一个相反方向。

"杨伯伯晓得的，我们那一保林檎沟最穷了！"保长接着说，又嗽嗽喉咙，"不是靠着卖点柴，打季笋子，每年连面汤搅团都敷不匀净。昨年修戏院征了工，今年修乡公所，又要他们砍树子，抬树子……"

乡长不满地笑起来；保长把话头顿住了。

"这个倒是根据通令办的啊，建设嘞！……"

"我不是说这个不该……"保长红着脸解释。

"下文又怎么样呢？"乡长阻止地插入说，重又噙住烟杆。

"下文么，大家觉得他们这两年太苦了。笋子呢，零卖价钱倒还不错，又销不了多少；卖趸的么，杂种笋贩子些又把价钱勒得绑紧，——贱得像狗屎样！……"

"照今年的行市，笋贩子买，合多少钱一把哇?"乡长问。

"一挪扯不过二十元钱!"

"这不是比卖零市矮个对倍?"

"贩子运到州里去卖，还要管百打百嘞！……"

"这简直是抢人了!"那个同座的茶客说，站起来，乘机会摇头叹气地出了茶馆。

"那么，你们又打算怎么办呢?"乡长沉着地紧接着问。

"怎么办么，"保长重复说，又嗽嗽喉咙，"我们打算开合作社……"

保长嗫嚅着住了嘴，正像一时傻气说了句失格话样。而直到隔了好一会了，乡长这才慢慢从他的马齿间取下烟杆，脚也从椅子靠手上放下了，第一次扭转身正面对了他的下属。

但他并没有看保长，只懒懒扣着烟蒂；而末了，他才望定保长微微一笑。

"这个话，你同你们老太爷商量过没有呢?"他问。

"稍微谈了一下。"保长审慎地说，又偷眼看看对方。

"其实，都该先同他多谈谈啊！他懂，花样又多。……"

"他也讲，就看你老人家的意见怎么样呢。"保长胆大地插入说，"你老人家说可以呢，我们就准备干；不可以呢，就搁下来好了。横竖又不是哪一个人的事情。……"

仰起脖子，乡长杨茂森嗤声笑了。

"你这样一形容，我简直是个活土豪劣绅呢!"他说。

"你这一说!"保长快意地红着脸解释，"本来是啦，不管公事私事……"

"我给你讲!"乡长切住他，神色忽然变得很严正了，"这件事无论是你们哪个出的主意，只要认真为老百姓，我没有不赞成的！不过，老弟！这场上的事，我经验得太多了！说的一套，做出来的臭而不可闻也，——啊哟！……"

"那也要看怎么个做法啊！"保长顶住说，胆怯地避开对方的视线。

"那么，你们又打算怎么做呢？"乡长反问，集中起全部注意。

"我们么，嘿，嘿，横竖政府有规定的。……"

乡长嘲讽地一笑，又那么从容不迫地摇一摇头。于是罗懒王口吃起来，因为他忽然觉到，他同父亲的诡计，已经被对方猜透了，不仅不会给他以任何支持，还可能奚落他一顿。

"不过，"保长接着又说，一面窥探着老咪的神色，"最后还是看你老人家怎么讲。"

"我？"乡长反应地说，又仰起脖子扬声一笑。

于是，端起茶碗，先喝点漱漱口，接着又吞了一点，然后就集中注意，十分精明地提出一大串问题要保长解答：产量如何？怎样收集和如何运销？打算由哪些人分别负责？……

最后，等到一切都问明了，于是乡长闭闭眼睛叹一口气。

"大家不是外人，我们揭开说吧！"他接着说，"这件事我早就想过了！帽儿山的竹林，我也有一段的。我就怕这么一来，又有人造谣言，说我想吃人了。因为既是合作，山主总有分的，能够不张不理？今天由你老弟出来主张，我会不凑趣么？那还成了笑话了呢！就只看山主的股怎么样算。"

"这个我倒还没有想过呢！"保长显得吃惊地轻声叫了，"因为一向都自由打，从来没人过问……"

"天底下的事情，就是这个样嘞！"精明地笑一笑，乡长紧接着说，"值钱不多的时候，由你们打好了；油水一大，又都伸出脑壳来了：那是我的！比如说，赵啃铜老头子就有一段，王家棺材铺也有点，这些人都是好惹的么？本来也是，人家的主权啦！"

"听说我们家里也有一点。"保长说，失望地叹口气。

"我两家没关系啊！"乡长十分慷慨地接腔说，"平常价做好事，几千几万都在花嘞。"

"那么只有这样，管他的！暂时做下去再说！"

"这太不光明磊落了！"乡长非难地摇头叹气，"一个人立身处世……"

"那就只有搁下来了！"保长丧气地抢着说，"因为将来真的这个跳出来说：这一段是我的！那一个说：我们也有一段！那会把人头都闹昏嘞！——我才不干！"

"其实，简便办法，也不是没有啊。"

"除非照老规矩，让大家自由打，——可是现在的事情！……"

"你要说得来大家情投意合嘛！"乡长曼声说，徐徐点着下巴，"比如，现在修乡公所，就还差多长一节款子，这个又是建设，若果将来把余利提几成捐献出来，哪个还好意思来扯？不过，这么一来，你们老太爷听到，又要咳怪嗽了。"

"哪里的话！"保长违心地说，神气却装作得很严重。

"照个火来！"乡长望了茶炉边喊，毫不在意对方的辩解。接着，等堂倌把纸枚照来了，乡长也已装好烟卷，提着烟杆站起来了。吸燃烟，他又踱到附近牌桌边去，似乎完全忘记了罗懒王。而当他重又悠闲自在地踱回原地的时候，保长已经把算盘打好了：即或让老咪插进来，他的利益也并不小。

"不报喑①早和了，"乡长老咪自言自语地说，一边在原位上坐下。

"再说喑倒是该报的！"牌桌边有人应声。

"那么你又报对了嘛！"并不争辩，乡长笑一笑说。

"呵，杨伯伯！我看你说的那个办法都对！"保长带点忸怩地说。

乡长出神地看定保长，像在回忆什么，或者等候下文。

"呵！"乡长最后大彻大悟似的轻声叫了，"你讲的打笋子那个话哇？"

"是啦！我想，就照你老人家说的，提点修乡公所。"

---

① 报喑：赌博中用语。

"我看这样：还是先征求一下你们老太爷的同意，然后再决定吧！——免得将来他又东说西说……"

"这又不是他一个人的事情！"

"本来也是！你们十三保，是野猫溪十三保，总不是外国啦！你又当了几年的公事了，说话还不作数？不过呢，我就怕彼此闹些不必要的误会，——他那张嘴你难道不知道？……"

"总之，你老人家认我好了，别的你不必管！"

"也行，也行，"看见罗懒王那么着急，乡长假装无可奈何地连连说，"不然的话，又会说这些当老前辈的，在把你当娃娃头看待了。不过哩，嗨！用人要注意啊！"

"我想将来自己到林檎沟招呼。"保长说，随即想起了金大姐。

"又找哪一个到州里推销呢？"

保长忽然又脸红了。"我们老人说他去。"他吞吞吐吐地说。

"其实又何必啊！那么大岁数了。"乡长不胜疼惜地曼声说，"我看这样，就叫张品三去好了！办事公道，账也弄得清楚，一角钱都不会乱来的。你看他监修戏院，不要说木料没少一根，就连刨花叶子，也没望屋里揽一把！"

"大家再慢慢商量嘛，"保长看着茶碗审慎地说。

"这也行啦！我这个人没成见哇？你问问看！……"

十三

把树料的一端斜靠在栅门子墙壁上，于是拿打杵点着地，冯有义气势汹汹切断儿子的解释。因为当他发觉儿子的时候，他就做出了判断：冯大生反悔了！

"你向我说啥？"他敞声大叫，"你去你的好啦！……"

"完了！"冯大生叫屈地双手一摊，"这个人就难变了！"

"好变得很！等到你自己有了儿女，你就更清楚了！……"

冯有义一面说，一面回转身去，准备马上离开，不必再听儿子的胡说。然而，因为忽然瞥见跟来的陈国才，已经把树子靠在打杵上了，显然打算进行劝解；同时又察觉冯大生闷声不响，满脸的委屈相，他就又停下来。

"你刚才听见的，"他望着陈国才诉苦说，"没要讲找乡长，搞不好他还要去找县长扯皮……"

"你还在后面哇！"指一指陈国才，冯大生呼吁说，"看我说过些啥?!"

"老实讲，我也没有听清楚啊！肩头上有东西，又在走路……"

"可是，我并没有说过要去找乡长扯啊！"冯大生一蹦跳大叫了，又双手拍拍大腿；但他随即尽力抑制，于是细声细气地接着说了下去，"我只是说，我听你老人家的劝，田不卖，都卖了，前话后话我也不想提了。让他二辈人变牛。金女子这件事，我可忍不下这口气！……"

"呵！"陈国才大彻大悟叫了一声，"是这么的！……"

"他徐烂狗就是天王老子我都要扯！……"

"那么老庚呢！"带点恳求神气，陈国才接着向冯有义说，"你就让他去出口气好么？免得他揣在心上，总七拱八翘的！本来，变了回人，哪个又不想争一口恶气啊！"

冯有义迟疑着；末了，他木然一笑，又瞥眼望了望儿子。

"钉子还没有碰够！"他低声说，又微微咽口气。

于是转向墙脚，又开两腿，他动手搬树料。

陈国才也已准备好动身了。他一手扳住树料的上半段，拿肩头凑上去；一手摸着打杵，只等取掉打杵就走；而他同时还在劝告着冯大生，叫他凡事机灵一点，免得吃亏。

"话言话语千万放柔和点！"他一再叮咛着冯大生，"懂么，一硬你就输了！……"

"我又不是去吵架啦！"冯大生苦滞地说。

"对！"陈国才认真说，一面在树料的重压下喘着气，"他们街上人就讨厌你嘴硬！……"

受屈地咽口气，冯大生抢前进场去了。进栅门没多远，他就一连碰见好几个同沟住的熟人。他们已经卸下树料，一面啃着随身带来的玉米面馍，正准备赶回去继续搬运。

虽然一样回答着他们的招呼，但冯大生总像有心规避他们，老是一个劲向前走。

"谨防把运气跑落了！"一个麻脸的青年人打趣说。

但在一家肉店门口，那个木讷沉闷的陈永福，却对直在街心拦住他。

"你已经到罗懒王那里去过了哇？"陈永福问，劈了一块馍递给他。

"去过了。"冯大生闷着脸回答，但却拒绝了吃馍。

"又怎么说的呢？"

"又怎么说的？叫我算了！——看你见过没有！……"

"我就说杂种些同一个鼻孔出气的吧！……"

"啥！没有撞动哇？"带点惊慌神气，落后一步的刘大发忙匆匆挤过来问。

"我不相信乡长也叫他徐烂狗喂家了！"冯大生愤愤说。

刘大发是个三十来岁的矮架子人，但是横胚很宽，粗眉大眼，多须的阔嘴上托着一个肥大的鼻头。他的整个形态，仿佛原是长子，不过给压缩了一样。当一听见冯大生这个新的决定时，他那一双微微突出的大眼睛，转动得更灵了。

"对！"他低沉紧骤地赞同说，"听说乡长就讨厌他两爷子！……"

"我昨天就想说这个话了！"陈永福插嘴说。

"还来得及！来得及！"刘大发情急地连连说，"他保长那里又不是上控啦！——没有关系！不过，你听我讲：要先找人做个报告！要不的话，'你报告都不写一个来！'……"

冯大生感觉为难地叹了口气。

"不晓得要多少钱一张啊，"他沉吟说。

"噫！"刘大发吐吐舌头叫了，"都讲狗师爷指甲深呢。"

"啥啊！"陈永福粗鲁地说，"找丁八字也行啦！"

"不！他们讲丁八字做起来不通气！"刘大发蹙着脸说。

"管不了那么多啊！"冯大生猛然大叫，拔步就走掉了。

因为不管找狗师爷，或者找丁八字，在他都是很困难。他没有一个钱！但是，现在若果要叫他搁下来，暂时不要做了，等到有了钱再进行，却也同样困难！于是他烦躁起来。

他大踏步地一直走去，觉得不管是红是黑，见了乡长再讲。

他先到乡公所去，然后又遵照那个站岗的队丁的指示，进了那家有名的大茶馆广游居。他是认识杨茂森的，因为当乡长这个头衔还叫联保主任的时候，冯大生曾经替他送过木柴。他觉得杨茂森还是同当联保主任的期间一样，改变不多，只是面孔更瘦更长一点。

一走进去，冯大生打过招呼，接着跪下去就叩头。

"你啥事啊？"乡长问，因为他同罗懒王的谈话被岔断而微微感觉不快。

"啥事吗？"冯大生重复说，已经站了起来，而且，已经发觉了保长了，"请你老人家评断评断，看天地间有这个道理没有。嗨！硬是会讲，叫我算了！……"

"你究竟啥事啦？"颦蹙着脸，乡长又切住问。

保长幸灾乐祸地抿嘴一笑，冯大生更激动了。

"你问他吧！"顺手指指保长，冯大生嚷叫说，"我出门去了，一没有出字约，二没有请红爷，就糊里糊涂把我的老婆接了！跑去投这位保长呢，两爷子都说得安逸：'算了！明年收了小春，我包你接一个！'——可惜接老婆的时候，他们并没有替我贴过一个小钱！……"

他说得那么激昂、放肆，但是乡长冷然笑了。

"怎么兴这样断啊！"乡长拖长着声调说，摇头而且叹气。

"他们还拿大帽子压我嘞！……"

"看你怎么编造！"浮出假笑，保长故为镇静地说。

"你敢掏着屁眼喊三声天么?!"

"我问你哟！"乡长威严地抢着问，"对手方是哪个啊？"

"还有哪一个呢！"冯大生吃惊似的大声回答，"徐荣成啦！"

"徐荣成不是你那一保的队副么？"把脸转向保长，乡长显得好奇地问。

"要不然怎么会这样胆大呢！"冯大生抢着回答，"就因为背景雄，一向没有人惹得起！……"

"你不要抢话！"一个围扰来看闹热的茶客说，制止着冯大生。

"这就太不成体统了！"摇一摇头，乡长不以为然地说。

"杂种前几年在跛大爷家里挖饭。"另一个看闹热的茶客指明说。

"我知道！"乡长愁眉苦脸、老腔老调地曼声说道，"诨名叫徐烂狗嘛。骨架很小很瘦，脸上有几颗白麻子；人没来声气就先来了；对吧？在老跛那里的时候，就爱提劲打靶，——你怎么把这个人弄出来当队副啊！"

"杨伯伯！你听我说，"保长开始陈诉，"这个人是讨厌，说到公事呢……"

"呵哟！我清楚：捡到鸡毛当令箭！"

"并且，并且，"保长口吃地紧接着说，"说到这一桩公案呢，话还很长。你老人家详情度理，要是没有本人同意，家庭同意，会糊糊涂涂就把人接了么？一个人再冒失……"

"我又问你，我啥时同意过哇？"冯大生忍不住插嘴问。

"你妈你爹总同意过啦！"

"我又问你，老婆是我的呢，还是我妈我爹的哇？"

"虽不是你爹你妈的老婆……"

"亏了你还在当保长啊!"因为对方的窘态,冯大生就更加勇敢了,"你倒不如说我盖过脚模手印,还亲自跑上门,叩头礼拜请你做的红爷,——这样还好听些!"

观众们笑起来;乡长也微笑了;只有保长红着脸不知所措。

"我问你哟,这是啥时候的事呢?"乡长止住笑问。

"前年冬天。"

"当时你为什么又不来乡公所报告?"

"当时么……"冯大生反应地说,迟疑起来。

"当时他在前线当兵!"保长嘴快地抢着说,忽然很振作了,想起了对方的最大弱点。

"那还是抗属呢!"乡长大为吃惊,"这就更不对了!"

"对,自然不对,"保长匆忙地辩解说,尽力制造着托词,"不过,他从没有给家里寄过信,两个老的呢,连嘴都敷不圆,所以过后女的要嫁,就想,'好! 好! 让她嫁了也对!'……"

"可惜老婆又不是他们的!"冯大生闷声说,已经不再气势汹汹。

"那么你是最近请假回来才知道的?"乡长问。

"请啥假啊!"保长快意地插嘴了,"开小差回来的!"

"那跟杂种丁老九一个样!"一个观众漫不经心地说。

"随便你说好啦!"几乎同时,冯大生生涩地搭讪说。

"那又是我在诬蔑你啊!"保长有一点发火了,他反驳道,"好在都有眼睛:一没符号,二没证章,——连烂军服都没有一套! ——这不是开小差,是开大差?"

"你们这些人呀!"乡长愁蹙地叹了口气,"拿到民族英雄都不想当! ……"

冯大生勾下头咽口气。"说得好听!"他反驳地对自己说。

"你是十三保送的哇?"乡长紧接着问。

"自己秘密到红庙子卖了的!"保长说,更加快意起来。

"是啦!"冯大生昂头大叫,"要不的话,我的几亩地怎么会盘剥到你手里去嘞!"

"盘剥!"保长摇摇头非笑说,"你肯说我抢你好些!"

"哎呀!你在你们那一保办法多啨!"望定懒王一笑,乡长不满地讽刺说。

"你老人家这一说我不受嘞!"保长说,多少有点见怪,"杨伯伯!想么这件事你也知道的嘛?哟!就是那年,乡公所要他老人冯有义退一个壮丁费,缴不出来;几亩地呢,没有人肯接手。我就同我们老人商量,'都是本保的人,做好事样,买了算了!免得账越背越深。'……"

"呵!呵!"乡长忽然醒悟地说,"我记起来了!……"

"……地价还是我亲自交给你老人家的!……"

"这个不能说是盘剥!"乡长俨然地接着说,神气忽然很严重了,"你野猫溪的壮丁,倒卖到红庙子去了!如果都这样做,这个抗战还抗得下去吗?那才叫笑话嘞!"

"嗨!我又没有说退钱退错了嘛!"冯大生情急地辩解说。

"你敢说退错了!这样明明白白的道理,就是问一个小学生……"

"总之,徐烂狗这件事请你老人家主张一点公道!……"

"当然!他做得受得,你赶紧写一个报告来吧!"

冯大生感觉为难起来。最后,他吞声叹气,退出茶馆去了。寻思他该怎样求人替他写份报告。

"这个家伙硬嘞!"乡长说,当那控诉人离开之后。

"哼!你老人家还没听到徐烂狗讲啊!"保长故意带点恐怖地附和说,"昨天提把斧头,一到他家里就乱砍。要不是溜得快,早变成两块了。所以我今天想压压他……"

"这个徐荣成也太胆大了!连红爷都没一个……"

"我知道红爷倒是有的。"

"哪一个又这么胆大，男人在都不在，敢出头当红爷?"

"乡下人做事，就这样顾头不顾尾啦!"保长搭讪地说。

乡长忽然一下变严肃了。

"嗨！他是你的队副，三二滚①不行啊!"

保长失望地叹口气。于是偷偷四下一望，看看附近的茶客走光没有。接着又小心谨慎地嗽嗽喉咙。

"总之，徐荣成这件事你老人家要补一补啊!"他末了忸怩地求乞说，"将来收笋子叫他多出点力好了……"

"呵！我倒搞忘记了，"乡长忽然记起似的插嘴说道，"刚才叫张品三当卖手，你像不放心啦?"

"完了!"保长申辩地说，"你提的人我都会不放心!"

"那么究竟怎么样决定呢?"

"就照你老人家说的做好啦！不过，徐荣成这件事，要请你费心补一补呢。冯大生来不来就动蛮，我看好话他是不会听的，不如报告他的逃兵，关他几天；再不然……"

"你着急啥？翻过年坎坎就又要抽丁了!"

"他现在挽着徐荣成不松手啦!"

"有我！有我!"乡长自信地连连说，接着就叫人去招呼狗师爷。

十四

要做报告在冯大生是个难题。他没有一个钱，也不知道怎样去请教狗师爷。但一想到乡长的态度、谈吐，他的希望可更加强烈了。因为乡长杨茂森对保长显然不大满意。

---

① 三二滚：是从"老牛吃豌豆三二滚"一句来的，就是含混的意思。

他毫无目的地在街上漫踱着，一面寻思他该怎样进行，不要把机会放过了。能够找个熟人谈谈也好，两个人总比一个人强得多。但这一天是冷场，熟人很少，可以开心见胆商量的人一个没有。最后，他猛然加快脚步，跑向江西馆去。那里是新建乡公所的地方，他很有把握碰见一两个搬运树料来的亲戚朋友，这一来事情就好办了。

然而，当他赶到的时候，他所看见的只有一堆树料，几尊塑像。人们都忙着回林檎沟继续搬运木料去了。他失望地退出来；而他忽又得到一个想头，他可以去找找刘布客。父亲往些年一直照顾他买布的；赶场买好东西，怕被扒手偷了，总又暂时存放在他的布摊子上。

刘布客在下场坐家，于是他又赶忙向下场走。但当走过中栅子的时候，他被一个烧饼匠叫住了。这是丁九麻子，林檎沟人，因为父亲把庄稼做烂了，十岁时卖来街上丁家。

丁老九身材高大，脸上并无麻子，缠着一卷�子套头。

"想不到你也摸回来了！"丁老九接着说，亮出一口乱糟糟的牙齿。

冯大生叹息着；他原本打算回答了招呼就走开的，但他咽口唾沫，有一点迟疑了。他忽然觉得很饿，眼睛无法离开那些散乱在满是油垢的掌盘上的隔夜锅魁。

"大家都是人啦！"他心不在焉地说，又微微咽口气。

"他妈的！现在你就拿飞机都把我接不去了！"丁老九快意地接着说，"说得闹热，吃得淡泊，——这些当都能够多上呀？还是守着我的饼摊子好些，没乱想粉汤喝！"

"你回来可以当老板啦！"舔舔嘴唇，冯大生羡慕地说。

"帮丘二①啊，"丁老九说，"可是总比当丘八好！"

而接着，他拿了个冷锅魁，撕成两半，递了一块给冯大生。

"再说，现在的生意也不大好做啊！"嚼着锅魁，他一面愁蹙地继

---

① 帮丘二：做雇工、长年、工人，都叫帮丘二。

续说，"面捏多了，不够本钱；少了，鬼都不会上门。这还是昨天打的，已经成了荞巴菌了！"

"现在卖多少钱一个呢？"冯大生边嚼边问，很想赊两个吃。

"二十元！老板还讲我捏面手太重了，——真活抢人！"

"赊两个好么？下一场就给你钱！我这个人你晓得的……"

"你吃好啦！"

"下一场一定给你！"冯大生固执说，自动捡着锅魁。

他把捡好的锅魁拿到丁老九面前掠了两掠。

"看哇，"他朴质地接着说，"下一场卖了柴就给你钱！"

"呵哟，我还怕你跑了！"丁老九打趣说。

冯大生红着脸笑起来，但他忽又感动地深深叹一口气。

"我这回当兵真当好了！"他生涩地说，挨着卖烧饼的坐下。

"我听到你爹说过，"丁老九说，态度忽然严重起来，"我才回来，他赶场跑来问我在前方看见过你没有；顺便地提了提。杂种太恶毒了！盘算了地方又盘算人……"

"地方我都决定一口气叹了！"

"怎么一口气叹了哇？从没听说过这个规矩！……"

冯大生叹息。他陷入沉思，食欲不振地看着手上的锅魁。

"你回来这么久了，有人讲过抓逃兵么？"他末了悬心地问。

"屁都没人放过！我又没有拐带过哪家的黄花女嘞。"

"对啰！"冯大生发愁道，"一提地方，就会撞到乡长。"

"他徐烂狗你总惹得起啦？"

"这口气我那倒忍不下啊！"

"他顶凶把保长背出来！可是，哪个不晓得乡长跟罗懒王两爷子是顶的哇！"

"我已经去见过乡长了，叫我做个报告。"

"哼！那就十拿九稳，保你一点就响！"

"可惜我又不认识狗师爷!"

"你不认识他,钞票认识他啦!哈哈……"

丁老九大笑。接着详细给他指示,他该怎么去会见狗师爷。

狗师爷是个寡骨脸人,苍白无须,整个脸形,正像一个倒写的品字。他是本乡一个唯一以文笔为活的人,不管诉状报告,田地契约,他都全来。只是不给人写婚书。因为他已经潦倒得够久了,再不能为了几盒烟钱丧败尽自己的运气。

当一听明白冯大生的申请,狗师爷便立刻盘脚坐起来了。手里拿着一根刚才烧过的烟枪。他上下挖了一眼冯大生的外表,于是毫无兴致地叹口气,接着勾下头拔烟斗。

"先讲清楚,报告起码六百元一张啊!"他一面沉吟地说。

"六百吗,六百好啦!"冯大生说,"总之请写通气一点。"

"你说说事由看!"师爷说,开始用挖刀刮着烟灰。

"事由么?事由就是这样:我出门去了,你看见过没有,阴着就把我老婆接了!……"

"呵哟,霸占嘞!"

"一没红爷,二没有打过锣,拜过堂。……"

"恐怕两个人早就有勾搭了!"师爷说,在烟斗脚上涂着唾沫。

接着上好斗子,又试试走不走气,他重新躺下去了。取来烟签、打石,动手烤烟。然而,因为忽然发觉冯大生住了嘴,没有向下说了,他又抬抬身体,叫冯大生坐在床沿上慢慢讲。

"你不要碍口失羞,"他说,"遇到强奸案还要问得怪呢!"

"我弄不清楚!"坐定之后,冯大声闷声说。

"事前一点蹊跷都没么?比如眉来眼去……"

"我又好久都不在家里了啦!"冯大生苦恼地抢着说,"就因为我不在,家里膀子又单,后来闹得太不成了,我们爹一骂,两个人就今天咕咕哝哝,明天咕咕哝哝……"

"你们老人上咐过保甲没有?"

"恐怕没有。"

"先该占一个脚步啊!"狗师爷叹息说。"挡也没有挡过?"

"挡啥嘞!"冯大生愤激了,"他们只图自己耳目清净!……"

"呵哟! 事情都咬手嘞!……"

"总之,无论怎样,要请你想个办法!"冯大生说,试想站起来下个礼。

"办法自然有啊!"狗师爷充满自信地笑一笑说, "连输官司都要打赢嘞!"

"你老人家就像做好事样!"冯大生说,站起来就叩头。

"礼倒不必下啊! 我看这样,你送一千元钱好了。"

冯大生已经站起来了,正想拱起手补个揖;但他终止了这个意图,就那么呆呆望定悠然裹着烟膏的狗师爷。他有点为难,也有点惊异,因为那烟鬼分明在敲磕他。

浮出冷笑,师爷又盘脚坐起来了,手里摩弄着上好烟的烟枪。

"这个不勉强啊!"他淡淡地说,"干得着你就干……"

"就依你的好啦!"冯大生激动地大声说,随即在床沿上坐下了。"总之请做通气一点!……"

"当然啊! 你把当事人的姓名、住址告诉我吧!……"

师爷俨然地躺下去了。他搁下烟枪,取来一根精红透亮的旱烟棒,装上兰州棉烟,凑近灯一口气就吸了;接着又迅速抓过烟枪,紧接着抽起来。最后,等烟膏抽尽了,他就那么响亮地咳嗽一声,又用力伸伸腿。于是软瘫下来,舒畅而又迂徐地长长吐一口气。

然而,所有的动作尽管这么复杂、紧骤,没有一丝间断,他可做来一点也不显得匆忙,同时还很清楚地倾听了冯大生的详尽陈诉。因此,等到晕了一会,他立刻追问了。

"呵! 这个徐荣成像在当公事啦?"他问,张开了眼睛。

"就因为在当保队副啰! 杂种动不动就,把罗懒王背出来。……"

"这一说，你这件事就又多一点转机了。首先，他在当保队副，知法犯法；再呢，罗懒王两爷子跟乡长是顶的，老咪早就想捏他的短处了。不过，你爹讲话带不得汤啊！叫他咬住说挡过来的。只要他口供硬，就百无一失了。钱，你今天就给我，东西下一场来拿。……"

"钱也下一场好吧？嘿，嘿，今天身上不大方便。"

师爷闭起眼睛叹一口气。"怎么打官司都不兴带钱啊！"他末了非笑地说。

"总之，下一场一定带来！你去问，我这个人一是一……"

"好！好！好！"师爷勉为其难地说，"就这样吧！"

冯大生道了劳，转身走了；但是狗师爷忽又翻起身叫住他。

"呵！这几天你们那里该好找刺竹笋啦？"

"刘大发他们倒有笼刺竹笋，就怕他妈不肯。"

"有一小捆就够了啦！未必要你把林盘搬来么？哈哈……"

"师爷！乡长等着你说话呢！"一个队丁忽然在门首叫起来。

"你说我跟着就去！"师爷大声回答，随即望着冯大生含意深深地笑了，"你的缘法还算不错！我可以先把你这件事打个影子，这样就更好办了。笋子呢，等你下场拿来，我还是照样算钱！"

"怎么说钱啊！刘大发那里找不到嘛，我会另外想办法啦！"

凭着当时的感激之情，便是地狱里才会有刺竹笋，冯大生也是会承认的。因为他忽然十分自信，既然有了这些难得的好机缘，他的怨气一定可以得到伸张。然而，等到走回上场，走出栅门，他可又想起了另外一些难题。比如，父亲冯有义就不见得愿意站出来作证；要他说谎，更不容易办到。

他走着，一面寻思，一面从怀里取出剩下的一个多锅魁来吃。到了皂桷垭店子上，他又灌了一瓢冷水，于是不再考虑什么，带着一种庄严抑郁的心情，向了林檎沟走。

张大爷正从磨坊里打课出来，一发现冯大生，他住下脚叹息了。

"又是跑空路呢?"他摇摇头说,当冯大生走近他的时候。

"乡长叫我写个报告!"冯大生透透气说。

"闹到乡公所去了?"张大爷反问。

于是冯大生说了一遍他找保长、乡长的经过。

"狗师爷我也找了,"他继续说,"他讲包我打赢!"

"当然啊!"张大爷愁蹙地笑笑说,"不拍胸口你肯出钱?"

"道理在我这一方面啦!乡长跟保长又是顶的。……"

"我知道!我知道!"张大爷连连说,一直浮着那种充满怜惜的苦笑,"玉米都要比你多吃好多石啦!总之,我只希望一件,当中不会有人要变化就好了。……"

冯大生默然;老头子仰起皱纹肥大的脸看定对方。

"好,好,好!"张大爷安慰地加上说,"这口气也该你出。"

"要是我们爹肯答应,就万无一失了!"冯大生叹息说。

"你要他答应啥?——钱么?你自己有的是气力啦!"

"哪里是钱!狗师爷说,最好他一口咬定挡过金女子来。"

眨眨病眼,又莫名其妙地打量一下手上的课升,张大爷又苦笑了。

"噫,"他翻眼望望天光,沉吟说,"你爹那个脾气……"

"我告诉你!"冯大生猛然大叫,"他要把我害到底的!……"

他咬牙切齿,气势汹汹,一转身就走了。而在到家的时候,他又立刻同母亲吵起来。因为并不说明缘由,他就秃头秃脑地申言他要去砍桴炭,她可劝他搁搁,帮着父亲搬料。

"就由你吧!"冯大妈末了说,"我又没有拿绳子牵你去啦!"

"你又拿绳子来牵嘛!不管你说上天,明天一早我就要到扁扁树去砍桴炭!"

"可惜扁扁树已经搭到几亩地卖给罗懒王了。"

"抽筋坡总没有卖给他!"

"抽筋坡?那是金女子的,——你还在做梦啊!……"

十五

刚走到中栅子，狗师爷被丁老九叫住了。

"钱都没带一个!"师爷不满地说，当烧饼匠的提起冯大生的时候。

"他不会少你的钱!"丁老九担保说，"我知道这个人……"

"他的事情你像也清楚啦?"

"怎么不清楚啊!先给罗懒王拖烂了，后来就甩给徐荣成。"

"这一层他自己怎么又没说呢?"狗师爷问，感觉很有兴趣。

"没有说?恐怕是老头子息事，怕牵宽了，没告诉他。要不的话……"

"既然要做，就不能忍手啊!"

"对，不要忍手，你把他带一笔吧!"丁老九机密地说，"你不知道，杂种两爷子都不是好东西!听他们讲，老头子从前就不择生冷，遇到女人家到他山上去捡柴啦，占不到便宜，他摸都要摸你两把!"

"这就太馋嘴了!"狗师爷打趣说，离开了烧饼摊。

当他摇摆到广游居的时候，乡长在一边看打纸牌，只有罗懒王还守候在原地方。狗师爷一进去，他就立刻叫茶，又吩咐堂倌拿了根水烟袋来，正像招待一位显客那样。

"喏!乡长就会来的，"他接着说，"先喝一道茶吧。"

"好嘛，"狗师爷说，"我也正想跟你谈个话呢。"

狗师爷冷冷一笑，又那么神秘地瞟了眼罗懒王，接着就认真抽烟去了。既不指明他要谈的是什么话，也不再注意对方。而末了，保长越来越加犯疑，忍不住主动打破沉默。

"我们那一保刚才有人找过你哇?"保长试探地问。

"嗨!你怎么又预先就知道呢?"狗师爷反问，神情更加显得诡秘。

"啥啊!"保长毫无自信地轻声叫了，"他总把我牵不进去。"

"怕没有这么简单吧，"狗师爷吟哦地说，随又嗤声一笑。

"顶凶顶凶，说我保长不管事就尽了，——我总没有接他的老婆！"

"接呢，你自然是没有接……"

"我摸过她一把？"保长抢嘴快切住问；对方的高深莫测触恼了他，同时也叫他更虚心了，"我告诉你，少画些圈圈吧！又不是弯毛根，呵！你一骇，我就赶快掏荷包了！……"

乡长从牌桌边退回来了。

"你们啥事情哇？"他问，觉得他们神色不对。

保长闷着脸不作声。因为正同一般有嘴无心，但又并不糊涂的青年人样，一闭上嘴，他才觉得自己错了。他该做的，理应是设法弥补，而不是把秘密揭开来自讨没趣。

狗师爷一眼就看穿了对方的情趣，他解嘲地笑起来。

"啥事情？拍马屁拍到马蹄子上去了！人家一件霸妻案来找我做报告，里面牵连到他，"他用纸枚点一点罗懒王，眼睛没有离开乡长，"我想，大家都是熟人……"

"我也就为这件事才找你呢！"乡长说。

"你听我说完来！——在这场上几十年了，我从来没有胡乱拟过稿的！但凡什么案子牵连到熟人，我总转弯抹角化了。所以我想，'这样做不对呀！若果在报告上端出来，保长玩厌了，又甩给保队副，——成何体统？'……"

"这叫啥章法啊！"乡长说，声调拖得很长。

"凭口说么？"保长搭讪地辩解说，"要拿证据来嘛！"

"有！有！有！"师爷点着纸枚扣上去说，"你不要以为弯毛根笨！……"

师爷说得非常肯定，然而，若果认真要向他索取证据，他可只能够搪塞的。但当他正想加油加醋的时候，乡长插进来了。他平常虽然爱挑剔罗懒王两爷子，巴不得他们出乖露丑，大丢其底，今天可不同了，他们已经被林檎沟的笋子重新结合起来了。

这正如一般市侩一样，他们可以为了几个脏钱翻脸，但也可以为了几个脏钱打得火热。

"不要提了！不要提了！"乡长连连地阻止着狗师爷，又像恶心，又像不胜其苦，"我找你就是为这件事。不管牵扯到罗保长没有，总之，听我的劝，这个报告不必做了。"

"我钱都用了人家两三千啦！"师爷说，似乎非常为难。

"钱么，——罗保长嘞，你垫两千他好退籤！……"

乡长边说边站起来，因为他深信双方都不会反对的。而接着，就翘起烟杆，继续去看打牌去了。由于健康欠佳，近年来他几乎戒了赌，但很高兴替别人出谋划策。

狗师爷同保长默坐了好一会没张声。

"报告要两千元一张！"最后，保长非笑地咕噜了一句。

"米涨到好多钱一斗了啊！"师爷似答非答地解嘲说。

保长嗤声一笑，站起来，转身就朝街上走去。

"钱呢？"师爷问，身子在独凳上车了半转。

"下一场总有你的钱啦！"保长说，没有回看一眼。

在等候狗师爷当中，他一再向自己说，几下谈完去"扯招"① 吧！然而，现在他可没心肠参加任何赌博了。他满肚皮不痛快，因为他自己心里明白，他一点不假地同金大姐有过苟且。而且，就在他怂恿队副把她娶了以后，也还不时对她存着一些龌龊念头。

他很生气自己受了敲诈，把秘密也公开了。因而他已不再记得那个曾经那么使他激动的诡计，叫烂狗搬到他附近来坐家。但当快要过河，望见队副正从自己家里出来的时候，他忽又心软地叹息了。于是立刻感到一种邪恶的愉快，觉得他的损失并不冤枉。因为眼看就要打笋子了，很快他就要搬到林檎沟去，以便找机会玩一玩金大姐。

---

① 扯招：纸牌中的一种赌博方法。

队副徐烂狗一脸都不快活。因为自己的要求既然没有实现，还为老神经瞎忙了大半天，担了水又推磨，他的气力真白费了！而且忽然直觉到两爷子都在赶他的闷驴。

当保长叫住他，过了桥，走到面前的时候，他也照旧蔫妥妥的，没有一点起色。

"这个家伙怎么一脸的冬瓜灰哇？"保长说，忍不住笑起来。

"啥冬瓜灰啊！担了水，又跑去给你们推磨！"

"难怪把张脸马起哇？堂堂一个队副……"。

"你挖苦我做啥啊！我们这些人么，只求别人拿眼角挂住一点……"

"对，我还照顾你少了！"保长负气地抢嘴说，"今天就为你的事在街上瞎忙了大半天，左挽人，右挽人，好容易才把冯大生的公事挡住。乡长的话也说好了，——还讲拿眼角挂住你哩！"

队副丢心落意地叹口气，随又害羞似的笑了。

"你听老太爷那个话喳！"他支吾说，"没有一个字负责。"

"他是那么一个人啦！再说到底，事情总还在我身上。"

"当然！我主要也靠你啊。"队副阿谀地说。

"你这下倒靠好了！我告诉你，单是狗师爷就敲了我四五千！"

"我将来还你好啦！"

"哪个要你还啊！打笋子的时候，你多出点气力好了。我也想搬到沟里去住，"他接着说，偷眼看看对方，"你那里挤得下吧？别处就怕开伙食不方便。"

"有啥挤不下哇？你搬来好啦，总不会把你晾起！"

"好嘛，"保长意外冷淡地说；而他忽又忍不住笑起来，于是急转直下地开始大吹他同乡长交涉的经过。"我们老人那个人啦，"他非笑地接着说，"太把事情看刻板了！总以为别人家会捣鬼，其实，人嘛总是人嘛，只要你不过分，啥事情不好做啊！"

"当然啊！"队副俨然地附和说，"话说对了，牛肉都做得刀头！……"

而他忽又扬声一笑，于是津津有味地歪起头望定保长。

"嗨！杂种大生娃又告我些啥呢？"他紧接着问。

"告你呀，——告你先把他老婆拖烂，随后就连甑子端了！又说……"

"说起来，也该怪你这个老公公啊！"队副说，顿然拉长了脸。

"杂种兴拉稀哇?"

"笑话！就把刀架在颈子上这些人也不会拉稀啦？大小一个光棍！……"

队副表演得那么激昂，但他忽又蹙着眉头叹息了。

"八辈人打单身都没接二婚货！"他诉苦地接着说，"你想都想不到，这个杂种啊，她像还有点舍不得呢！昨天下午扯一大堆，我忍了：你在气头子上。晚上又哩哩啦啦地哭到亮，嘴里破罐子煮屎样、砍脑壳、塞炮眼，啥子话都骂了！"

"再说上天，她总不敢又回到他怀抱里去，——啥啊！"

"那我这个光棍不要操了！"充满丈夫气概，队副挺挺胸说。

等到两个人道了别，队副已经沿着山边走了，保长望望他的背影，不怀好意地笑起来；接着又咽口气。于是跨进大门，在堂屋阶沿上一张躺椅上瘫下，双手扣住脑顶。

"他妈的，牌也没有打成！"他自言自语地说，随又叹了口气，感觉十分扫兴。

保长太太从灶屋里出来了。小脚，又瘦又矮，手上提着一只装满猪食的木桶。

"杂种地钻子样！"他想，把老婆从头到脚瞥了一眼。

"嘻，你是比老头子会享福喃！"罗敦五忽然出现在角门上。他是从果园里回来的，撩脚挽袖，带把打枝的大剪刀。"还要人捶捶腿么？"他加上说，轻松愉快走向儿子。

"享福啊！"保长显得不平地说，"嘴巴都说木了。"

“还有手也摸木了啦！一副牌百多张，要一张张摸过，——还要洗、砌凳子……”

“就依你说好啦！”烦躁地把脸一车，保长无可奈何地插嘴说。

“我就猜到了吧！”罗敦五沾沾自喜地笑了。“不过，你办的正事呢？”

“正事么，”保长审慎地重复说，考虑着他该怎样措辞，“正事已经讲好了啦！就那么办。过几天我就要到林檎沟去，找大家先开个会，免得明年临时又鬼扯腿！”

“叫老咪拨的款呢？”

“你还讲拨款！……”

保长非难地一笑，又一顿，而他随即带点决心坐起来了。

“我给你讲，你把事情看得太简单了！”他紧接着大声说，“现在聪明人多得很：你说你锥，他还比你更锥！不是我吹牛皮——呵哟，没有吃髈炖髈①也就算不错了！”

“好，就让他一个人窝在手里！”罗敦五负气说，闷闷不乐地勾了头。

保长不满地笑了。“我们也窝得有啦！”他低声说。

“这回打笋子他总不能插嘴！”剪刀一搁，又一下坐在一根长条凳上，罗敦五一口气嚷叫下去，“未必让他干的也吃，稀的也吃，——吃不完还要拿衣包兜走！……”

“可惜你又不去！”保长大叫，跳起来就望堂屋里走。

罗敦五目瞪口呆了好一会。

“嘻，这个话有讲究！”他末了喃喃说。

接着他站起来，打算叫转儿子，但是保长已经自动停下来了。显然不惜同老头争吵一场。

“你就反对也是这么回事！”保长气急败坏地嚷叫道，一张脸涨得

---

① 吃髈炖髈：做一件事情老是碰见留难阻碍的意思。

通红，"我已经答应了他，将来提点钱修乡公所。他还要叫张品三当卖手，我拒绝了！——我知道张品三是条饿蟒！……"

罗敦五忽然神经质地拍掌大笑起来。

"真会办事！——简直全世界都找不出来！……"

十六

同保长道别后，队副就沿小路回转林檎沟去。

这是一条所谓地地道道的毛狗路。傍着大山，时高时低，便是大烟贩子，也只有风声紧急时才走的。但它是到林檎沟的捷径，而队副的另一目的，是顺便到林长华那里过瘾。

林长华是个稀里哈拉的汉子，因为抢案嫌疑，暂时住在路边一间破茅棚里避相。队副时常到他那里去烧烟，几乎成了一种特权。当他这天走进茅棚，那土匪头儿的独生女，恰好也从街上买回几盒烟膏不久；林长华正摊开家具，弯身在地铺上点烟灯，准备好好抽上几口，他过瘾的时刻早已到了。

那女儿叫带娃子，苍白秀美，穿着件灰布大兵背心。

"你的脚真长呢！"她嘟嘟嘴说，厌烦着队副的不断打扰。

"嘴尖吧，"队副解嘲地说，"我总要预备根大吹火筒给你做陪嫁嘛！……"

于是他躺到那张铺着一层玉米秆的地铺上去，四脚长伸地吁了口气。

"杂种！"他踌躇满志地接着说，"搞我吧，谨防你惹火烧身！"

"你已经同懒王谈好了哇？"林长华问，猜到了他说的是什么事。

"有什么谈不好的？我两个一个事啦。嗨！杂种想在乡公所告我，可惜他算盘打错了。不是吹牛的话，就是你跑到县政府去告，也不见告得响啦！"

"你的门路多哈!"林长华阿谀地说，开起烟来。

那个在地铺前火堆边烤着赤脚的小女孩笑了。

"徐爸爸!"她装傻地笑嘻嘻说，"他们讲，昨天下午，冯大生把你赶得往婶婶床脚下面躲呢! ……"

"放屁! 就是安起桩子，他娃娃也不敢动手啦!"

"过后你总打婶婶来的! 他们讲，你吃不到牛肉，鼓上报仇。"

"这个卖千嫁的啊!"林长华哈哈大笑，"这是他们故意屁你徐爸爸啦! ……"

"我总亲眼看见他打过婶婶!"

"犯了事不打?"队副说，"像你么，老是嘴尖，将来一天还要挨一百顿呢! ……"

"我可惜又不嫁!"带娃子抢嘴说，晃动着尖下巴。

"由你不嫁? 问喳，你爹都把你放给田开泽了! ……"

队副已经忘掉了他的不快，满腔高兴地开起玩笑来了。他接着编造了很多，说那姓田的如何刻薄，怎样会虐待媳妇;但是带娃子始终只嚷着一句话:"我可惜又不嫁!"而父亲林长华，有时高声大笑，有时又偷眼看看自己的女儿，最后装腔作势证实保队副绝未吹牛，他已经把她许给田开泽了。……

由于带娃子的天真无邪，这个被人遗弃的茅棚，立刻变光亮了。而当离开林长华两父女的时候，队副甚至忽然有了一种感情，觉得自己对不住金大姐、冯大生。

"就是龟儿子一个人闹出来的!"他喃喃说，想起保长的鼓吹煽动。

在张大爷磨坊边，几个人架了树子，正在那里歇气。

"几趟了哇?"他问，俨然地住了脚。

歇憩在那里的，一共有三个人，刘大发、陈永福和张家亮油壶。他们全都望见队副，而且听清了他的话，但是没有一个人应声。刘大发甚至冷然一笑，扛上树子，又重新赶路了。

而接着，陈永福也把打杵一取，准备好跟上去。

"气都还没有歇匀呢！"亮油壶说，奇怪着伙伴们的匆忙。

队副不满地冷笑了。"杂种装疯！"他恨恨地想。

"你的嘴叫棒槌塞住了哇？"他紧接着厉声问，逼视着亮油壶。

"嘿！你一没提名，二没提姓……"

"我就是问你：有几趟了？"

"说得松和！几趟了？从天亮就动手，两趟还不到嘞！"

"你们要利落点嘛！"队副俨然地沉着脸说，"乡长今天又在打催符了！……"

翘着根短烟杆，张大爷从家里走出来了。因为出过远门，又懂得不少世故，同时精明能干，口齿锋利，队副一向对他存着戒心。于是丢搭开亮油壶，队副同他张罗起来。

队副决心向张大爷乘机谈谈打笋子问题，探听一下他的口气。

"我正想去看你呢！"他说，尽力表现得很亲密，"因为走的时候，老太爷跟保长都叮咛了又叮咛：'你一定先去找张逢春谈一下，这是大家的事，叫他多出把力！……'"

张大爷嘿嘿嘿笑了。"看啥事嘛！"他说。

当队副才一提头的时候，那种由于长期受迫害养成的疑惧，便已经很尖锐了，而一接触到实际问题，张大爷就更留神起来。但他沉得住气，假装心悦诚服地连连应声。

"哼，哼，"他在队副叙述中不住地哼着气，"都对！——到时候看大家怎么说吧！……"

"你老人家知道的，"队副继续说道，"老太爷那个人一辈子就爱面子。总是向我们讲，'我么，一不想买田，二不想做官，只要左邻右舍说我一个好字，就尽够了！'……"

"哼，哼，老太爷那个人好！"张大爷应声说。

"所以，看光景不是说来听的，会认真为大家办点事。本来也是，笋贩子太可恶了！……"

"现在哪里有好人啊！"张大爷叹息说，而他随即佯装着大吃一惊，向了磨坊走去；一面唠唠叨叨抱怨着推磨的毫不顾惜家具，"简直想把磨子都磨细背回去呢！——喂！听招呼么？钻副磨子好几百元钱啊！……"

队副疑神疑鬼望着张大爷微驼的背影。

"唉，那你要出点力啊！"他末了试探地说。

"我没有啥！"张大爷回回头说，"难道要骚害人我才肯出力么？……"

张大爷隐没向磨坊里面去了。

"龟儿子毛病深沉！"队副喃喃地詈骂说，随又叹一口气，他感觉老头儿太世故。

于是看看脚胫上扎得那么妥帖的绑腿，又把头偏来偏去鉴赏一番，就拔步望家里走。虽然试探的结果并不圆满，可也一样轻飘飘的，正像了却了一桩要公一样。

过了岬沟，他一眼发觉了冯立品；而那一个早已经在山腰停下来了，现出一副嬉皮笑脸的神气。

"杂种，我看你躲得了一辈子！"举手一指，保队副厉声训斥说。

幺爸冯立品只是作弄地嘿嘿嘿嘻开嘴笑。

"我给你讲！"队副又引诱说，"前话后话都不提了，你赶紧帮着搬几天料！……"

"可惜我又不是你喂到的！"幺爸严重地反驳说。

队副没有回得上嘴。而接着，他猛地神情紧张起来，做出拔步追赶的姿势，幺爸一跳，倒转身逃跑了。于是队副踢脚大喊，"往那边兜过去！""朝腿子上打！"可是幺爸丝毫没有因为他的威吓软一下腿。而且很快就在一块岩角边停下来了，重又作弄地嘿嘿嘿笑起来……

"杂种不要碰到马口上好了！"队副终于叹口气说，转身向了家里走去。

在陈国才大门口，陈国才老婆正在劝慰着金大姐；而她忽然发现队副已经阴悄悄停立在坡道下。于是她吃惊地住了嘴；但她随又笑了，用了全然不同的神情扯谈起来。

"哎呀，快回去！"她张张巴巴地说，"又不是外人啦！"

"怎么，她赌气不回去哇？"队副威严地问，没有移动一步。

"啥不回去啊！年轻人，都有点气性啦！"

"那我还要给她叩头？……"

于是，队副再也不理陈大娘了，但只叫金大姐跟他走。

"我不高兴！"金大姐大叫，坚决地嘟着嘴。

"啥又才叫你高兴呢？"队副流腔流调地反问，"绸子，缎子……"

"我没有那么好的福气！"

"你的福气好得很啊！"刻毒地一笑，队副故意甜蜜蜜地说了，"你看大生娃喳，接了你好红火啊！在麻窝害那么凶一场病都没有害死。我呢，每次去压牌九，总是满手瘟十！……"

"你还要霉死！"金大姐快意地喃喃说。

"啥？"队副厉声反问，从神色猜到了她的话很恶毒。

"她不是讲你！"佯装出笑脸，陈大娘遮饰地说。

看看这个，又看看那个，队副半信半疑地强笑了。

"杂种！"他末了詈骂说，"我知道你变了心了！"他还有好多话要说的，但他又隐忍住，接着几步跨上坡道。"走！"他毫无通融地大叫，"赶紧跟我回去！……"

"不高兴！"她顶住说，一面已经退进陈家的大门。

然而，正在这一刹那，队副已经一手抓住她了，转身就向门槛外拖。但他忽然呼叫一声，放脱了她。"杂种会咬！"他切齿说，看了看右手肘上被咬的伤迹。而接着更猛地扑过去，重又抓住了金大姐……

"打死人啦！"她大叫，双手维护着毛攒的发根。

队副拼力挥着拳头。"你犟吧！"他嘶声地连连说。

"你就还一个价钱嘞!"陈大娘哀声说,胡乱打着转身。

最后,她跑出大门,跑下坡道去了。她望着屋后粪坡上吆喝起来,因为这天她家里铲草,几个换工的妇女正在屋后的粪坡上。而在听到应声之后,她就又回转门口去了。……

一场扭打已经暂时完结。披头散发,金大姐正轮睛鼓眼地喘着气。

"你最好一炮把我打了!"她说,饱满的胸脯不住鼓动。

"可惜子弹钱了!"队副说,凝视了一下手肘、手掌上的爪痕。

他的那只右手背面,几乎全给金大姐抓破了。她也挨了不少拳头,掉了不少头发。但她意外地没有哭,更没有告饶;而瞥眼一看她的神情,似乎再打一场她也不在意的。倒是他有点迟疑了,因为她的泼辣虽然不比往常强过多少,但他却从她那里感到了一种新的仇恨的压力。

他们就那么顶着嘴,直到几个铲草的妇女,都从粪坡上赶来了,他们还彼此互不相让。然而,就在这个新的情形之下,为了维持一个男子汉的尊严,队副忽又强硬起来。

"我只问你一句,"他恐骇地打赌说,"今天你究竟回不回去?"

"她在这里换工,"陈大娘抢着回答,"铲完草她自然会回去,现在你逼她做啥呀!……"

"我死都要死在外面!"金大姐说死死靠在玉米架上。

看见往日一道做活的伴侣,她忽然感觉得伤心了。

"看你们见过没有哇!"她控诉地接着说,开始淌下眼泪,"把一切过错往你一个人头上推啊!好像只有自己正经,别人都坏得很,男人走了,我就成天成夜找野老公!……"

她一顿,哽咽起来,但又猛然气势汹汹地望定队副:"看我七盘八碗端出来你吃不完!……"

队剧搭讪地笑了。"你又端嘛。"他软弱地解嘲说。

他清楚她所指的七盘八碗是些什么,正在踌躇着他该怎么阻止她说下去。

"我再问你一句，"他又支吾地接着说，"你今天究竟回不回去啊？"

妇人们看出了他在回避，她们全都抿嘴笑了。

"你这个人哟！"陈大娘转圜地插嘴说，"我已经说过了，铲完草她会回去！"

"她还是不回去呢？"

"我又要跟人跑！"金大姐说，但是队副装作没有听懂。

"哎呀，她不回去我赔你个人！"陈大娘厌烦地担保说。

于是，由于这个颇为堂皇的弥补，陈大娘终于把队副支走了。接着她就走向玉米架边，站在金大姐面前，焦眉皱眼，抱怨起来。怪她不该睁起眼睛跳岩，落得被打一顿。

"你想，这何苦呢？"她哀怜地接着说，"男子家手又重！"

"我原是不想回去的啦！"眼泪汪汪，金大姐表白说。

"你怎么说傻话啊！"刘大发老婆说，"年轻轻的，就要走嘛，我也要抓一个把柄在手里啦！要不的话，又会要鬼扯腿。有儿有女也不说了，连娘屋人都没有，——没要顾头不顾尾啊！"

"再说，你几亩地该要到啦！"另一个插嘴说。

"地么，我就拖出去做乱葬坟都没有给他的！"金大姐粗声说。

"噫，狗口里夺屎的事！"冯有三女人冷笑着说。

"哎哟！"陈大娘呻吟了，"说来说去，她总不能屁股一拍就走掉啦！……"

接着，她就催促妇女们赶紧回到粪坡上去，免得耽误时间。而等到大家都走掉了，金大姐更加伤心起来；抽来一把豆秆，她斜靠着玉米架坐下，把脸埋在手腕子上，开始尽情哭泣……

"你自己要有个主见啊！"陈大娘说，不住摇头叹气。

"我变猪都不愿跟他同槽！"

"你已经跟他这么久啦！再说，一个人总不能嫁一嫁又一嫁！"

"霉了，——我又嫁人！……"

"那又怎么样呢？大生娃肯接手也对，——那娃气性又硬……"

背脊向下一弯，金大姐哭得更伤心了，肩头不住耸动。

"老实讲吧，你们早该稳重点啊！……"

十七

金大姐的田地的被夺，虽然对冯大生是个打击，但在种种挫折之后，这也就不算得什么了。它仅止使得他更加感觉这口气不能忍，非同保队副徐荣成闹到底不可。

于是最后他又向冯大妈提出一个意见，他可以随便找个地方去砍，不一定到抽筋坡。但他错了！因为他不知道，近两年来，除开几匹大山的老林一带，多少地段，都有了所谓山主了。原早自然便是他们，但是物价不高，砍点桴炭不算回事，很少有人过问，现在可要叫你缴纳相当重的租金！

当母亲叹息着向他提醒这个的时候，冯大生骂了一句粗话，马上就把计划变了，决定到老鹰岩去打柴。因为地方较远，烧桴炭太麻烦。万一把林盘引燃了，不烧死你，至少也会骇得你个半死。当天下午，他就找出父亲的弯刀，在刀石上磨了又磨，从不说一句话。晚上冯有义搬料回来，他也一言不发；反而躲避似的，钻进那间堆灰的茅棚去了。

次日，当猫头鹰正在屋后打起哈哈鸣叫的时候，他就醒了。于是从破棉絮里爬了出来，套上草鞋，弯身到枕头边，伸手去拿弯刀；但他忽然又把腰伸直了。

他在床头上发现了两个玉米面馍。

"一定是妈放的！"他想，心软地叹了口气。

接着，他又叹息着摇摇头，于是把馍揣在怀里，拾起弯刀、绳索就走。他原是很仔细的，但他忘记了拉门，也没有关照一声。他从敞房的屋角边穿出去，登上房后一片麦地。

当他跨上正常的田径时，那个阴险家伙又哈哈哈叫了起来。"去你妈的!"他咒骂着，远远投去一饼土块。

狞笑声停止了。接着是鸟类的展翅声。随后就什么声音也没有了。等到那个不祥之物，又在同一株松树上高声发笑的时候，冯大生已经越过耕地，越过粪坡，踏上通往老鹰岩的山径。虽然陡峭曲折，可已经被砍柴的人踏成大路了。

沿途都是大刺笆笼。贪婪的大叶泡，无穷无尽地伸张过去，一直地蔓延着，纠结着，交织成一个个绵密的荆棘的网罗。马儿竿偶尔从缝隙中探出头来，枯瘦伶仃，摇摆着赤褐坚韧的枝条。这里只是一片荆棘!然而，一阵扑扑扑的展翅声，突地从丛莽中响起来了。这声响高上去，高上去，而在最后，头上的峭岩边就传来急骤清脆的画眉声。

冯大生在初临的曙光中攀登上去。而那些远远看起来原极葱茏的岩石，也逐渐变得光秃而丑陋了。它们上面几乎没有生长一株成材的树子，只偶尔披着一块块不能救穷的苔藓蓑草。便是岩顶上那一大片平地，也早被刀斧把衣服剥光了，变成了再也引不起人们关心的火地。显然停种才一两年，灰土很松，残留的玉米秆在寒风里不住摇摆。

估量了一下地势，冯大生又继续攀登上去。他还记得，只需穿过前面一丛新生的青枫树林，再翻一个垭口，就会发现林木。也即是沟里一般人当成救星的所谓大山老林。

当他到达老林地带，正在失悔没有带上火种的时候，他忽又惊喜交集地笑了。

"哎呀，我说今天会冷死呢!"他说，向了一座岩石走去。

岩石下面摊着一堆快要熄灭的柴火，一个穿着褴褛的人靠在旁边打盹。

"幺爷啦!"他在半途中又叫起来，接着加快了脚步。

幺爸冯立品打从岩石边一蹦跳了起来，赶紧退开两步，于是愣着眼睛看冯大生。

"还认得我么?"冯大生含笑问,已经到了火边。

"杂种!"幺爸冯立品笑着骂了,"我又不是你喂到的!"

"你又何苦来啊!"冯大生说,想起昨天母亲告诉他的故事。

"他要你寄拜给他,你也会答应哇?莫把他惯坏了!"

"我倒不是这个意思!"冯大生解释说,"你就歇在家里,他来了也跑得及啦!"

"我就要一点缝隙都不给他!……"

幺爸傲然走回原处,坐下去,又重新燃着火。冯大生找寻干柴去了;他抖缩着,不时又卷起手掌呵气;最后就从那片阴暗潮湿的林盘里抱来一抱枯枝,架在火堆上面……

等到火燃旺了,冯大生取出一个馍来烤好,劈成两半。

"你还要出气力,等阵我会回去吃啊!"幺爸说,当冯大生递馍给他的时候。

"我还带得有啦!"冯大生固执地说,又拍拍怀抱。

叹一口气,幺爸接过手吃起来。他大嚼着,一面眼疾手快地收拾着漏下来的野菜馅儿。直到他吃完了,又四处看看,担心会漏掉什么。于是瞬瞬眼睛接着又嗽嗽喉咙。

"我问你哟!"他忽然严正地开口了,"怎么和麻福①哇?"

冯大生正在慢慢咀嚼;他瞪着两眼,一时没有理会出幺爸的意思。

"兴了那么大一场兵,是我,我不把他一斧头劈个两块那才怪呢!……"

冯大生懂得了。"说不得!"他喃喃说,同时埋下视线。

接着,他几下就把馍吃完了,提起弯刀就望林盘里走。

"火不要弄熄哇!"他又匆忙地叮咛一句,当他走了好远之后。随即隐没在树林当中去了。

---

① 和麻福:赌博中用语,这里的意思是说把一件本该做好的事情,给做坏了。

幺爸的豪语使他感到痛心，羞惭而又恼怒。他恨自己手软，恨父母打岔，但也有点恨冯立品故意似的触动了他的创伤。因为他原已决定了对家庭让步，一心凭乡长解决了，而在这个粗野单纯的大自然中，面对着那个倔强老人，他又多么甘愿不顾一切把生命轻轻一掷！……

这是座杂木林，间或有块空地，在刀斧砍伐下残留的树根上堆着糜烂发霉的菌类。他走向一丛野茶树去，脱掉破棉紧身，寄挂在树枝上；接着就开始干起来。

他一连砍倒五六根把多大的野茶，遇到节疤，或者刀砍滑了，他就狠声大骂。

"看我们哪个强！"他咬牙切齿，一刀又劈下去。

他把那些树子全都看成自己的仇敌，毫不顾惜气力。

"哼，我怕你是万年桩哩！……"

他冷笑了，凝视着那株倾倒下去的树身。

而由于这种意想不到的干劲同专心致志，太阳刚才当顶，他便把胚子砍好了。只等丫枝剃了，搬运回去，锯成段落，再扎好把，他便可以背上街去，卖成钱向狗师爷换取报告。

然而，一停下刀，他才感觉力气已用尽了。手掌心起了泡，没有包扎的腿，脚给刺划破了不少地方。衣服也挂破好几处。他停下来歇了歇，估计了一下树料的分量，于是满足地吁口气，取下破棉短袄，披在身上，回到火堆边去。幺爸早已经走掉了，火还没有熄灭。他加上一些树枝，生旺了火，把剩下那个馍埋在红灰里面，接着就又去找泉水解渴。

等他休息够了，又剃掉所有的丫枝，已经半下午了。搬到家里的时候天已漆黑。但他照样忙着锯好扎好，到夜深才睡觉。因为第二天便是场期，担上街可以多换点钱。虽极劳碌，他也没有忘掉狗师爷的嘱咐，因而早上动身之前，他又特别到刘大发家里讨了把刺竹笋。

一卖了柴，他就充满希望找狗师爷去了。

"师爷！早！"他喜笑颜开地打着招呼，走向狗师爷床面前去。"这是你要的笋子！"

"呵哟！这几根笋子肥嗝！"师爷咂咂嘴说，翻身坐了起来。

接过笋子，师爷又高高提起，把头偏来偏去地瞧看。

"尽够吃一嘴了！"他说，把笋子搁在床脚下面。"你讲要多少钱哇？"

"怎么能跟你要钱啊！"冯大生不以为然地笑了，"小意思！……"

他一面满足地客气着，一面手探怀里，摸出一沓钞票。

"不过，"他接着显得忸怩地说，"那个报告费呢，我今天凑不齐。……"

冯大生口吃起来，因为师爷忽然闭了眼睛叹一口气，又把头那么摇了两摇。

"总之，下一场我决定补三百来！"他随即着急地辩解说，"那么大一背柴，叫他多添一百钱都不添！要是借得到的话，就是棒棒利我都借了！沟里赶场的呢……"

"你坐！你坐！"师爷蹙着脸连连说，"钱的关系不大！……"

"我等阵就去找熟人借！"冯大生认真说，在床边坐下。

于是，害羞而又讨好地笑起来，他准备把钞票慎重地搁在师爷的烟盘子边。

"请你老人家点一点吧，有三张一百的。……"

"其实么，"含蓄地一笑，狗师爷忽然叹息着插嘴了，"若果换一个人，你这个钱我就拿了。千万我这个人昧不来良心！再说，比不得别人，——你们是血汗钱！……"

"这样好吧，"冯大生缩回手站起来了，"我马上去借！"

"你忙啥啊！我才说过，问题倒不在几个钱！……"

冯大生又迟迟疑疑地坐下了。他纳闷着，猜不透狗师爷究竟是什么用意。

"让我简单告诉你吧，还是忍口气算了！"停停，师爷沉着地接着说，而冯大生立刻一撑站起来了，一张面孔涨得通红，"你让我说完来嘛！"师爷拉长脸说，尽力制止着冯大生打岔他，"未必我还害忌你么？像刚才说的样，好吧！我替你做，把钱拿了再讲；等到你告瞎了，总不能要我把钱退给你吧？"

"就是告瞎了我也要请你做！"冯大生跳起来亢声说。

"一定打瞎！一定打瞎！"师爷肯定地连连说，"首先，生米已经煮成熟饭，事情过了一两年了！你家里当时挡都没挡，这在法律上等于默认。就说没有红爷，他不会扎个草人出来抵住？……"

"像你这样说天底下就没有是非了！"手臂一摊，冯大生昂头挺胸地呼吁说。

"有！有！有！——怎么没有是非？可惜你没有占到脚步！……"

冯大生默然无语。他又忙匆匆四面看看，但他依旧找不出一点反驳的理由。

他一刹那间陷在烦闷急躁的痛苦里面。因为根据自己的经验，凡事错了脚步，直的都会变成曲的。他也听见过讲理信，记得那些所谓主持公道的人，总爱向输家这么说，你先该这样那样，可是你没有做，现在你就有理也没理了。而这些习惯势力，正在压服着他，迫使他相信师爷的胡说八道；但他又不甘心，因为别人明明白白霸占了他的老婆！

最后，他一蹦跳起来了，深深向师爷作了个揖。

"总之劳烦你老人家！"他几乎叫喊地说，"告瞎了我不怪你！……"

"这当中还另外有讲究啊。"

"顶凶他把保长背出来好啦！"

"保长！"师爷菲薄地笑了，"听说乡长也认为你没有占到脚步！"

"那我就连他乡长都一齐告！"提提袖管，冯大生亢声大叫，"啥啊！县政府的门槛是狗爬光了的么？我就不信，他几个会把县长也喂家了！"

"说话不要太口敞啊!"师爷警告地沉吟说。

"嗨!我又不怕他们抓逃兵嘞!"冯大生乖戾地抢白说。

狗师爷并不见怪;他愣着眼睛看看他,随即就试探地笑起来。

"你是从部队上跑回来的哇?"他问。

冯大生没有搭腔;他勾了头,顿然感觉得挫折了。

"噫!"狗师爷摇摇头接着说,"若果这样,我倒更加要劝你息气了!怎么讲呢,他无非是民事案,打到底,不过几个月徒刑。牵扯到你的事么,——噫……"

"砍脑壳!"冯大生猝然大叫。

他毫不自觉地在床边坐下了,瞪着眼睛,不住喘着粗气。而末了,他又一蹦跳起来,拔步就走。

"啥啊!——东方不亮西方亮!……"

隔着麻布门帘,他同保长几乎碰了个满怀;但他没有察觉那是保长,一径冲出去了。

"你报告呢?"摘下草帽,张大爷在街心拦住他问。

"嗨!你看怪吧!"冯大生叫嚷着回答,"劝我不要告了!……"

"那一定有人使了阴阳火了!我前天下午就讲过,……"

"我会去找丁八字啦!"

"没用!没用!"张大爷边戴草帽边说,声调里充满了怜惜的感情,"恐怕丁八字也不肯啊!……"

然而,冯大生并不听劝,甚至话都没听清白,就已经走掉了。但他并没有专诚去寻访那个算命先生,只是毫无目的地向人丛中挤过去。而当他经过唐家烧房门口的时候,刘大发忽然搁下酒碗,从铺堂里赶出来叫住他。

"你报告呢?"机密紧张,刘大发抓住他手臂问。

避开对方的视线,冯大生吁着气摇摇头;接着摆脱手臂要走。

"你忙啥啊!"刘大发又一把抓住他,"究竟怎么搞起的呀?"

"杂种狗师爷退箍了!"冯大生苦笑说,瞟了一眼他的伙伴。

放松了手,又深深叹口气,刘大发闭紧嘴沉思起来。

"啥啊!"冯大生装作乐观地接着说,"我会找丁八字!"

刘大发不以为然地摇一摇头。而接着,他就更加牢固地一把手抓住了冯大生。

"你听我讲!"他严重地低声说,"里面去喝碗酒再说!"

"还有啥心肠喝酒啊!"

"你这个人!陈永福他们也在里面,大家商量下又看啦。"

冯大生无可奈何地叹一口气。"好嘛!"他显得勉强地说。

"那不是?三个臭皮匠,抵一个诸葛亮!……"

十八

罗敦五表面上虽然自信很深,又喜欢吵闹,但是,若果你拿得出几套道理,尤其重要的,你吵闹得比他凶,他也会对你让步。所不同的,他不承认这叫让步,倒说自己服善。

保长罗懒王是懂得他的。因此,当他开始怀疑儿子在同乡长的交涉上可能遭到失败的时候,儿子就先发制人,向他吵闹起来。而他终于被压服了。可是罗敦五并不安心,他总怀疑保长实际上受的亏损还要多些。所以到了场期,他就戴了顶已经变形的呢礼帽,破例摸上街去赶场。

罗敦五有意回避儿子,当保长上街好一阵了,他才往街上走。他的目的是想探听一下乡长的口气。而当他走上广游居的阶沿的时候,立刻就有很多人喊茶钱,有的甚至站起来让座位;但是一般都是些赶场的乡下人。至于几个头面人物,以及那些经常在街上胡混的光棍,却对他很冷淡。因为大家清楚他同乡长杨茂森是顶的,而且早已经垮台了。

乡长正在替人们排难解纷。坐下的不算，他的周围还站着很多人。有的同正在进行的争辩有关，有的仅仅因为认识当事人的某一方面，站在那里表示关切。但听得最认真的倒是几个无所事事的闲汉，他们抱着膀子，半张开嘴，正像在听说书人讲《七侠五义》一样。

罗敦五胡乱地点着头，一径走向乡长茶桌边去。

"呵哟，你今天生意好嘛！"他说，把头歪在一边笑了起来

乡长淡然漠然地叫了一声茶钱，就又忙着主张公道去了。

"好，不要岔你！"罗敦五解嘲地说，退往一张空出来的茶桌上去。

罗敦五偶一上街，总照例是喝独脚茶的。这不仅因为人们势利，也因为大家都怕他发神经，说些不关痛痒的话。他枯坐了没多久，乡长的周围便清静了。于是他搭讪着走过去。

"真看不出来，"他假意地奉承说，"你的口才这两年进步大呢！"

"承蒙挖苦！"乡长打趣地说，一面拖了把椅子同罗敦五的并排搁起。

罗敦五忽然拉长了脸，接着又不以为然地摇一摇头。

"所以你这个人啦，"他末了叹息说，"好！——算了！——算了！……"

"你尽管指教啦！"乡长笑一笑说，"凭你那把胡子，都不会说错的！……"

失望地挥挥手，罗敦五走去椅子边坐下，而且全身瘫在靠背上面。他显出一副没精打采的神气，好像他着实受屈透了。乡长冷眼旁观地窥视着他，最后满足地笑起来。

"看怄成胀鼓病啊！"乡长打趣地说。

"你总是这一套！"罗敦五见怪地插嘴说，而他随即带点神经质地坐了起来，"我倒要问你个话啊！听我们那娃讲，说是已经商量好了，你们要办合作社打笋子啦？"

"昨天这么讲了一下。"乡长说，神色冷静起来。

"嘻，讲了一下！"罗敦五嗤声笑了，"听说还要提几成修乡公所啦！……"

"你不要着急！"乡长挖苦地冷冷地说，"这也只是那么说说罢了。究竟怎样，还要看将来利厚不厚。再说呢，——嗨！你来得正好！"乡长一眼看见了罗懒王，立刻精神焕发起来，"昨天商量的话，怎么不向你们老太爷讲清楚啊？弄得他这样疑神疑鬼的，好像什么人在烫你呢！"

"烫我！"保长不快地喃喃说，"我又不是傻娃子嘞！……"

他匆忙地在乡长右首边坐下，于是打出笑脸，伏身在桌沿上。

"徐荣成同冯大生打起来了呢！"他兴奋地低声说，求乞似的望定乡长，"在唐家烧房门口。怕是冯大生先动的手。这个要你老人家作下主才行呢！……"

保长一顿，于是偏过头望出去：一大群人拥进茶馆来了。

走在前面的是冯大生和徐烂狗。他们扭扯着，互相抓住对方的领口；一进茶馆，却又全都把手松了。他们身后就像尾巴一样，拖着一大群人，距离较近的是刘大发、陈永福几个。他们几个人一边喝酒的时候，冯大生原本已经采纳了大家的建议，再去向乡长恳求的，但一走下烧房阶沿，他就碰见了他的对头，于是两个人由口角打起来。

队副的左眼睛给打肿了，他抢先走向乡长，接着连连用地道的袍哥派头下礼。

"乡长！老太爷！各位一式！"叩了头，他又拱起手向周围打上咐，"说公事我是个保队副，私事是个老几，——他大生娃是对的！只要乡长，老太爷，各位拜兑伙说我徐荣成该挨呢，我挨了就是了。枪买不起，我针买得起一苗！要是不该挨呢，就请他姓冯的还个点点！……"

"揍他！"几个声音一齐嚷叫起来，"这才怪呢，空子都把光棍打了！……"

"拖出去丢他的茅坑！……"

121

冯大生既没有下礼，也没有申辩，但他强项地一个劲红着张脸喃喃自语。

"枪毙也不过那么凶！"他说，"我就要打个鸡蛋藏起来了！……"

"看杂种那个遭凶的样子啊！"磨磨牙齿，一个光棍提劲地胁迫说。

"遭凶的不是我！"冯大生紧接着顶上去说，"敢遭凶我又对啰！……"

一时扰攘不休，没个间断，于是乡长杨茂森生气了。

"这是狗粪市吗？"他问，严厉地四面扫了一眼，叫嚷声逐渐地低落了，"我都没有开腔，你们就闹麻了！"他接着说，又狠狠望定那两个打架的主角，"究竟是啥事情啊？不准抢话，你们一个一个地讲！"

"还要哪里去找土豪！"罗敦五想，歪起嘴角一笑。

他想走掉，因为试探的败露还叫他不快活；但他毕竟还是留下来了，带着一种寻找错误的邪恶心情。

由他冷眼观察，他觉得保队副不一定会吃亏，而冯大生的桀骜，则使他稍稍感到快意。他既不叩头，也不叫屈，显然毫不在意乡长的什么威信。……

当开始申诉的时候，两个当事人都并不尊重乡长的指示，又抢着说了，于是秩序又乱起来。

"这太不文明了！"罗敦五非笑地沉吟说，"你招呼下嘞！"

"你来坐这个法台好吧？"刻毒地一笑，乡长杨茂森回嘴说。

"我？不在其位！……"

但是乡长无意同他顶嘴，他装作没有听见，吩咐冯大生让队副先讲话。因为徐荣成带得有伤，而且有公事在身。更要紧的，是在场的一批光棍都在替他摇旗呐喊。

"乡长！老太爷！"队副徐荣成开始说，"我走烧房门口过路，又没撞他……"

"我像疯了！"冯大生抑制地说，不屈不挠地交叉着两手抱了膀子。

"嗨!"队副一口气接下去说,忽然变得很兴奋了,"他一张嘴就开大门!妈哟,娘哟,啥子话都骂了!我想,'总是马尿水喝多了!'好,不张他,我走我的。嘻!他才以为你怕他呢,硬一直缠着你不放!……"

"我是骂那个不要脸的!"冯大生嘶声地愤愤说,"倚势凌人!……"

"你们究竟哪一个先动手打的啊?"乡长插进来问。

"最好问他们吧!"撒开膀子,又指指刘大发、陈永福,冯大生嘴快地叫喊了,"说我骂你,"忽又转面向着队副,他一个劲叫嚷下去,"我一没提名,二没提姓,啥事你劈脸就给我一耳光哇?……"

"我没有问你!"乡长连连制止,"我还没有问到你名下来!……"

"你那么漂亮?我又不怕你背上背得有人哩!"

"你看这些山猴子讲道理吧!"有人厌烦地恨声说。

"只有你们才是讲道理的!屙屎屙尿都讲!……"

"你再开口,我要拿脚柞①把你柞起!……"

乡长忍不住发火了。

"你就不要忙到说呢!"刘大发制止地顿脚说。

冯大生近乎呻吟地吁了口气。"好嘛!"他忍气吞声地说。

于是,他拖来一把椅子,坐下去了,一双手捧着头。这是赌气,因为他对乡长,以及一切街上人感到了可憎的歧视。同时,由于过度兴奋,又喝了酒,他也有点头晕。但他刚才坐下,那批光棍们始而吃惊,接着就吼开了。仿佛冯大生做出了无法无天的举动一样。

"这个杂种才体面嘞!"他们鄙屑地大叫,"你还要张床么?"

"起来!……"

一个用围巾做套头的汉子冲过去了,不由分说地撤去了冯大生的座位。

---

① 脚柞:一种刑具。

冯大生站起来了。他四面望望，浮着一种可怜可怕的强笑。

"这下你讲!"乡长说，向队副扬了扬光秃秃的下巴。

"对!"队副紧接着说，尽量隐藏着自己的得意，"我承认，是我先打了他一耳光。大小一个光棍，这点事都拉稀? 笑话! 可是他才狠不狠毒不毒呢，劈眼睛就给我一拳头!"

"你明白我为啥打你么?"瞅着队副，冯大生忍不住反问。

"那我怎么会晓得啦!"队副支吾地说，没有预料到这一手。

"我打的是那个不要脸的!"冯一大生切齿说，"倚势凌人! ……"

冯大生没有说完他的意思，便住嘴了。但他忽又摊开手叫起来，觉得他用不着隐瞒，也没力量控制自己，而若果他发泄了，至少心里不会再七上八下，像要爆炸那样。

"难道我还怕哪个笑话么?"他摊开手大叫，但又立刻顿住。

他举目四顾，眼睛里闪烁着惊异而又痛苦的火花。

"我要问问大家，"喘一口气，他苦滞地接着说了，"我一没栽岩，二没给哪个盖脚模手印，嗨，糊糊涂涂就把我老婆接了! 还红爷都不要，就像料定了你屁都不敢放样! ……"

"由你说些好了!"队副非笑地打岔说，仿佛对方讲了谎话。

"哎呀，你让他说完来嘞!"装假一笑，刘大发阻止说。

"我就转来!"陈永福挨近刘大发耳朵说，翻身便走。

这个沉闷老实的青年人，是去邀约同沟的熟人的，因为他看出几乎所有的人都在帮着队副说话，担心冯大生会吃亏。他一跨上街就碰见张大爷。因此，当冯大生正又开始控诉的时候，那个精明圆通的老年人，便已经赶来了。摘下草帽，他不声不响在刘大发身后站了，专心专意倾听下去。

"我跑去投保长，"冯大生接着说，"嗨，硬是讲得安逸，叫我一口气叹了! ……"

"因为人家有红爷啦!"保长自信地插嘴说。

"那我就请你指出来看！是光脸吗，麻子？"

"你听我讲！"保长十分勇敢地站起来了，望定乡长接下去说，"事情是这样的，他卖了壮丁了，一不写信，也不兑一个钱回家，女的以为他打死了，家里又敷不匀……"

"我只问你红爷是哪个啊！"冯大生愤愤地插嘴说。

"哪个？"保长红着脸重复说，"你们大茶壶！"

"敢对质么？"

"对啥质啊，"张大爷冷不防开口了，"我不是已经告诉过你么？大茶壶早卖了壮丁了！"

他的语调是那么含蓄，那么富于暗示，任何一个敏感的人，都会发觉他的话里有话：那红爷是纸人纸马，不可靠的！于是乡长、保长，以至于老神经，都显得吃惊地望过去。

"换一碗！乡长！老太爷！"张大爷笑起来，不住地客气点头，招呼茶钱。

"你像很清楚他们这件事啦？"乡长皱一皱眉头问。

"我也不顶清楚，只晓得一点，冯家大茶壶早出门了。"

"你们这些人啦！"乡长摇摇头叹口气，于是看定冯大生说，"叫你写个报告来呢……"

"哪个给我写哇？都叫人喂家啦！……"

"你们看他这张嘴喳！"淡淡一笑，保长中伤地说。

"不是吗？前天都说得好好的，'你下场来拿！'——怪，今天变了症了！……"

"像你这么样讲，这件事我就不好断了！"上身一挺，乡长感觉受辱地生起气来，"为什么呢，一不对劲，你也可以反过来说我给人喂家了吵！这个怎么断法？"

"我不要哪个断了！"昂头挺胸，冯大生忽然悲愤地叫喊说。

"也好，也好。"张大爷喃喃说，不住摇头叹气。

"我没有那么傻！"冯大生紧接着喊，声调越发高亢起来，"老子两个拼了好啦！……"

他迅速地转过身，大叫着，揪住副队就揍。但才打了两记，他便被光棍们推开了。而且吃了好几拳头。这还不算，那批自以为高人一等的流氓还在鼓噪，一点不感满足。

"把他拖到河坝里去……"

"去他妈的，山猴子都撒野到街上来了！……"

"乡长，他们这样骂不对呢！"眨眨眼睛，张大爷提高嗓子说了，"山猴子不是人么？一样在纳粮完税呢。讲句笑话，嘿，嘿，不管街上修建这样，修建那样，山猴子都没有当过柳肩膀①啊！出了钱又出气力。"

"今天赶场我们才没有搬料！"刘大发高声说，一面防护着冯大生。

当冯大生成了流氓们的攻击目标的时候，刘大发、陈永福也都一齐拥了上去，最后把他拖往远处一张空桌子上安顿下来，守护在他左右。但他并不满意他们的措施，正如他不满意父母阻止他向队副报复一样。因此他还一再抱怨他们。

刘大发他们并不怪他，也不争辩，倒是照旧劝他离开。

"怕么，你们先走好啦！"冯大生第三次这么回答。

"那么你就坐下去吧！"刘大发说，有一点反感了，"走，心尽到算了！"他接着说，招呼着陈永福他们，带头挤向观众当中去了；但他忽又返身跑了转来，跺着脚，嘶声向冯大生恳求道："你也睁开眼睛看一看嘞！……"

"你说上天我都不走！"冯大生切住他，烦躁地转开了脸。

张大爷愤愤不平地从乡长茶桌边走过来了。

"还坐在这里赛会么？"他俯身问冯大生。随又带点抱怨口气向那

_____

① 柳肩膀：指不负责任的人。

些青年人说道，"你们把他劝起走啦!"

"你要他肯听啦!"刘大发、陈永福同声说。

"像是不服气吧？哪个叫你来变山猴子呵!……"

于是，张大爷一边戴上草帽，一边伸手去牵引冯大生。

十九

就由张大爷领头，冯大生、刘大发一批人，都闷闷不乐，一齐回转林檎沟去。

走出场口，他们还在大发牢骚，觉得冯大生妻子被人霸占，竟会讲输理信，真太不公平了。而更叫人愤激的，则是那批光棍对山里人的奚落。但一过皂桷垭，大家又陆续沉默了，跟来的却是疲乏，以及那种无可恢复的失败情绪。

冯大生本人一直没有张声。张大爷也很少开口。

"我问你们，"但当到得磨坊门口，老头子停下来，带点愤恼地说起来了，"你们只晓得一路的鬼抱怨，今天的阵势，你们看出来没有啊？人家背后使了阴阳火了!"

"我懂!"刘大发兴奋地接嘴说，"老神经一早就在乡长耳朵边吹!"

"还讲这个! 狗师爷那把火，也是他两爷子抽了的啦! 要不，他到他家里去做什么? 你大意了!"张大爷接着向冯大生说，"所以你讲找丁八字，我就说，没用! 没用! 不过，也算好啊!"他继续说，深深叹一口气，"要是火头矮么，你今天还会吃冤亏哩。"

"这点我真不懂!"陈永福愤愤说，"乡长跟他们是顶的啦!"

"那些都是半边人脸，半边狗脸的角色啊。"张大爷叹息了，"尽管天大的仇，嘿! 只要袖子里一捏，——我倒要劝你啊，"他忽然严肃起来，转面向冯大生，用一种沉痛口气接下去道，"再不要往下扯了! 你不会捡到便宜。"

"这样也对，"刘大发应和说，"他总有栽岩的一天嘛！"

"再说哩，"张大爷又接着说，"你自己屁股上有屎啊！"

临到分手，他又重复叮咛一遍，冯大生应该记住自己是个逃兵。

冯大生始终没有张声。但当过了岬沟，走上坡道，又将和陈永福分手了，忽然长长透一口气，他一屁股在路边土埂上坐下来。而接着，强笑一声，扬起脸来，似乎正要讲什么话，而且异常重要；但他随又摇一摇头，埋下了视线。

他随手捡来一块土饼，用双手摩弄着，自己却又全不在意，照旧勾了头想心思。

"啥啊！"陈永福鼓励地轻声叫了，"吹火筒做眼镜，我们又慢慢看嘛！"

冯大生没有搭腔。他已经深深陷入沉思了，细碎的泥土从他手指间纷纷漏下。……

"还是好好把庄稼做起吧！"陈永福又说，"汗坝里不是人住的么？定要蹲在这个狭狭里呀！"

掷去手上剩下的一小块泥土，忽然，冯大生没精打采地站了起来。

"还是我们么爷好！"他苦笑说，转身离开了陈永福。

他默默向大方坪走去了。一路就那么羡慕地想念着倔强果敢的冯立品：他自由，他一无牵挂，而这些都是他自己需要的。因为如果他也净人一个，他就不会像现在这样，一筹莫展了。而且，他的天地还会宽些，不止于荒野的老鹰岩。

到家的时候，父亲正在敞房里吃饭。因为是赶场天，好多人借故留在家里铲草，没有上山搬料。但是，冯有义不肯上街，还有别的用意。他知道儿子今天要讲理信，又深信这个徒讨气恼，就赌气不去赶场。一看见冯大生走进院子，他就立刻停住掏搅团了，偷偷向儿子打量起来。

第一眼他就断定讲理信失败了。于是冷冷一笑，故意舀搅团喝。

接着母亲走了进来。到得火堆旁边，她坐下，把手上的搅团碗搁在一个倒立着的背笊底上。

搅搅面团，又抿抿筷子，冯大妈愁蹙地望丈夫瞥了一眼。

"比牛还犟！"她叹息说，"昨晚上夜也没消。"

"心痛么，你又给他盛碗去嘛！"冯有义负气地曼声说。

他站起来，进厨房添饭去了。转来的时候，他看出来她并没有听懂他的气话。

"都回来了！"他提示地说，恼怒着她的懵懂。

冯大妈匆忙地四面望了一眼。"回来了？"她重复说。

"你着急做什么？挺尸去了！"

"理信讲赢没有呢？"

"那还会讲输么！"冯有义讽刺地回答。

于是，他舀搅团更快起来，冯大妈也没敢再问下去；她知道丈夫不会说谎，更清楚他正在气头子上。而且，她从他的语气中已经明白冯大生讲理信失败了！她想亲自去问一问，但又担心触恼丈夫。于是她迟疑起来，不住地摇头叹气。

最后，她故意擤擤鼻涕，又可怜相地望着丈夫笑笑。

"你莫要迁我哇！"她首先向他告罪说，"我也活不了几天了。……"

"我迁你做什么啊！"

"就这个话：不管怎样，你也该去问一个明白啦！"

"这个还用得上问么？"丈夫非难地苦笑了，"我眼睛又没瞎啦！"

他又异样地一笑，就住嘴了。于是几下掏完搅团，走进厨房，用空出的土碗在水缸里打了点水，然后拿筷子搅动着，喝了，就扛起山锄，一声不响，到房后粪坡上去铲草。

当只剩冯大妈一个人了，她连连叹气，不知道自己究竟怎么做好。

"你也张声腔哩！"她终于高声地抱怨起来，"一回来就闷着睡！……"

因为久无反响，东西也吃不下，她又摸进那间堆灰的茅棚里面去了。手枕着头，儿子仰摊在地铺上，眼睛张得很大；听见冯大妈走进来，他沉重地哼声气，抛出垫在脑后的双手。

"你究竟在街上吃没有吃东西啊？"她问。"没有吃趁热啦！"停停她又说了。

她原想问问讲理信的结果，但一近身，她就觉得这个太多余了。老头子的观察一定不错，问起来反而增加不快。然而，因为冯大生再三不肯张声，她在最后哭了起来。

"天呀！可怜我做梦都在望儿子回来啦！"她开始自怨自艾。

"你让我清静一下好么？"抬抬上身，冯大生终于呼吁地开了口。

"饭，你总要吃嘛！"母亲收住泪说，接着又故为和悦地问，"我添碗来好吧？你爸铲草去了，"她加上说，以为儿子顾虑着父亲。"啥啊！是伺候老子么？……"

她为他的拒绝回答生起气来。接着转身便走，一面哭哭啼啼地唠叨不休。

她起初抱怨儿子，接着就咒起保长和队副来，最后又忍气吞声，走进厨房去了。她盛了碗热搅团，捻了一撮有盐没味的潦菜，端进儿子房里，搁在地铺侧面。

"看你吃不吃哇！"她赌气说，"我也只有这样将就你了。……"

直到天黑，她又一连去看了他两次，哀求着，劝慰着；但是一碗面团，冯大生依旧一筷子也没动。而在最末一次，当她正在用同样可怜的调子，企图叫儿子回心转意的时候，驮着一身疲劳，父亲冯有义从坡上回来了；放置好铲草的锄头，他就默默走向敞房火堆边坐下。

他分明听见了她在讲话，很不满意，但他尽力压抑自己。

"找根背带来嘛！"最后，他终于忍不住了，于是嘲讽地大声说。

妻子叹口气住了嘴，随即就摇摇头退出来，走向敞房，一面喃喃自语。

"真是割卵子敬神，人也得罪了，神也得罪了！"

"自己寻到的啦!"丈夫说,当他望见她走来的时候。

"你该硬!——你该说风凉话!——可惜我残废了!……"

"你不会讨口的!"冯有义恼怒地切住她说,"讨了口,席子我都不要你挟!"

他感到一阵悲凉,但也更加生气儿子的使性,于是他蓦地站起来,冲向儿子房里去了。他的气势表明他很可能叫骂一顿,但一走到冯大生身边,他叹息了,心立刻软下来。

"你是女人家变的么?"他抑制地轻声说,"也像个男儿汉嘞!……"

他担心自己说得过重,于是一顿,又翻身退了出去。

"我不晓得那些没有儿子的人又是怎么活下去的!"他说,重又走进敞房,在火堆边坐下。

他说得那么斩切、激昂,而且多少带点嘲弄味道。随后十分毛躁地解掉腿杆上的毫子,裹成两个卷儿,立刻摸进卧房里去。但他在床沿上坐了很久很久,才动手脱衣服。

冯大妈一径蹲在火边。"我不知道是啥命啊!"她忽然呻吟了。接着她站起来,找到一把已经破烂的扫帚,把地面上的渣滓、尘土,一并扫集拢来,培熄了火。等到掩好门上床睡觉,她才发觉老头子醒起在,但她没有同他讲一句话。因为她已经不打算再作任何的努力了,一切但凭命运安排。

她直到猫头鹰笑起来这才昏昏睡去。但不久又惊醒了,听见丈夫已经起床,正在准备上山搬料。打开面柜子取了馍,又进厨房里舀水喝,最后带上房门,一径走了出去。

他忽又轻轻把房门推开了,走转来,停留在床面前。

"等阵起来,你问问他,"他苦滞地轻声说,料定老伴也早醒了,"为了一块臭肉,他要老望茅坡里钻呢,还是一口气叹了?再不然,你叫他买包耗子药回来,让你吃了,由便他去!人是好变的么?"他接着说,动了火了,"你问他,什么人不想随心所欲?可惜他胎投错了!……"

他愤然转身走了。"有好靠山也对!"出了房门,他又忙匆匆加上说。

直到天色大亮,冯大妈没有再闭上眼睛,就那么躺起来想心思;但她照样地起了床。

"比养老子还难!"她喃喃着,走向儿子房里。

她听见了鼾声,于是又轻轻退出来,进了厨房。当她生燃火,添了瓢水在锅里煮开,舀进灶门口吊壶里,又把夜里剩的搅团热好之后,就又轻轻摸进儿子房间里去。

冯大生呆呆坐在铺上。他显得更瘦,眼眶也更深了。

"对啰!"母亲宽慰地说,"一个人要会想一点嘛!……"

"妈!"儿子忽然痛苦地呼吁了,"我们搬到坝里去住好么?"

"你怎么说傻话啊!"母亲紧接着惊叫出来,因为他们现在连活命都艰难,绝不可能搬到汗坝里租佃庄稼。但她一顿,遂又诳骗地说下去,"就说要搬坝里,你也先该提把劲啦! 好好做它一年两年,落几个钱,买得起猪牛了,"她忽然嘴软了,于是叹息着摇摇头说,"像你这样,弄得大家五心都不做主,就在山里也够拖啊!"

她等待儿子回答,但他再也不张声了,就那么愣着眼睛。

"你这样不是办法啊!"于是母亲又补救地接着说,"穷钻山,富下坝;先要手里有几个啦! 难道我还不愿意么? 小时候,你外爷就爱逗我们,'少偷点懒,好搬到坝里去!'……"

她叹息了。"到火边去好吧?"她躲闪地倒拐说。

"我清楚啊!"儿子忽然绝望地呻吟说,"这一辈子都滑不脱了! 就腌在这个山狭狭里……"

他撑身起来,没有看望母亲一眼,就一直走出去。冯大妈莫名其妙地跟着他;但她很快就放心了。她看见他进了敞房,在火堆边坐下来,手捧着头,手拐架在膝盖上面。尽管照旧是闷闷不乐,吃过午饭,也一样没有起色。但是,等到冯大妈傍晚要去打水的时候,他忽然振作了。

他赌气地站起来，走出敞房，在玉米架边夺去母亲手上提的水桶。

"你快歇你的啊！"冯大妈说，心里感觉得很高兴。

"你们倒团圆了！"忽然，一种可怜声音从墙垣边传过来。

两母子同齐吃了一惊，同齐向大门边望去了。那是出征军人张长贵的母亲。满面浮肿，神态狼狈。她拄着根白夹竹棍儿，站在院坝边上，显然走路在她十分困难。

"我前两天就想来了，"她喘喘气接着说，"脚挪不动！要不我早来了……"

"你这么病，还出来做什么啊！"冯大妈叹息说。

她迎着张长贵他妈走去，打算扶她进去烤火。冯大生向前走了两步又停下来。

"我就想问你个话！"悬心地望定了冯大生，扶着棍儿，病妇人几乎一字一顿地说，"你究竟看见我们那个人没有啊？就是打死了呢，你也用不着瞒我！……"

"怎么就会打死了啊！"冯大妈宽慰说，因为冯大生一直愁蹙着不张声。

"那他就这样没良心么？"病妇人反问着，神情显得很激动了，"你都记得起自己家里还有个娘，千辛万苦把你盘大；可怜我眼睛都望穿了！——他就这样没良心么？"

"他慢慢也会回来的啊！"冯大妈又说，奇怪着儿子的沉默。

"慢慢！"病妇人力竭声嘶地哭喊道，"等他回来，我都钻了土了！……"

接着她就爆发出一长串无可遏止的咳喘。

冯大生提起水桶，乘机溜出去了。但他并没有到泉塘边去，走了相反的路，他在离家不远一个岩包上坐下来。直到客人离开了很久，天快黑了，这才走去打水。

"你怎么一句话不讲啊！"母亲责怪地说，当他打好水走到火边的时候。"人家居心跑来问你，又是生病的人，管他是好是歹，你也多少给她点想头啦！……"

"有屁的想头！"儿子忽又烦躁起来，接着逃避似的退了出去。

但他第二天天一亮就起床了。把父亲的扁扁锄磨了磨，就到房后粪坡上去铲草。只是总有点不顺手，铲不上几锄，他又停下来沉思，接着总又毫不顾惜锄头的锄口铲起来。

"杂种！不要碰到节疤上算了！"他切齿说，锄口在岩石上迸出了火花。

二十

"没用！没用！"陈大娘蹙着脸连连说，"我嘴巴都说木了！"

"那她究竟要怎样呢？"刘大发老婆固执地问。

"去问她自己吧！"陈大娘生气说，"总是还想坐一回花轿嘛！……"

这惹得妇女们齐声笑了。她们都是才从山坡上收了工回来的，虽然已经精疲力尽，大家可还关心着金大姐。一般的动机很好，有的不大干净；而以冯有三老婆最少同情。

"她就再嫁八嫁都出不了头的！"冯有三老婆说，没有附和着笑。

"你呢？"刘大发老婆讪笑地问，心里很不好受。

"你嘴要放干净点哇？"冯有三女人吵架一般地叫道，"这些人么，不是吹牛的话，好马不配双鞍！——就是他冯有三一筋斗倒了，敢打赌都摆得正！"

"怎么你又在吵啊！"陈大娘叹息说，"我承头给你修座贞节牌坊，这该好啦！……"

妇女们重又笑了。接着就陆续爬上台阶，走向院子里去。只留下一个冯有三老婆没有就走。她嘟着嘴，挂着锄把，忍不住又咕噜一句采话；但也终于唠唠叨叨进了院子。

在众人的劝慰下，金大姐已经有一点动心了。

"我们不会害你！"刘大发老婆又说，"千万不要再东想西想了！"

"对！谨防结果几头都滑了钩！"亮油壶女人认真地附和说。

"我硬是不想再跨他那道牢门啊！"金大姐忽然又生气地叫出来。

她显然又变卦了。扭扭身子，重又靠在玉米架上。

"我跟你讲！"刘大发老婆厌烦起来，"以后你出了磕绊，不要守住大家哭哇！……"

和刘大发相反，这是个大块头女人，镰刀足，面貌就像个男子汉样。指着金大姐下过警告，她一转身走了；但在火堆边坐了阵，因为旁人并未跟她散去，不久她又走了转来。

"你又想转了哇？"她问，斜眼望着正待动身的金大姐。

陈荣生女人不住摇着擀面杖儿叮咛："总之啊！他不咬个口口你不要走！"

"这个话就对啰！"刘大发老婆笑了，兴高采烈地挨身过去，"你就这样离开，万一他咚地递你一张报告，说你偷着跑了，那才跳到黄河里也洗不清哩！"

金大姐慢慢走向大门去了。勾了头，尽力忍住眼泪。

"这个砍脑壳的将来怎么死啊！"有人从身后叹息说。

金大姐更觉得伤心了。"真害我不浅啦！"她恨恨地想。

当她到家的时候，她预料保队副一定会大发脾气；但她错了。他意外地没有理她。到了晚上进房睡觉，虽然连说带笑讽刺了她一阵，但她察觉出他的本意倒是想笼络她。

"杂种！"他含笑说，"你的心肠倒还不毒哇！"

于是他走过去，把手伸给她看；但她一下迈开了脸。

"呵哟，这才肥喃！"队副油腔油调地解嘲说，接着用了两根指头去拧她的脸蛋，而她立刻就劈手赏了他一记。"再来下啦！你没有听到讲么？打是心疼骂是爱！"

"我不要跟你讲！"金大姐翻身坐起来了，"把地方退给我！"

"要得嘛，"队副满不在乎地说，收回了手，"大生娃已经在乡公所告了，过几天就要问了，只等乡长下个命令：'徐荣成！你八辈人没有见过女人啦？赶紧原封不动退了，要不，打得你像漏筛！'呵，我立刻猪蹄子抽筋，——爪了！连人都一齐退。……"

"他告你关我屁事！"金大姐忍不住插嘴说。

"噫！怎么和你没关系哇？人家就是在外面整对了，要你回去当太太啦！"他稀开嘴笑起来，但是忽又板起脸接下去说，"我为你好才说，——你倒少想些汤团开水！"

于是，他几下脱掉衣服，又一口气把灯吹了，爬上床去睡觉。

金大姐一个人又闷坐了好一阵。"我只要得着我的地方！"最后，她秃头秃脑地说了，接着和衣躺了下去。因为想来想去，只有这件事简单明了，而且必须坚持下去。

次日起床，她照常弄饭去了。这是她两天来少有的事。

"想把我磨死倒不行啊！"她说，拿了瓢走向水缸边去。

她发觉水缸空了。接着搁下水瓢，提了桶去泉塘里打水。

陈永福女人个子很长很瘦，翘嘴唇，眼珠略微带黄。她正提着大半桶水，打从泉塘边往坎上爬，准备回去。当她发现出金大姐时，就又顺势搁下水桶，愣着眼睛停下来了。

她惊奇地望定她，诧异着金大姐会显得那么坚定。

"昨晚上又吵来哇？"她问，当金大姐到了面前的时候。

"龟儿子死不要脸！"金大姐切齿骂了，把桶顿在一边，"我知道他是居心想折磨我，可惜他在做梦！哼！我才想横了呢，不把我几亩地要到手么，我死了都不断气！"

"你这样想就对了！所以昨天大家都劝你不要怄，——他倒巴不得你几下怄死呢。"

"我就偏要活下去签他的眼睛！……"

"你昨天晚上提说过地方没有呢？"陈永福女人又问。

金大姐忽然败兴地叹了口气。

"你晓得么，听说金娃子他爹在乡公所告了？"她问，想起队副昨天夜里的谈话。

"有这个事！你慢慢看吧，听说乡长很生气呢……"

陈永福女人有点兴高采烈，然而，她的快意，却一点也没有感染到金大姐。因为那个值得人们同情的妇女不能想象乡长会怎样处置她的田地，更不能想象怎样处置她本人：断她回到冯家去呢，或者另行改嫁。

她忽然觉得，她是多么愿意跟冯大生在一起生活啊！她困惑地勾了头。

"还不晓得传不传我到场。"她低声说，微微咽一口气。

"你怕要到场吧？说起来你算是磨心啦！"

"也好！他乱断么，我一刀抹死在街上好了！……"

金大姐眼圈一红，忽又感觉难受起来；但她忍耐着，故意回避开陈永福女人，提起水桶，匆忙地下了坎，走到泉塘边去。她并不专心一意盛水，照旧在进行各色各样设想；一等她注意到，水桶早已经装满了。

"我总要七盘八碗给他端出来嘛！"她忽然大声说，"横竖是一条命！……"

于是结束了她的思虑，提起水桶，庄重严肃地回家去。

队副已经起了床了。他披着衣服，正用凤凰展翅的姿势在敞房里烤火。当一看见金大姐打水回来的时候，他愉快地瞬瞬眼睛，又满足地笑一笑。因为两天来她很少生过火，而他现在以为她已经服帖了。所以接着他把衣服一抄，拿出丈夫的架子，漫步向了灶屋走去。

他在灶屋门口停下，打偏头笑起来，接着跨过门槛。

"昨晚上在磨盘上睡觉啦？"他说，又眨眨眼睛。

金大姐闷着脸不张声。向锅里添好水，她就动手生火。

"不理我吧，面团搅好了我总一样要吃！"他厚颜地搭讪说，退出去了；但他随又回转身来，做出副愁蹙神气，"做点馍吃好不？摊薄一点，再放点花椒面……"

"可惜你太好了！"金大姐愤愤说，塞了把松毛在灶膛里。

"我好什么啊！就专门虐待你，吃肉连骨头都丢了。"

"不管你怎么说，我的地方，你总要退给我啊！"

"我昨晚上就说过了：人，我都一齐退啦！……"

队副轻松活泼地转身走了。饭后上街赶场，他也带着同样的神气。

然而，傍晚时候，因为一两句采话，金大姐正在同徐开金老婆拌嘴，队副可又忽然摆出另外一副面孔回家来了。他的右眼眶是青的，而他的神情竟是那么严厉。因为虽然由于乡长、保长和一般流氓的支持，他把冯大生斗败了，但他胜利得多不光彩！一个光棍竟会被一个泥脚杆捶一顿。

"去你妈的啊！你一天就翻花哇？"他破口大骂，当他走进院子的时候。

"你回来得正好，"母亲徐开金老婆说，从敞房里跨出来了，"一下午就扯鸡骂狗，说抢了她，搂了她，把地方给她骗了！我倒要问问你：我见过她一块土巴来么？"

"可惜我骂的是那些黑心肺！"金大姐顶嘴说，依旧坐在自己灶房门口。

"你敢站在天底下来说么？"

队副一声不响走到金大姐面前去了。

"哪个在抢你搂你哇？"他停下来轻声问，伛偻着上身。

然而，并不等候回答，他就一连赏了她两耳光。

"搂你抢你就要搂你抢你！"他同时大声叫喊。

"你动不动就兴打哇？"金大姐定定神说，随即哭了。"是好的你就打死！"她跳起来，大哭大闹地扑了过去，"要不，你徐荣成不是人生父母养的，——是龟儿子！……"

"龟儿子今天还要打你！"队副说，伸出手狠命几推几拖。

金大姐冷不防跌倒了。"打死人啦！"她大叫，抱住队副刚好踢去的一只右腿。

"你到乡公所去喊冤我都不怕！……"

母亲徐开金老婆跑去解围去了。看见儿子不停地擂着拳头，她怕闹出命案。但她一无能力，因为队副虽然愿意息手，金大姐可箍子样抱住了他的腿子，一面又咬又掐。

直到天黑父亲回来，双方都精疲力尽，这才互相詈骂着松了手。

"你是对的，我们明天上街去说好了！"金大姐说，从地上爬起来。

"进县城都不怕！"队副说，拖着腿子走向敞房里去。

"人吵败，猪吵卖！"穿过院坝，徐开金叹息着喃喃说。

"我怎么不吵哇？"拖下理着发髻的双手，金大姐重又很兴奋了，而且哭喊起来，"要我不吵也很容易：把地方还给我！要不的话，我总要吵得你家败人亡！"

"已经败了！"徐开金摇头叹气，"已经败了！……"

"不要张她个烂货！"队副说，正在解开裹腿验伤。

金大姐继续吵了好一阵才住嘴。她一时伤心，一时气愤，但却始终没有取消那个早上打水时表白过的志愿：偏要活下去签徐烂狗一伙人的眼睛！而且盘算着上街找乡长申诉。

次日一早，她又照常打水去了。而当她经过陈国才院子门口的时候，她走了进去，这时陈大娘正站在玉米架边。

"昨晚上怎么又打架啊！"陈大娘说，不住摇头叹气。

"我安心闹烂陪他去见乡长！"金大姐坚持说。

"呵哟，见乡长你才捡不到便宜呢！"陈大娘惊叫了，眼鼓鼓紧瞪着金大姐，"他们是一气的！不要说你妇道人家，连大生娃子都一报告打瞎了啊！"

"你听哪个讲的?"搁下水桶,金大姐反应地问。

"哪个讲的?"陈大娘重复说,随即就苦笑了,"呵哟,我们那个孽障在一道啦!乡长说:'我管不了!你到县里去告我都不怕!'啧、啧,你倒以为你还捡得到便宜!"

金大姐叹息着垂了头。

"他胡断我就一刀抹死!"最后,她又昂头挺胸叫了。

"死又有什么用啊? ——人家倒巴不得你死呢! ……"

陈大娘叹息了。接着她又劝她忍耐下去,慢慢等候机会。

"千万记住,你再不能插虚脚了!"她又说,十分怜惜地望着金大姐的背影。

当金大姐离开陈家,走向泉塘去的时候,她感觉很丧气。她的梦想又幻灭了。打好水回到家里,也不生火,她就呆坐在灶门口。双手捧住脸颊,眼睛呆望着一无暖气的灶膛。

然而,等到队副起床的时候,她已经在开始弄饭了。

"不管怎样,小春我就要自己收啊!"她自语着,把水倒向锅里。

"你去收你妈的嘛!"队副大骂,打着呵欠从房里跨出来。

"怎么不该我自己收哇?"金大姐大叫,没有料到他起床了,于是一下连水带瓢搁在锅里,"看天底下又有这个道理没有:地是我的,做归我做,收成你拿去花! ……"

她重又振作了。吃过早饭,她更意外地上坡去铲粪草。

次日,她又约了两个人来换工。而且逢人她就声明,地是她的,做呢,也归她一个拼起做,明年她不能让队副再随意支配所有的收获了。而凭着这个单纯合理的信念,虽然依旧同烂狗一道住起,她却过活得很志气,既不怕他,也不受他任何笼络。因此一般妇女也就更同情她。

等到第四天上,粪草已经铲完,她该向别家还工了。也不管队副有没吃的,她一早就起了床,扛上山锄,到亮油壶家里去。但是结果很不痛快：冯大生也在那里！而且一发现她便走掉了。好多人留都没有留住。当晚，她过了痛苦无眠的一夜。但是，隔了两天，她又在泉塘边碰见冯大生了。她正提了桶上坎，他呢，正打算下去；但他立刻感到厌恶地退避开了。

"我晓得我是你眼中钉！"她末了说，提起因为震惊而放下的水桶。"雷打人也该察一个善恶吧？"她悲啼着，忽又把水桶顿在山径上了，"未必我一个人就是罪魁？……"

她听见身后又有人打水来了，于是伤心地咽口气，提起水桶就走。

二十一

两次的碰头，冯大生倒也并不比金大姐怎样好受。

他把水担回家，搁在大黄桶边，就闷声不响，走去烤火了。他坐下来，目不转睛地望定那个已经燃掉半边的槐树根兜的缺口；火焰跳动着，细碎桴炭纷纷下坠。

父亲冯有义蹲在阶沿边磨山锄，准备去给人家还工。

"等下我就来倒！"冯有义忽然说，因为听见冯大妈正在央求儿子倒水。

他歪着头看看锄口，站起来了，搁下山锄就向灶屋里走。

"这两天又不大对劲了，"冯大妈低声说，当丈夫提起水桶，向了大黄桶里倾倒的时候，"昨天到亮油壶那里换工，没杆烟久，就冲回来了。问他呢，哑巴样一声不响！"

冯有义苦笑了。"总是心还没有死嘛！"他说，向黄桶里倒着另一桶水。

他走回敞房门口去了。拿起山锄，试探地含笑望定儿子。

"走啦，"他说，"昨天答应过刘大发哩。"

冯大生负气地把脸一车。"我头痛！"他同时喃喃说。

"再赌阵气，头就不会痛了。"冯有义讽刺地说。

三脚两步，正在灶门口提心吊胆的冯大妈赶了出来。

"烧片老姜擦擦好么?"她问，认真以为儿子是生了病。

冯大生倏地站起来了。"你去擦你的嘛!"他大声说，走向墙角去拿山锄。

而他随即跌跌冲冲，抢头走向刘大发家里去。

他显得异常恼怒，因为他对母亲的将就特别发生反感，同时可又感觉到一种不可抗拒的压力;这正如骑者手上的马缰一样，它总企图把他拖上日常生活的跑道。

到了刘家，他也没有过好脸色。而且回避着任何人。休息时候，刘大发发现他蹲在一丛刺笼后面。

"唏，躲在这里!"刘大发说，"你把我好找呀!"

"我有点不舒服。"他嗫嚅说，感觉狼狈地勾了头。

"我知道你为啥不舒服，"刘大发含蓄地说，随即又笑起来，"大约又把心给哭软了吧? 不过，我要劝你，"他严正地接着说，"好马不吃回头草，是我么，我张还懒得张呢!"

"你问我张她没有喳!"冯大生辩护说，想起他同金大姐早上在水泉边的见面。

"张自然没有张，不过，三月间的菜苔，恐怕有点心了!"刘大发哈哈大笑起来，但他随又收住笑连连告罪，因为他忽然看出对方就快要翻脸了，"我讲笑话的哇! ……"

"我倒信得过我自己啊!"冯大生愤愤地插入说。

于是，站了起来提起山锄，重又铲草去了。

虽然心情还很紧张，但他已经不再感觉郁闷了。仿佛那些难于解开的疙瘩已不存在。而在铿铿锵锵的铲草声中，他拼力铲着草，只偶尔停一停，向掌心吐点唾沫，或者扔开一块石头，重又一锄锄铲下去，为那些瘠瘦的土地榨取肥料。

刚近黄昏，那一大块褐色粪地，便已经改观了。找不出一茎枯草，全都变成光秃的泥黑色的山坡。于是，接着又把一堆堆的草料，运到息年①的空地上去，薄薄摊开晾起。

等到吃过晚饭，人们快要各自动身回家去了，刘大发又走到冯大生面前去，用了全部关心同他扯谈起来。

"我们人不同了，好生把庄稼做起才是正事！"

冯大生抑制地叹口气。

"哪天我总要收拾她一顿才想得过！"他切齿说。

"你不是又在讨气恼么？那些人打不知痛，骂不知羞！"

"我倒不打她骂她啊！我只问一问她：我哪点对不住她金女子？"

刘大发爆发般地笑了。

"你还讲没心哩！"他说，用手掌掀掀对方。

"我咒都敢赌！"涨红了脸，冯大生厉声说。

正在这时，父亲冯有义走过来了，于是克制地叹口气，扛起山锄，他就离开了刘大发。

然而，打从这一天起，他的心情又平稳了。虽然照旧话语很少，而一张口就是顶撞，有时且又唠叨不休，老喜欢同父亲东拉西扯。到了腊月中旬，因为所有各家的粪地，都忙着铲光了，应该为旧历年节找开销了，于是父子间爆发了又一场分歧。父亲主张砍柴，他可反对，坚持租块地烧桴炭。

冯大妈也深信儿子的做法有些冒险。

"你怕是原早么，"她一再劝诱冯大生说，"现在租块地就要你一两千！"

"当然要一两千啦，桴炭卖好多钱一箩啊！"

"你要划得来嘛！像前年样，你爸把饭钱都贴了。"

冯有义苦笑了。

---

① 息年：有的土地要隔年铲一回草，隔年那一年叫息年。

"你跟他辩啥啊！他现在啥事都要打拗卦①的。……"

他从火堆边走开，准备家具去了。取来弯刀，他蹲在敞房外阶沿边霍霍霍磨起来。但他忽又停住手了；保队副出现在院里玉米架边，威武整齐，腰间挺着一段手枪枪筒。

"明天山王庙开会啊！"队副徐烂狗倨傲地曼声说，"每个人都要到。"

"好嘛。"冯有义说，冷冷翻了对方一眼。

保队副四面看看，又瞥了一眼敞房，于是打偏头笑起来。

"不是派款！"他截然地声明说，相信自己看穿了冯有义冷淡的原因，"哪个这几天还派款啊？老太爷跟保长明天都要来，想同大家谈谈，明年怎么样打笋子。"

"要得嘛。"冯有义照旧冷淡地说，又开始磨刀了。

然而，等到队副感觉没趣地走掉，他又一下撑身而起。

"倒搞他妈条卵啊！"他烦恼地喃喃说，把刀掼在地上。

"总是又要要把戏了，"冯大妈在火边叹息说，"前一向就有人讲，我还以为是地皮风呢。这么多年，从来就各管各，关你的屁事啦！偏要兴妖作怪……"

"这个有什么呢，"冯大生独断地非难说，"不去开他的会好啦！"

"他罚你款子呢？"冯大妈反问，"就像去年一样……"

"这个我都不气，"从恼丧中醒转来，冯有义抢嘴说，"砍料运料，耽搁你十多天，等你忙着把粪铲了，想：'好！变了一年的牛，砍几背柴卖了，也犒犒劳吧！'嗨，他一伙人又要把你拖去开会！"

"像你这么样讲，伙着他打笋子都干不得啰！"冯大生冷嘲地说。

"我倒还没有这么蠢！"愤恼地一笑，冯有义紧接着说，"这个连三岁娃儿也诓不倒啦，人家讲的：不想吃锅巴，肯在锅边转？现在哪里有什么好人啊！"

_____

① 打拗卦：抬杠的意思。

“那就这样，你明天砍你的柴吧！”冯大妈类似呼号地叫出来。

“你尽是讲的松和话啊！”冯有义说，走去火堆边坐下。

“那又怎么样呢？”冯大妈紧接着叫喊说，更加着急起来，“玉米至多只吃得到明年上九会了！就要靠打笋子换点粮食，大春才种得下去，——像这样那又怎么办呢？”

“对啰，”冯有义发愁说，“所以我只希望大家都不赞成！”

“我倒无论如何都不去啊，”冯大生断然说，“管他赞不赞成！……”

于是，忙着抽燃烟杆，他大模大样地走出去了。

他决心趁早找人问探一下，看该怎么样去租地烧桴炭。他先前这样主张，只认为桴炭卖得起价，继而是故意顶碰；现在呢，却又单为烧炭这件事本身着了迷。因为这是一桩紧张痛快的劳动，半夜就得起来爬山，在严寒中瑟缩着，劈着荆棘；接着就开始堆架，生火，让它熊熊地燃烧起来；而又只需一罐子水便要将它全部适时地熄灭掉；否则所有的桴炭，顷刻就会化为灰烬，除开拿来沤粪，再没有用处了。

他的访问对象是陈永福。若果可能，他还设想邀约他一道干，因为从前他们就打伙烧过桴炭。然而，当他刚走到大方坪，他可忽又显得出奇地站定了，而且咧开嘴笑起来。

隔着一块麦地，幺爸和队副正在相持不下，互相顶嘴。

“你听！”队副忍不住威吓了，“你不去二罪归一！”

“呵哟，”幺爸嘲弄地说，“乡下人看告示：凶！凶！凶！”

“你又试一试嘛！”队副切齿说，随又叹一口气。

他迟疑着是否应该就此收场，不必和疯子扯；但是幺爸冯立品笑扯扯地又开口了。

“跳那么起做什么啊！”幺爸挖苦地说，“骨头你都啃不到一块的！”

“哪个在想啃骨头哇？你倒去你妈的！……”

单看架势，队副似乎还可能骂一长串，但他作态地啐了一口，就走掉了。

"今天总碰到硬节疤了！"冯大生喃喃说，含笑向了幺爸走去。

"他还不想啃骨头哩！"幺爸昭示地说，"那两爷子才一张嘴，尾巴就甩圆了！"

"叫你明天去开会哇？"

"我倒懒得去啊。不是一天一个花头，大家怎么会连裤子都没条好的呢！"

"我也决定不去！等把地方租好，我就要烧桴炭去了。"

"烧桴炭？"幺爸反应地重复说，随又非难地扬声笑了，"我怕你霉不醒了啊！靠租地烧桴炭，你倒不如把裤带扎紧点，——怎么尽打屙屎主意啊！……"

幺爸摇头叹气，好像不胜感慨；忽又津津有味地笑起来。

"杂种！"他带笑地喃喃说，想起烂狗的狼狈相，"今天又会记我一笔账的！……"

觉得同幺爸谈不上路，冯大生叹口气，就借故找陈永福去了。然而，陈永福一样劝他不要冒险，并且向他指陈，不必讲烧桴炭，这几年来，便是砍火地也都划不来了。因为砍火地从来第一季不缴租，两季三季上租子也很轻微，而现在头一年便要缴纳租子……

陈国才两夫妇也尽力劝阻他，认定还是砍柴卖没有败着。

"这个你不花本钱啦！"陈国才继续说，"再说三文不值二文，一背柴多少总要卖它几个。"

"从前说靠山吃山，现在山也靠不住了！"陈大娘连连叹气。

"连打点笋子都要跑来搅屎！"陈永福愤愤地接着说。

"老实话！明天你去不去开会呢！"冯大生忽然想起地问。

"不去总不行啦，这沟里的事情难道你不清楚？"陈国才抢着回答，"就看他怎么样规定啊。"

看一看陈国才，又看看陈永福，冯大生猜准了这两父子刚才为开会有过争执；他不知道怎么样接腔的好。因为担心引起一场新的吵嘴，于是，他强笑着站起来了。

"走去看看也对，"他圆滑地说，"免得又蒙住整！……"

"怎么会蒙住整?"陈永福惊怪地插入说，"横竖我不参加好啦！这个总不能强迫人干。"

"呵，你手指拇还把手杆犟赢了呢!"陈国才顶住说，气势汹汹地望定儿子。

冯大生搭讪着走掉了。他很失悔自己多嘴，因为直到走出大门，他还听见两父子在争辩。但认真叫他难过的还不是这个，他所熟悉的山居生活，忽然对他显得更黯淡了。

次日早晨他很晏才起床。母亲已经把面团搅好了。

"面也完了。"冯大妈忽然自言自语地说，当丈夫从屋后菜园地里回来的时候。

"我开了会就去磨。"冯有义说，走进灶屋去盛搅团。

"我去磨!"冯大生闷声说，"会我倒不去开啊!"

他也走去盛搅团去了。于是大家就围住火堆吃将起来，没有谁再说什么。因为他们互相清楚彼此都不快活，而在种种造成这个不快活的重压之下，就更加不愿意多嘴了。

吃完搅团，父亲开会去了。冯大妈从房里提出几升玉米。

"其实你又何必犟着要烧炭啊!"搁下口袋，她审慎地叹息说，现出一副可怜神情。

"就砍柴也要明天去啦!"儿子见怪地说，"可是先讲清楚，我不往街上送哇!"

"这也行啦。你背到皂桷垭，你爹又再往街上搬好了……"

冯大生蓦地站起来了。

"简直是磨骨头喂肠子!"他切齿地喃喃说。

于是黑嘴马脸地走向墙角，拖来一个稀眼背篼，又把盛着玉米的麻布口袋挽了个结，一下抛在背篼里面；然后提将起来，只用一只手臂套进背系，他就冲气地走掉了。

当他过了岬沟，走到山王庙脚下的时候，上面已经到了很多人了，正在等候开会。

"你不上来看闹热啦？"从坡上望下来，有人玩笑似的迎着他问。

"打丧火更闹热！"冯大生詈骂说，一直走了过去。

一到磨坊，他看见头洞磨是空的，于是笔直就进去了。接着放下背篼，提出口袋，把玉米倾了一半在磨石上；然后走回门边叫了一声，"打课啊！"就又忙着去抽闸板。

石磨隆隆隆转动了，粗细相间的粉末纷纷下坠，在木盘上堆积起来。

"面盒空么！"摇摇插在磨眼里的细竹竿儿，他向另一个推磨人问。

从那黑角落里，一个女人走出来了，默默出现在从门口射进来的阳光中间。她埋下视线，递给他一个扁形敞口面盒；但他刚才伸手去接，可又立刻缩回来了。于是弯下身子，他就那么毛躁地把面粉收揽着，团住一堆，一捧捧盛往石磨上去。

"我不听！"他一边连连说，当他发觉金大姐向他哭诉起来的时候。

"难道变女人就这么倒霉么？"她继续着哭诉，"就叫妈站到天底下来说吧！不是她天天催，'不要紧！不找他们领不到优待谷'！我就会天天跑，叫他个黑心肺拖烂啦？……"

"亏你还有脸说！"

"我是没有脸！有脸，我也不会眼泪往肚子里滚了！……"

"唉，钻副磨子几百元啊！……"

张姨娘忽然从门外叫进来，因为她听见了空磨子响。金大姐转身退回角落里去，照顾自己的磨子去了。

二十二

自从那天赶场回来，每逢保长一提起打笋子，罗敦五就冷笑，仿佛这件事同他一点关系也没有了。

“我不听!”他总这样意懒心灰地说，“哪怕你把嘴都说出血呢！……”

“好嘛，”在要召集开会的前一天，因为老头子照样地不来气，保长就开始激他了，“要得嘛，坍了台未必人家就笑我么？你还不是要背二分!”

“放屁!”罗敦五生气了，“我在当保长哇?”

“可是都讲你是太上保长!”保长说，稀开嘴装傻地笑起来。

这一来罗敦五更发火了。然而，正因为这一火，他也突然变得积极起来，同意了跟儿子去开会。不过，这是有条件的，必须一切由他提调，不必顾忌乡长老咪的任何刁难。

“可是，”保长着急地分辩说，“我已经答应过他提几成啦!”

“随便他说几成！不过账呢，他粘都不能粘!”

“万一他要派人跟你一道去推销呢?”

“他派好啦!”老头子忽然轻松愉快地笑起来，“嗨，这回么，我倒要试试我们哪个云头架得高哩！……”

第二天一早，他就起来打扮好了。变形的黄呢礼帽，已经过时的人字呢大衣，脚下是长筒白毪袜。而一双满耳草鞋，更比任何一个山里人收拾得妥帖。保长就要差些，神态照旧显得那么懒散。仅止草鞋换了，棉裤换了，另外添上一副裹得臃肿不堪的毪子绑腿。

当两爷子赶到山王庙的时候，庙门口还只有三五个人等在那里；可是出乎意料，张长贵的妈也到会了。她不相信自己会活得到春天，而她的到来，乃是为了向保长呼吁。

保长一到，就坐在门槛上，脊梁抵住门枋。那病妇人拄着白夹竹棍儿，瘸过来了。

　　"保长，请你做点好事！"她立刻哭诉起来，"把我们那娃给我要回来哩！……"

　　显得和气而又关切，罗敦五正在阶沿边向山民们叩问着天时、收成等。

　　"胡豆指望不会大啊！"冯有义发愁说，"凌下多了。"

　　"沟口上几块地我看都不错啦？"罗敦五怀疑地接着说，"大约怕我升你们的租子吧？你们这些人啦，"他笑起来，怜惜地用手指点着冯有义，"好像还没有把我认清楚哩。"

　　"完了！"冯有义苦笑着分辩说，"庄稼摆到那里在啦。"

　　"的确，"亮油壶从旁说，"沟口上不同了，土厚，又不大冷。"

　　"对！"罗敦五让步地接着说，用手抹抹花白胡子，"对，就依你们讲吧，我还是要说，你们没有认清楚我。想么，世界上一切东西，都是上帝的啦，你以为那几亩烂田该归我么？呵哟，那就错了！"他连连摇动手掌，同时苦着张脸，仿佛他在谈说天灾人祸，"简直是错得来一塌糊涂！……"

　　"老太爷做人我们倒知道的！"浮出强笑，几个人齐声说。

　　"怎么这么多年了你们还不知道我这个人啊！"罗敦五接着说，又深深叹口气，"我随常给你们保长讲，你不能对佃客要挖苦啊！不过呢，嘿，嘿，要想拖欠租子，那我可不怜惜！——上帝给你那么好一块地，你该好好做啦！……"

　　因为保长始终不理，张长贵的寡母，忽又哭着走过来了。

　　"请你做点好事，老太爷！把我们那娃要回来哩。"

　　"噫，你这个病厉害喃！"罗敦五凝神看看对方，摇着头叹息说。

"今年春天就病倒了，咳得来不离桴①！"有人帮着老太婆说明病情。

"肺病！"罗敦五严重地判断说，"起码第三期了。"

"你不要张她！"保长从门边大声地插嘴说，显出一种厌恶神情，"一碰见就向你要儿子！……"

"可惜不在城里，"罗敦五自顾摇头叹气，"不然的话，我倒介绍你请王牧师给你看看。……"

"老太爷早！"从张大爷起，忽然来了一长串招呼声。

而接着，保队副徐烂狗，也吵吵闹闹爬上来了。他身后跟的人更要多些。他们的装束都是那么简单，蓝布套头，补疤单衫上罩着件破棉背心，或者紧身，腰缠板带，裹子裹腿之外又用棕包了足。因为想用强笑掩盖住他们的疑惧不满，他们的神色看起来有些沉闷。其中有的招呼着罗敦五和保长，有的仅只向老头子打招呼；也有人一直就沉默着，猜疑着，终于背转身溜开了，深恐一不当心就会上当吃亏。

一个扎起衣包，腰间挂着把弯刀的中年人，贼也似的溜进庙子里面去了。这人叫冯有三，就像躲过了一次抓丁拉夫的危险那样，他立刻透了口气，于是走向刘大发去。

"你才说砍背柴卖，鬼事情又来了！"他喃喃地诉苦说。

"都一样啊！"刘大发苦笑说，"我都吃了两天的淡食了。"

"呵！"冯有三忽又神情紧张起来，忙着向门口挖了一眼，"你听到讲，究竟是怎么一回事呀？有的说十斤笋子要抽一斤，有的说他们要开公司，把整匹山出钱包了。……"

"总之不是好事情啊，"刘大发说，"连老神经都搬起来啦！……"

"像请客样，我昨天挨门挨户都走到了。"因为看出人数不齐，烂狗队副正在庙门口大吵大闹，"今早上又翘起屁股望上沟跑，——就只

---

① 不离桴：咳起来不爽利，又少间断的意思。

没有叩头作揖，喊两声干老子！"

"怎么你就只顾瞎吵啊！"保长跳起来切住他，"清清人数，看还有哪些人没有到吧！"

"这个一眼就清楚了：冯大生、刘大发。……"

刘大发大笑着从人丛中闪出来。

"嘻！幸得我有这么大一堆！"他张扬地大声说。

"真太不文明了！"罗敦五摇摇头说，"连开会都推诿。"

"不到会的你都把名字记下来吧！"保长厉声大叫，"没把规矩坏了！"

"其实有户长也行了啊！"张大爷叹息说，又望保长笑笑，"讲句笑话，"他审慎地接着说，"比不得你们，大家不望这几天找几个，大年夜会连神都敬不起哩。"

"迷信！迷信！"罗敦五非笑地连连说，"花钱敬神，我不如割点肉吃！……"

清清喉咙，他就要接下去替主耶稣传道了；但是保长嘴快地切住他。

"你快讲讲这个会怎么开啊！"保长说。

罗敦五叹息了。

"我才想开导他们一下，——好，好，就动手吧！……"

然而，说是动手，却也不是一件简单事情，因为罗敦五凡事总喜欢考究排场。他四下里打量着，看该怎样布置会场。神殿倒好，但随处都是尘土、零散的柴草和蝙蝠屎。而且他又很讨厌泥菩萨！因此，仅止瞥了一眼，他就车转身来，津津有味望定庙门口那块空地。

那空地有三五分宽，没有树木，中间兀立着一些大小不等的岩石。虽然荒凉，空气确乎是很好的。而且恰恰给太阳照着，使人不禁感到一股暖气，忘记了是严冬。

"你们大家都出来吧！"他大声欢呼说，"看，多好的太阳啊！"

"又不是耍把戏哩！"保长说，奇怪着老头子太神经。

"你懂得屁！人生几大需要，第一就是空气。……"

"看阴霜啊！"队副苦笑着提示说，不敢直接反对。

山民们也不赞成，他们十分清楚阴了霜那股味道的难受。风开始刮起来，一天好太阳，下阴了，而人立刻就像跌进了冰窖一样。但他们只是心照不宣地相视而笑，没有一个张声。

罗敦五也并非不懂什么叫阴霜的，但他嗤声笑了。

"亏了你两个还穿得棉滚滚的啊！"他曼声说，"不要当脓疱吧，冻死了你们我来填命！……"

因为父亲忽然顽固起来，又不便于对吵，保长没有再作反对。队副也闷声不响了。而山民们互相望望，又乏味地笑一笑，于是忍受地倒抽口气，默默陆续退出庙堂。

根据保长的指示，每家所有的做手，都全该到场的，那么至少有一百人；现在却一半都不到。因为有的在故意闹别扭，有的一早上山打柴去了。刚才走出庙门，大家都是挨着阶沿边站起的；但不到一刻钟，有的人就偷偷向后面转移了。先还不大普遍，也不怎样打眼，到了末后，那些比较靠前的人，偶尔回头一看，接着又向后退，于是面前很快亮出一大块空地。

其初，罗敦五和保长没有注意，因为老神经正在指责儿子，连国旗、"党旗"都带漏了，实在遗憾之至！于是连声叹气，转面向了群众，而他立刻更加感觉扫兴地板起面孔。

但他随又嗤声笑了，随即把头偏来偏去瞧看，仿佛是在鉴赏什么古董一样。

"哎呀！你们都是黄辣丁变的啦？怎么只晓得钻狭狭啊。"他曼声说，无可奈何似的皱着眉头，"嘻！"而他忽又扬声笑了，指着一个正在躲闪的人拖长着声调哼道，"好吧，我看你还要往哪里钻！"

群众中立刻发出嗤嗤的冷笑声。于是那人忸怩不安地四面看看，停下来了。

"啊，这就对啰！"罗敦五满意了，接着说起开场白来。

"时候不待了啊！"保长提示地说，他知道老头子喜欢啰唆。

"别人讲话不要打岔！"罗敦五厉声说，接着可又打出笑脸，柔声接下去道，"你们又想过没有，大家为什么连裤子都没条好的呢？一个字：穷啦！所以平常价一没事我总爱想，'大家烂得这副神气——要是我有资格印钞票也好了！'这也不对，你们会懒下去，锄把也不愿意摸了！……"

"看你怎么扯吧！"保长叹息着喃喃说，走向门槛上坐下来。

队副偷偷跟过去了。"他老人家就爱这套。"他苦笑说。

于是搁置开罗敦五，保长开始抱怨他的赌运；但他忽又暧昧地笑起来。

"嗨！"他假装逗趣地问，"你们那一位怎么没见人呢？"

他问的金大姐；但是队副正待回答，保长又一蹦跳起来了。因为他忽然听见老神经已经扯到了本题了，而若果不跑去接上腔，也许又会倒拐，胡诌它一长篇。

"唉！"他走到阶沿边拉开嗓子就说，"单看你们大家的意见怎样！……"

"我让你来好吧？"罗敦五连气说，"怎么连开会的规矩都不懂啊！……"

于是，也不管顾儿子怎样着恼，他又接着说下去了。而最为奇怪的，还不到两分钟，保长竟又眉开眼笑，对于父亲的谈锋满意起来。因为他已不再装腔，倒说得很实际。

群众也开始感动了，大家凝神聚气，觉得他的话有道理。

"这一下你们算算账吧！"罗敦五接着说，当他叙述过一斤笋子，辗转旅行到外县吃户手里价格上的种种变化之后，"到底笋贩子见钱多呢，还是你们？去他妈的！"他装模作样地詈骂了，但是随又抱歉地笑起来，"没见怪哇！我从来不开花①的，可是，一提到笋贩子啦……"

"难怪脚杆总是那么长啦！"恼怒地四顾着，一个老头子失声地叫出来。

"你以为他们是来给你上寿的吧！"有人讽刺地说，斜眼望了一下那个老人。

"他倒要你给他们上寿啊！"罗敦五接着说，抑制地哈哈哈笑起来，"不过，我还要告诉你们，吃了甜头都不要紧，背后还要骂你们呢：'龟儿山猴子真闷得像猪样！'……"

"对，对，变了牛还遭雷打！"连连点头，亮油壶信以为真地恨声说。

"要不变牛也容易啦！"罗敦五扣上去说，做出一副蛮有把握的神气，"今天保长同着我来，就是要你们不变牛的。只要你们都愿意么，有三年顶够了，包你们都换季！"

"那还不好！"几个人齐声说，随又忍不住笑起来。

张大爹含蓄地叹息了。

"还要看运气啊！"他沉吟说，又嗽嗽喉咙。

同时，罗敦五已经把保长叫了来，要他报告一下办法。

然而，恰和父亲相反，儿子讲话，照例是粗枝大叶的。而且用着一种独断语气，仿佛这同征粮派款一样，你反对就犯法！因此，罗敦五始而叹气，最后就忍不住插嘴了。

"让我来补两句好吧？"他说，不满地望定儿子。

"就要完了！"保长挥挥手说，接着又讲下去，"简单点讲，你们把笋子交给保上，由合作干事记下账目，设法运到州里去卖，圆桌照卖价给钱。只提点手续费，决不会亏你们的！这件事，乡长早就催过我好多次了，说，就是我们这一保合作事业成绩太差！……"

---

① 开花：指用粗语敞口骂人。

"我想这个没有人反对啊。"队副帮腔地说,"又是公事!不是哪一个人出的主意。"

"让我来补几句吧!"抓住这个机会,罗敦五迫不及待地开口了,"不是我背后讲坏话,"他接着说,态度严正起来,"政府今天替我们设计,明天替我们设计,除了合作事业,真没有一项我看得上眼!要是你们连这点好处都不知道领受,那就太冤枉了!打个比譬,同样一把笋子,这个给你一百,那个只有一元,究竟哪个划得来啊,——哼?"

"老太爷这个话更透辟了!"队副挺挺腰说,"就看你们赞成吗?——不?"

"啥人又不想多拿几个钱啊!"有人含混地叹息说。

"唉,赞成吗,不?大家爽快地说一句吧!"保长着急地连连催逼。

"办法都不错哇?"陈国才说,质疑地看望着冯有义。

冯有义抓抓脸颊一笑。"唉。"他反应地支支吾吾说,又微微咽口气。

其余的人,也都各自同挨近身边的山民窃窃私语,但却没有一个人正式发表意见。甚至,只要他们那双充满猜疑的眼睛,偶一同老神经、保长的,或是队副徐烂狗的眼睛相遇,就又假装咳嗽地住了嘴。而末了,因为催逼越来越紧,简直更加没有一个人张声了,原来大家更加觉得情形的可疑了。保长两爷子葫芦里装的很可能全是假药。

"我给你们讲哇,"最后,队副威吓地说,"不开腔算默认啊!"

"你慌啥啊!"罗敦五打趣地转圜说,"不要慌,尽他们把把细细想一想嘛。……"

"呵,老太爷这个话就讲对了!"装作讨好地笑一笑,张大爷机灵地插进来说,"山里人,脑筋不容易转弯啦!再说呢,嘿,嘿,大家都是吃油盐长大的,时间又还有多长一节……"

"对!对!"好多人立刻七嘴八舌地附和起来。

"张大爷这个话对。横竖时间还早,等等再商量吧!……"

"对！……好坏我们总还分辨得出来！……"

"这也行啦！"保长作态地强笑了，"不过事情倒是始终滑不脱的啊！——'中央'的明令呢！……"

二十三

尽管在利害不同、照例吃人的人们面前，庄稼人寻常总是那么萎缩、迟钝，连话都格格格抖不清，担心一不对劲就会上当！但当他们自己处在一道的时候，因为用不上疑惧，可又马上变得硬朗、伶俐和饶舌了。

因此，但等保长们一离开，庙前空地上立刻热闹起来。

"真讲得惬意！"刘大发拍着手大笑说，"一起交给他拿到州里去卖！……"

"难道这个还不对么？"张大爷故为生气地说着反话，"你笋贩子才一元，交给他就卖一百，究竟哪个合算？不要讲是老子，就是养个儿子，都没有这么好呢！"

"就不知道靠不靠得住啊！"陈国才叹息说，误解了张大爷的意思。

刘大发已经爬到一堆岩石顶上去了。他坐下，双手抱住膝头；别的人也各自散开，找个合意地方坐下。因为他们都有好多意见要说，同时也想听听旁人的意见。

张大爷在庙门口阶沿上坐下，取出火镰，准备吸烟。

"我想对成总该靠得住吧？"陈国才又说，同时走将过去，也在阶沿上坐下来。

"十成都靠得住！"停住打火，张大爷肯定地说，而他随又叹息着转了弯，"只可惜一样：他那张嘴说的话太多了！这个你总该记得吧？那年把全场的钟磬收去卖喃！"

"连老君岩那口那么小的钟都没饶过！"冯有义接着说，走来等着接火。

"对啦!"张大爷大叫说,一下站起来了,于是号召似的打了一个转身,"你们问问他吧?"他接着说,指一指冯有义,"当时讲得多好听啊!'就是这里修座庙子,那里铸一口钟,把大家闹穷了!你们不要心痛,等我卖了存起,给地方上做点公益。'——呵哟,他的加官都跳得完么?人家讲的,嘴巴蜜蜜甜,心里揣把锯锯镰,——这种人还要到哪里去找啊!"

他愁蹙地重又坐下,于是抢起火镰,向火石刮起来。

"到底街上还是修了座学堂哇!"浮出强笑,陈国才软弱地辩护说。

张大爷嗤声笑了。随又叹一口气,把火镰递给冯有义打。

"我问你啊!"身子一车,他紧接着反问道,"你知道学堂是怎么修成的哇?还是我们变的牛啊!又出钱,又出料,还要驼驴一样,帮着把树子往街上搬。——噫!我看你的记性也叫狗吃了呢。"

"卖钟的钱,听说也用到修建学校里面在呢?"有人审慎地提示说。

"岂止这个!他还逢人就吹,说是卖了几亩田塞进去呢。"

张大爷讽刺地笑了,接着翘起烟杆,认真敲击火镰,同冯有义对着火吸燃烟。

"背时事情真有点咬手哩!"陈国才说,闷闷不乐地站起来了,"你不干吧,又像有点油水;干呢,人心隔肚皮,你晓得他瓶子里装的是什么药!"

"听口气,倒不由你王妈妈主婚啊!"冯有义叹息着回答,"只有睁起眼睛让他们吃……"

于是两个人边说边走,愁眉苦脸地从人丛中穿过去。

在凡是可以晒到太阳的地方,在每个岩石边,同时又能避开保长一伙人耳目,几乎总有三两个人,在那里说着同一个问题:保长父子的话,究竟可靠到什么程度?是否会把笋子骗到手就不管了?有的认为根本是个骗局,也有人迷恋于那惊人的高价,觉得就让他吃一半,也比卖给笋贩子强!

大多数人是狐疑不定：又贪图高价，又不信任保长。

"要是自己亲自去卖，那就不怕他搞鬼了！"亮油壶第三一次这么样说。

"恭喜你！"刘大发敞声大笑，"看把裤子卖了吃掉回得到林檎沟么！"

"这都是小事啊！"亮油壶紧接着说，毫无怜惜地反驳着自己，"把裤子卖起吃了，至少人总在啦。若果在路上给拉了壮丁，那才连老本钱都会保不住呢！"

"啐！那你个舅子又尽咬住不放？"冯有三发烦地问。

"咬住不放！"亮油壶重复说，苦笑起来，"你没算算，笋贩子一斤笋子要吃你多少啊！买的时候，还那么刁：'长了！''短了！'半截货还不要，——比用钱还择手！"

"既然又舍不得，你就让他帮你卖哩！"刘大发打趣说。

"对！"另一个人忍住笑附和道，"坐在家里拿现成钱！"

"这个！"亮油壶生气说，同时竖起拇指、中指和小指头，"三个叉叉①！"他解释说，随又败兴地叹口气，"你呀，他两爷子都是好惹的么？他不给你，把他啃两口啦！"

显得苦恼万状，亮油壶车身走了；但是，刘大发忽然做出一副严重神情，把他叫了转来。

"你听，我想到办法了！买一对牛油蜡……"

"你快爬啊！"亮油壶见怪起来，"这个时候哪个还有心开玩笑！……"

他认真转身走了。因为他随处都站着听了听，可没有一个人拿得稳：干，或是不干。所以决心赶快回去，再仔细想一想。但他刚走到坡道边，准备下去，忽又苦笑着住了脚。

---

① 三个叉叉：空无所有的意思。

他看见冯大生正从坡下经过，忍不住了，就又唠叨起来。

"你倒安逸！大家都正在扯指头哩。"他招呼住冯大生，于是诉苦下去，"交给他吧，你敢说他不会耍把戏？不呢，一斤笋子要多卖那么长一节！——真叫人想不通！……"

冯大生淡淡地笑一笑，又缓缓吐出一个粗鲁字眼，接着转身便走。

然而，等他刚回过身，刘大发忽又在身后叫唤起来。

"你上来听听啦！"刘大发一再热情地跺脚说，"这里他几爷子又没有安得有油锅哩！"

"我家里还有事啊！"冯大生厌烦地说，一面可已经慢腾腾往上爬。"我不听！"当他爬上坡道，亮油壶开始向他报道会议经过的时候，他接着说，"没有这份心肠！……"

"我看你明年就不打笋子了！"亮油壶迁气说，停止了报道。

"说不定。"冯大生冷淡地说，一径走向刘大发面前去。

刘大发已经从岩石上梭下来了。靠着岩壁，嘴里翘着根短烟杆。

"嗨，真讲得漂亮！"他笑迎着冯大生说，"都把笋子交给他经手卖。"

"你又交给他好啦！"冯大生闷声说，搁下装着口袋的背篼。

"交给他？叫他把胡子刮了，再转去几十年！"

冯大生心不在焉地苦笑了。接着叹一口气，随手取过刘大发嘴上的烟杆。

"杂种今天又守着我哭呢！"他强笑说，瞥了眼刘大发。

刘大发无可奈何似的叹一口气。

"哪怕你把脚都'哭'麻了呢，我才懒得张你！"冯大生接着说，"不过，两个家伙真也太可恶了！呵，跑来求你们领一点优待谷，就兴这么黑起心肠干哇？——好嘛！——这样糟蹋人嘛！……"

"你又在钻茅坡①了！"刘大发说，不以为然地摇摇头。

"杀人可恕，情理难容！"冯大生严正地切齿说。

于是凑上烟杆，他板着脸抽起烟来。刘大发叹息了。

"给你说呢，你又不听。"勉强一笑，刘大发审慎地曼声说，"打笋子才是件正事啊！一眨眼就过年了，早不打个主意，等到屎胀到裤裆里，那才来都来不及呢。"

"就是捡金子我都不想！"

"捡金子？挣命啊！"刘大发苦笑了。"你看吧！这里哪一个不像热锅盖上的蚂蚁？就说他心肠好，不吃整笼心肺，赶趟州里要那么久，大家勒紧裤带等么？老实讲吧，不等过年，我就要吊锅了！你们也不见得就怎么样好。"

"我们的粮食，也只吃得到上九！"冯大生说，想起母亲早上的话。

"对啦，"刘大发喊叫说，"大家都准备喝风吧！……"

"耳报神来了！"附近有人警告地说，好多人都住口了。

队副徐烂狗在坡道尽头处出现了。他侦察地扫了大家一眼，又冷冷一笑，就向庙门口走过去。当他同保长父子分手的时候，他们曾经再三地叮咛过他，叫他不要大意，应该随时留心大家的动静。而他现在正是为了这个来的，而且他想就便解释几句，免得发生麻烦。

队副认定张大爷最狡猾，他特别走过去，又讨好地笑一笑。

"今天幸得没阴霜哇？"他说，接着故意抬头看看天容。

"若果天再作对，这个做人也就更没有味道了！"张大爷讽刺地笑一笑说，不相信他是来随便聊天。"老太爷他们都走了哇？"他接着又问，"其实，今天都沾他的光啊。昨天太阳不也好么？一晃就阴霜了。"

"噫，肚子都在嘈杂了呢！"瞥眼望望大家，另一个人支吾地接着说。

---

① 钻茅坡：自寻苦恼、自找麻烦的意思。

"走啦？"有谁立刻大声地附和道，"回去装肠子啦！"

看出大家都有意回避他，队副有一点恼怒了，于是决心单刀直入。

"喂！"他大声地开始说，"这半天了，大家该商量好啦？"

他强笑着，又放眼四面一瞥，而他的脸色立刻变了。

队副忽然发现了冯大生。当他陪送保长父子下坡的时候，他碰见金大姐推完磨回家去，神情有点异样；等到走近磨坊，他又碰见了那个前夫；现在，经过一番推敲，这就比上一次碰见冯大生不同了。他断定冯大生推磨时同金大姐有过接触。

队副把眼光停留在冯大生身上，收了笑，于是侮辱地抬抬下巴。

"你怎么又不来开会呢？"他问，寻衅地白起一双眼睛。

"我不想这份钱！"冯大生坚定地说，随又调皮地笑一笑。

"对哇！"队副仓促地指着冯大生大叫，"明年你不打笋子哇！"

"笑话！"摇一摇头，冯大生冷笑了，"林盘又不是你的……"

"啥?!"队副紧切住问，歪头眯眼，又故意稀开嘴。

"林盘不是你私人的！"冯大生更加肯定地说，而且更愤激了，"高兴打么，我就要打；不高兴么，你就拿飞机都把我接不起去！哼，要想给你上寿，那就把算盘打错了！"

队副一时间失措了。

"对！对！对！对！"他随即解嘲地连连说。

"你们大家都听见的哇！"他接着说，用手挥了半个圈子，"他高兴怎么，就要怎么！对！"他又强笑着说，指了指冯大生，"耍赖不算人哇！难怪这半天老不告口，原来你在下烂药哩！"

"这样子不行啊！"张大爷愤愤不平地冷笑了，"大家都放老实点吧。"

"我怎么不老实哇？"身子一旋，队副恼羞成怒地反问。

"说错了我愿意割嘴皮！"张大爷也发火了，一下撑身起来，"我问你哟！这么大一堆人，都是他冯大生一个人喂到的么？——你想想你自己说的话吧!"

"我想来的啊!"

"该割我的嘴皮?"

队副假装笑了。

"对,我承认说失了口!"他圆滑地紧接着说,"那么我就要再问问,大家是不是也高兴怎样就怎样呢? 说句老实话啊!"并不等候回答,他又愁眉苦脸地紧接着说了下去,仿佛他有无穷感慨,"老太爷千辛万苦跑来,难道是想烧大家么? 一个人要知道好歹啊!"

"好歹我们倒也多少懂得点!"张大爷意味深长地说,随即引起一阵意味深长的讥笑声。

"那么你的意思又怎么呢?"队副紧接着问。

"我? 我觉得什么都好,就只一样,钱,恐怕接不上气!"

"唉,我也是这样想!"陈国才接着说。"你清楚的,"他又继续向队副解释,"春二月正手紧,这只手接过来,那只就等着递出去! 来去一趟要那么久……"

"把裤带勒紧点嘛!"刘大发扬声一笑,打趣地抢着说。

他很生气陈国才的软弱,而一碰到队副的眼睛,他又嘿嘿嘿笑了起来。

"再不然,到山顶上喝风也行。"他加上说,装出一副傻相。

"我给你讲,少扮一点鬼哇!"队副说,警告地点着下巴。

"那又怎么样呢,"刘大发依旧笑嘻嘻说,"总不能就让大家饿死啦!"

"你再讲凶点吧! 要是没笋子打,这沟里早绝种了。"

"种倒不会绝啊,"张大爷接着说,"不过呢,锅倒是要吊的。这并不是哪个妖言惑众,让他们大家都来说吧! 又看哪家的粮食吃得到收小春?"

"这个倒是瞒不过人的啊!"有人紧接着唉声叹气。

"所以呀，"陈国才苦笑说，"好倒是件好事，——就只是这一点：怕钱接不上气……"

"好吧，"掩饰地一笑，队副阻拦地说，"等我再去找保长商量看看。不过，我又要劝你们啊！到州里来去至多三五天路，稍微忍耐一下，也容易啦！"

"可惜肚皮又不听招呼啊！"好几个人苦笑着嘈杂说。

"那就没办法了！……"

于是，队副矜持地瞥了大家一眼，就强笑着走开了。陈国才几个人也同时走下坡，一面摇头叹气，预感着春荒的严重威胁。因为大春卖的卖了，吃的吃了，而粮价还在上涨！

"秋天卖一斗玉米的钱，现在买五升都不行了。"陈国才诉苦说。

"那不是！"另一个人紧接着说，"要不，大脑壳些哪个会囤积粮食？打从上一月起我就买着吃了。……"

二十四

"老实我只担心一点，万一钱不接气，马上就没有吃的啊！"

"我总不信你就只靠这笔钱用！"队副说，又回转头侦察地望定正朝家里走去的陈国才笑一笑。

"不靠这笔钱用，哪个打笋子啊！"略一停步，陈国才叹息了，"你一向在街上跑，还没尝过打笋子的味道。问问你爹就清楚了。天打麻子亮就得起来，一天脚上手上总要扎几条口。有时候在林子里迷了路，你就只有喊天！吃没吃的，喝没喝的……"

"呵哟！我也跟我们爹去过几回，并没有好深沉！"

"你去，也是在林盘外面，坐起剥笋衣子。"

"不过，说一句老实话，你不要受他们的吹工啊！"

"我受哪一个的吹工啊！胡子都这么一大把了。……"

"恐怕就是张大爷几个人闹得厉害?"身子一车,队副转过脸来试探地问。

"他们没有说些什么。"陈国才摇摇头说,也立刻住了脚,"一个人要凭良心……"

"你遮盖也没用啊!"非难地一笑,队副又开始走路了,"守着我还在场,你听他几个喳?就到处找漏洞!不过,那个老杂种狡猾,没有大生娃那么硬。……"

"年轻人嘴没轻重。"陈国才含混地说,又轻轻叹口气。

"还没有受到夹磨啊!"队副轻蔑地说,于是不再开口。

走到陈国才家门口,就快要分手了,他又特别停留下来,劝告着那个迷于高价的老年人,叫他千万不要伙着旁人胡闹。因为这样不仅没有好处,还会带来麻烦。

"再说,难道谁还蹦得掉么?政府的明令!"队副又着重地加上说。

"是啦,"陈国才唯唯诺诺地曼声说,"所以说啊!……"

"那么你就不要再三心二意了!"

"看嘛!"陈国才叹了口气,于是倒个拐说,"你进去烤烤呢?"

"不啰,"队副边转身边说。"人对了我才讲,叫你们那一位少伙着闹些吧!……"

"他才啥事都不管哩!"陈国才着急地辩解说,知道队副说的是他儿子。

"啥时局啊!还是少采一些怪教好些!"队副说,已经转过垭口。

在屋子左边,徐开金正在一块胡豆地里翻土。他挖掘着,不时又停下来,弯下身子,提起一葡野草根蔸,抖一抖土,扔向空地上去。队副一发现他,立刻摇头叹息起来。

"开下会又能耽搁你好多事啊!"他哼声说,放缓了脚步。

父亲徐开金奇怪地笑一笑,于是向掌心吐吐唾沫,又动手翻土了。

"我还有脸去开会哩!"他接着说,一锄锄翻过去。

"还有脸！"队副满不在乎地笑起来，"又没有哪个做了贼呢！"

"贼到没做，可惜背脊骨都教人指断了！"索性放下翻土，徐开金气恼地紧着说，"这个那个都挖苦你，'单是笋子头明年也就够你用啦！'我到底沾过你哪点光哇？"

"哪个叫你听哩！"队副无赖地说，"怎么又没人向我讲？"

"你歪嘛！"徐开金鄙视地说，重新翻起土来。

"我歪什么？我要把脸给他翻过来打！……"

队副一顿，忽又扫兴地叹一口气。

"没有沾我的光！"他猝然说，又非难地扬声一笑，"我又问问你啊！我该叫过你不要去砍树子哇？你自己不听，就像哪个长的有龅牙齿，会把你几口咬了！"

"我一个人是大妈生的！"头也不抬，徐开金耿直地顶住说。

队副负气地转身走了。"我跟你扯不清！"他愤恼地大声说。

砍来一根半大竹子，锯成四五寸长一段，又按粗细挨次一段段接起来，幺娃子正在院里玉米架边制作竹号。点燃一个草把，母亲从敞房里出来了，打算去灶屋里烧午饭。

她忽然看见队副正走进来，于是她停住脚，望定他叹息了。

"给你道喜哇！"她诡秘地说，接着可又热情地叫喊起来，"替人家当那么多赶山狗做什么啊！过是你背，钱落进人家腰包去了！听不听由你，不说我心里过不得！"

母亲徐大娘冲进灶屋去了。正像挨了一闷棒样，瞪着眼睛，队副过了好一阵才回过神。

"嗨！骂得安逸！"队副终于解嘲地干笑了，"当赶山狗！好嘛，"他想起了刚才大家对他的态度，又横了心接着说，"我这个人就怪，要赶山么，我就要赶到底！……"

他逐渐快意起来；但他忽又变了，感觉到了羞惭。

"外人骂，我不说了，自家人也兴跟着屁股打和声哇？"他生气起来，质问地紧接着叫喊，"我怎么叫赶山狗哇？说袍哥是拜兄，说公事是顶头上司——难道我不该替他跑吗？——笑话……"

灶屋里没有回声，队副于是睥睨一下笑了。

"赶山狗啊！"他瘪瘪嘴接着说，"简直笑话！……"

于是，他倨傲地进了敞房，在火边坐下来。接着就架起二郎腿，从套头的摺缝里取下一根纸烟，用手抡抡，又在膝头上顿一顿，凑在嘴上；然后点燃一节竹片，吸起烟来。

他沉思着，徐徐吐着烟圈，但他忽又放下二郎腿站起来。

"杂种！"他取掉烟说，"我还忘记一件事呢！……"

他快步走出去。看见自己灶屋里冷清清的，接着他又进了卧室。

"你睡倒赖哪个吗？"他问，望定伏在枕上的金大姐的丰满的背影。"哼，我知道你今天有一点七拱八翘的啊！说在这里吧，不要碰到我手里算了，碰到了么……"

"我在偷人养汉！"金大姐猛然坐起来说，无所畏惧地掠了一下头发。

"你敢！"

"那吗什么又叫不碰到你手里算了？"

"什么？"队副重复说，有一点迟疑了，"倒还要假装不懂哩！"他接着嘲弄地说，歪起嘴角勉强一笑，"我问你哟，刚才推磨的时候，你向大生娃说过些什么话哇？"

"说的就多得很！"

"我知道你嘴硬啊！……"

"我告诉你，谨防我还要跟他跑呢！"

金大姐忽然邪恶地笑了。

她一跳下了床，接着冲进厨房去了。队副好一会陷在迷惘里面，不知道她是说的气话呢，或者认真变了心了？

"只要你两个狗杂种不想活命！"他末了切齿说，于是跟踪走了出去。

金大姐正在灶屋里冲气连天地动手烧饭。但他意外地没有同她再吵，似乎忽然变宽大了。他仅仅向她瞥了一眼，于是重又走进敞房里去，吸燃已经熄灭的烟屁股。

"只要你不想活命！"他又说，正像念佛一样。

而且，一直到晚上睡觉，他又自言自语了好几遍。

"我给你讲哇！"他加上说，当他吹熄了灯，正想钻进被窝的时候，"我大小是个光棍哇！没有风吹草动算了，若果有点风吹草动，——我擦黑眼堂子不认人啊！……"

金大姐在暗夜中笑了。"脸长！"她刻薄地对自己说。

"好嘛！我们把屁放在这里！"因为毫无反应，队副又喃喃说。

自从这一天起，队副虽然没有再大吵大闹，但却随时都浮着一种不自然的冷笑，好像在说："只要你不想活命！"而对于冯大生，也更加痛恨了。因此，就在第三一天早上，队副特别向了罗敦五中伤他。以为张大爷自然尖狡，刘大发也嘴臭，但都没有冯大生可虑。又硬又野，什么事都干得出来，而且显然他在从中鼓动，煽惑大家拒绝把笋子交到保上。

罗敦五听他说，不时意义暧昧地一笑，或者摇一摇头。

"恐怕也特别对你才这样啊！"当队副作完报告之后，老神经笑着说了，"仇人见面，分外眼明，就是这个道理！不过呢，嘿，嘿，我看你也有点故意给他加油加醋！"

队副忽然着急地把身子狠狠一缩。

"还有那么多人看见的啦！"他受屈地分辩说。

"就依你吧，那也是气头上的话啊！"罗敦五让步地说，"依我看么，张长发那个老家伙才讨厌！你听他喳，每句话都签签扎扎的，只是嘿嘿嘿笑。……"

"这个人好对付！就嘴臭嘛，难道他还敢撒野啦！?"队副忍不住插嘴说。

罗敦五冷冷笑了。队副脸上一红，于是叹口气埋下视线。

"我告诉你!"罗敦五收了笑接着说，满带教训口气，"那些动不动就咬铜吃铁的，并不可怕，你可以防着他，叽叽喳喳的更当腿疼! 人家讲的: 叫唤老鸦不长肉。……"

"好嘛!"队副抑制地遮住说，"就依你说，看又怎么做嘛。"

保长扣着纽扣走出来了。他才起床，神色很不舒展。

"你看我们大少爷福气好吧!"示意地一笑，罗敦五打趣说。

保长呵欠着在马扎上坐下。

"也只有今天起床晏一点嘛!"他苦着脸说。

"一点不晏! 你们看吧，都还没睡醒呢! ……"

对于老神经的一再打趣，保长自己竟也忍不住笑了，随即振作起来。

"呵! 那天你转去大家怎么说哇?"他问，郑重其事地望定队副。

"怎么说，"队副闷声地回答道，"看光景事情都怕不大顺手啊。"

"难道都不愿意干么?"

"也就是两三个人揢起的啊!"队副笑一笑说，"我说嘛，老太爷又不相信! 不把那几个家伙收拾下么，你看吧，到了要拜堂了，还会找不到新姑娘呢。"

"嘻!"罗敦五讽刺地笑了，"我去把他们枪毙了好吧?"

"你们究竟讲的哪几个啊?"保长问，看看队副，又看看老神经。

"还有哪几个呢!"队副强笑着回答，"冯大生他们。"

"他?"保长鄙视地冷冷一笑，"虾子还会把水涌起来了!"

"喝! 我们这位队副可把他说得来像老虎哩!"罗敦五打趣说。

"你们不信我也没法!"队副解嘲地说，接着沮丧地叹口气。

"不是不相信你，"保长说，对于队副的窘态忍不住笑起来，"要收拾他有好难吗? 眼睛一眨，就要拉壮丁了，收拾他还不容易?! 不过你讲得太过火了。"

"好吧！那又怎么办呢？"队副问，显然有点羞恼。

"怎么办？"保长反应地说，更加忍不住笑起来。

"是啦！"麻脸一红，队副掩饰地紧接着说，"大家表面都讲，好倒是好事情，就只担心，到州里一个来回要五六天，等钱到手，人已经饿死了！没有几个人愿意。……"

"这也该怪你啊！"罗敦五指一指保长说，"若果拿到合作贷款……"

"你手里不是有笔现成的贷款么？"保长嘴巴一堵，紧接着反问。

罗敦五吃惊地轻声叫了。

"呵哟！你怎么总喜欢屎搅尿啊！……"

"你都要瞎扯哩！"保长说，满足地笑起来。

"好吧！"罗敦五紧接着断然说，"给他们讲，没有吃的我借！"

队副没有张声。他相信这个引不起大家的兴致，因为山民们全都知道罗敦五毒辣，向他借粮食是个什么味道。但要揭穿是不行的，于是他沉默着，仅止意义暧昧地笑一笑。

"依我看都是个推口啊！"保长说，"万一没有笋子打呢？"

"那么这样也对！"蹙着脸叹口气，罗敦五转弯说，"你回去向那几个喜欢乱喊乱叫的讲，说我说的！这是件公益事情，——亏了我想啊！——即如帮我的忙样……"

"呵哟！"保长厌烦地说，"他们还把反造起来了！"

"年轻人呀！要能够大事化小，小事化了，才算得本事呢！"

"谨防你愈烧香愈害癫！"

"到了那一步又再说啦！总之，你回去用点软功夫吧！切忌硬上……"

因为队副一旁闷着脸不应声，老神经一顿，歪着头笑起来。

"噫，你在装哑巴啦？"他打趣地接着说。

"还有啥说的啊！"队副强笑着回答，"一言不中，千言无用！"

"你说得不投机啦！"

"管他投不投机，我把屁放在前头吧！几个杂种不当成是下炠蛋①，我愿意倒立天水！就是要用软功夫吧，我也不向他几个用啊！宁可找一批老好人，吹一盘：'嗨，不要跟着人家屁股走黑路啊！'……对他几个，依我说只有硬上！……"

罗敦五激赏地轻声笑了。

"哎呀！我倒还没有把你看出来呢！"

"呵，这都是个办法！"保长紧接着赞成说。

"话倒是这么讲，从今天起，你要多用点神啊！"

"这个自不待言！"队副挺一挺胸口说，"像前天样，陈国才叫我几句话就说服了。扯筋宝角，想么只有那几个嘛。我先前讲的，不过想把头子捻了……"

"青年人呀，来不来就动大响器不行啊！……"

二十五

在留下的人群中，一看队副走了，冯大生首先嚷叫起来。

"啥啊，我就偏要摸老虎屁股！——偏要打！——偏不交给他卖！——看他几个把我煮起吃了！……"

"现在倒还说不上这一层啊！"张大爷沉吟说，"大家不要着急，又看他回马如何嘛。"

"他不怕祸事的！"冯有义连气说，恼怒着儿子的毛躁。

刘大发企图转圜地笑起来。

"看把你老人气倒！"他打趣说，拍一拍冯大生的肩头。"不过说句老实话啊，"他接着说，发愁地转面向冯有义，"自古以来，什么人听讲过，自己的东西自己不能拿去卖哇？你说让他吃一回吧，他会越吃越

---

① 下炠蛋：一个人起初强硬，随后看见形势不利，又动摇起来，改变了态度。

香，筷子也不想放了呢！啥子都要归他经手。”

“那还没有世界了呢！”冷冷一笑，冯有义辩驳说。

“你又莫这么讲”愤慨地蹙着脸，张大爷接嘴说，“现在多少事情，你从前梦到过么？我那时候当兵，茶馆里悬杆旗子，你愿者鱼儿上钩！如今呢，就挖起块‘抗战’招牌，又抓人又派款，越来越没有规矩了。就像春官一样，随时在向你伸手：‘正月里拿钱来?’连地气都转了啊！从前单是火地一年要储备多少啦！……”

“所以讲是劫运啊！”有人绝望地喃喃说。

“管他劫运不劫运啊！”刘大发嘻嘻哈哈地紧接着说，“我这个人么，就是死到眉毛边了，也要蹦两下命，——万一又蹦掉了呢？啥啊，横竖是那么一回事！”

冯有义负气地转身走了。

“好！你们都是硬汉子！”他咕哝着，接着走下坡去。

“啐！”冯大生抑制地啐了一口，接着嘀咕道，“依得他么，旁人要在他头上撒泡尿都不要紧！……”

“你们两爷子都有一点偏啊！”张大爷叹息着批评说。

冯大生轮睛鼓眼地双手一摊。

“你听他那个话喳！”他愤慨地说。

“像他这样，落片树叶都要跑八丈远，自然不对！”张大爷说，随又含愁地望定冯大生淡淡一笑，“不过呢，你也有一点性急啊。到了哪匹山唱哪个山的歌好啦！”

“噫！”冯有三吐一吐舌头说，“想要杂种些把手收转去怕不行啦?”

“做梦！已经都把乡长抬出来了。”有人丧气地喃喃说。

“他就把县长背起来又怎样呢?”张大爷厉声反问，“官有一问，民有一诉，你还长得有张嘴嘛！他实在咬住不丢，我们会让它烂起啦！总不会像拉壮丁，把大家捆上山去打吧?”

“对对，”刘大发紧接着大叫说，“他硬干大家就不上山打笋子！”

"这是最后一着棋啊！"冯有三警告地发愁说。

"当然！"张大爷说，随又扫了大家一眼，"唉，列位，先不要传锣哇！"

"霉了！"刘大发嘟嘟嘴说，"这些话能随便讲啦!?"

虽然还有好些人不置可否，疑心终于无法摆脱已经压在自己头上的歹运，而反抗将会带来更坏的后果，但是，商谈总算有了一个结果。而且时间已经不早，太阳也已逐渐地升了顶。于是大家呼一口气，又望望天光，彼此不约而同地慢慢散开，各自转回家里去吃午饭。

当到了山岬边分路的时候，冯大生已经走下坡了，刘大发忽然又叫转他。

"我给你讲，"他慎重地低声说，"我们一有机会碰见人就打催符！"

"只有见了柱头我才不讲！"冯大生决然说，转身又走。

对于打笋子这件事，他本来很冷淡，但他忽然感到了莫大的兴会，决心要同保长们斗一斗了。而且，这个蓦然而来的决心，比他控诉烂狗的时候还要坚强，更无丝毫羞惭。

过沟不久，他就碰见打柴回家的陈永福，于是拦住对方。

"这个办法最好！"他接着说，当他叙述了一通张大爷的意见之后，"你不把话收转去么，我们都不上山！不过好多人心还在甩，我们几个得站出来才行呢。"

"我们爹恐怕甩得顶厉害了！"陈永福说，苦笑着叹口气。

"你呢?"冯大生问，移动了一下肩头上的背系。

"我? 打起来让你吃，我不晓得坐在家里耍啦!"

冯大生丢心落意地笑起来。

"那就对！只要有几把联手事情就好办了！……"

当走到大方坪的时候，看见幺爸正在门口翻地，他就又停下来做了同样的鼓动。

"你讲的这些，都不是长卵子的办法啊！"幺爸冯立品哈哈大笑，意外地驳斥了他。"我为什么不去打哇？只要缺钱用么，我天天都要去；不相信他几个会把我尿倒了！"

"你去，他要你交给他呢？"

"从古及今都没有这个道理！"幺爸毫不犹豫地坚持说。

这个倔强古怪的老年人，接着就翻起土来，一句腔也不开了。冯大生感觉没趣地苦笑起来，接着抬一抬背篼底，转身望家里走。但他并无反感，倒是觉得幺爸的话很合口味。

冯大妈在门口迎着他。因为早已经晌午了，正等他把玉米面背回来好煮午饭。

"你少伙着闹一些哩！"冯大妈苦滞地说，没有提起等面的话。

"我什么事伙着闹哇？"斜望着母亲，冯大生躲闪地问。

"什么事？"母亲反应地说，有一点着急了，"呵哟，你爹气得啥样，你还讲什么事！你让我清清静静活两天吧！"她接着说，眼睛红润起来，"别人要闹，有你啥相干啊！"

"不管你说上天，笋子我倒不会跑去打啊！"冯大生坚决地插入说。

"你不打也行啦！——千万不要闹事。……"

"又没哪个想造反哩！"冯大生勉强一笑，重又躲躲闪闪地说。

于是把玉米面一直背进灶屋去了。而接着，虽然明知道父亲在敞房里，而且，对他很不满意，他可装出副若无其事的神气，走到火堆边坐下，接着摸出叶子烟包。

他取出一支，把烟卷的一端噙在嘴唇中间，又用手转动几下，然后凑进烟斗。

"爹！你吃吧？"他问，当他把烟吸燃的时候。

"我哪里还有心肠吃烟啊！"冯有义说，含意深深地一笑，可没有看望儿子一眼。

从此，两爷子没有再讲什么，就默默坐着，等候冯大妈烧饭。直到吃过搅团，饭后烟也抽了，冯有义向墙角取来锄头，扛在肩上，准备出去翻土的时候，冯大生又开口了。

"明天是不是要上山砍柴哇？"他问，一面磕磕地敲落烟蒂。

"你不烧桴炭了哇？"冯有义冷冷一笑，回过头问。

"你们不讲做柴稳当些么？"冯大生说，觉得父亲有意滋事。回转身子，冯有义把锄头取下来了，靠在手腕子上。

"也要这样，人才有一点想头啊！"他说，泛起痛苦而欠自然的微笑，"大约也去访问了一下，我没有害你吧？不是讲我放的屁都是香的，我总不会害你，只图吹得热闹！"

"我也从来没有讲过你害我啦？"冯大生惊怪地说，终止了向裤带上卡烟杆。

"那么好！你又想定没有，是不是等到打笋子要硬干呢？"

"我根本就不想这笔钱！"

"呵！"冯大妈丢心落意地叫了，"你不去打都对！"

"屁！"冯有义气恼地批驳说，"他倒不由你不去啊！"

"那你又将就点嘞！"冯大妈呼号地望儿子嚷叫道，"孤魂野鬼样，不遇都遇到了！……"

"看嘛！"冯大生圆滑地说，回避似的退了出去。

他走进卧室，找出弯刀，就在敞房前磨刀石边蹲下。

他早已成了一个道地的山民。弯刀而外，烟杆裹腿也齐备了，父亲前几场又替他赊了一根套头。只是弯刀是旧行头转火的，重量虽然称手，砍起来可总不大利落。

"免得你又塌场！"仿佛弯刀也懂人话，他说；接着在刀石上打好水，磨将起来。

冯有义无可奈何地叹了口气。

"冤孽！"他说，出去翻土去了。

冯大妈依旧蹙着脸坐在火边。正同丈夫一样，她也看出了儿子说的不是真话。十分苦恼于他的满不在乎。而当他为婚变弄得痛苦不堪时，她又多么希望他坦白平静！

"那两爷子究竟说过些啥话啊？"最后，她终于试探地发问了，希望把事情摸清楚。

"我根本就没有去开过会！"冯大生回答，霍霍霍磨着弯刀。

"这就怪了！那你爹又讲你跟徐烂狗吵架来？"

"这个都不懂么？仇人见面，分外眼明！……"

冯大生古怪地笑起来。于是用拇指试试刀锋，站起来了。

"明天听话点哇！"他随又打趣说，拿干草抹着刀身上的石浆。

于是，一直到晚上睡觉，他都避免同父亲母亲提谈打笋子的事情。但在黄昏前后，他可又专门为这件事出去溜了一趟，说服着那些还在动摇的邻居。次日一早上老鹰岩打柴，因为同样带了弯刀、干粮，跑来找过年钱的，人数不少，他更没有放弃利用任何一个煽动说服的机会。

到老鹰岩打柴的，一共有十多个人。大多数全是男丁，人手单的，就带了女人来剃丫枝。回避开林盘，他们共同在荒地上架个大火堆，烧着不成料当的木柴。而在几乎一整天中，火堆都一直熊熊地燃烧着，从未熄灭。因为这一家刚好烤暖和了，烟也抽了，别一家又停下工跑起来了，重新加些树枝，取出玉米面馍，埋在滚烫的柴茅灰里。

在一连三次的休息当中，冯大生特别逗留得久。冯有义起初还不在意，到了下午最末一次，他可看出来了。儿子并非体力不支，也不是贪玩，他显然怀得有什么鬼胎。

冯有义已经离开火堆，走了好远了，他又偷偷地回转去，隔开一点停留下来。

"我就猜到了吧！"他苦笑着对自己说，当他停留了一会之后。

"你这个脑筋是整的啦！"冯大生忽然生气地叫喊了，同时顺势把一根树枝投进火堆里去，"怎么就咬住一句话不放啊？"他接着说，望定面孔被火光映得通红的亮油壶，"他们是又要叫你犁田，又要吃你的肉的！——你自己不是也说，一边岩一边坎么？"

望望耸立在对沟远处的笋子山，亮油壶苦滞地叹了口气。

"是啦！"他接着说，"打呢，他要吃你；不打吧，又太可惜了！"

"你大约想骑双头马吧？"

"骑啥双头马啊！我只希望一点：不要吃整笼心肺。"

"狗口里夺屎！"亮油壶女人说，愤愤地给怀里的婴儿换了个乳头。

冯大生忍俊不禁似的笑了。

"连女人家都不如！"他菲薄地说，随即撑身而起。

冯有义正从对面走来；当一发觉儿子已经动了身了，又立刻住了脚，就地停下来等冯大生。

"看你还要搞些什么鬼哇！"他不满地含笑说，于是转身又走。

"好吧！"亮油壶忽然从身后叫起来，"长短我来一个好啦！不然又说我这个人不通气……"

冯大生没有应声。他讪笑着，默默跟在父亲身后。但他随即加快脚步，一面喃喃自语："怕要利落点才把丫枝剃得完嘞！"于是赶向先头，望了传来伐木声的林盘走去。

"亮油壶又想转了！"他说，当他进了林盘，擦身走过刘大发的时候。

"我还当他是天生的撞圈猪呢。"刘大发说，正在剃着青枫树的丫枝。

冯大生两父子已经砍倒一大堆树子。主要的是桦子、夜合和野茶树。一到自家的地盘，儿子立刻脱下破棉马褂，从身后悬着的木卡上取下弯刀，就动手剃树丫枝。

冯有义跟上来了。他没有立刻工作，但只带了笑默默地瞧看着儿子做，好像自己是个旁观者一样。

"嘿！——看你有好强吧！"着力地挥着刀，冯大生玩笑地说。

"瞒我嘛，——好！"最后，冯有义含蓄地说。

接着叹一口气，也动了手。他显然是在做气，但是冯大生装作不懂，反而工作得更起劲了。

两爷子一直在山上忙碌了两天，接着又花了三天工夫搬料、做柴，和把柴运上街。这中间冯大生始终避免同父亲提到笋子问题，但对外人，他可完全相反，一有机会总要鼓吹几句。似乎只有这个才是生活的重心，或者才使生活有点意思，其他一切，都不算一回事。

当冯大生送完最后一批木柴转来，经过磨坊的时候，按照预计，他折往张大爷家里去。刚才踏上坡道，敞着大兵背心。带娃子赶上来了。赤脚黄发，脸色还是那么苍白。

"叫你当心一点！"带娃子匆促地低声说，"徐伯伯又在向老神经坏你了！"

"他啥事坏我哇？"冯大生佯装出莫名其妙的神情问，忍不住笑起来。

"啥事？他讲你到处打破锣，——不信你亲自问伯娘！"

随着那只小手的指示，冯大生望过去了：金大姐斜靠在磨坊门边。

"看他又怎么坏嘛！"冯大生沉下脸说，转身一直走上坡道。因为他猜到了带娃子为谁传递信息。

张大爷、刘大发正在火堆边絮絮不休。队副曾经分别找过他们，诱致着，威吓着，警告他们不要捣蛋！但是他们并不介意这个，而他们现在着急的却是另外一个新的发现。

"你来得正对劲！"刘大发跳起来说，当冯大生走进敞房的时候。

"告诉你吧，已经有人下圯蛋了！"张大爷不满地大声说，"那些没有挟卵子的！……"

"你听！"刘大发紧接着说，把冯大生拖在一张长凳上坐下，"昨天我碰见陈国才，杂种劝我，'算了，闹到上面派人来喉咙更粗'！又说，'烂狗四面放话……'"

"你们还听到一种话没有？"坚定地一笑，冯大生抢嘴快，插入问。

"什么话哇？"刘大发、张大爷同齐紧张起来。

"什么话呀，杂种讲就是我一个人到处打破锣呢！——好嘛，打破锣就打破锣！……"

二十六

连砍带卖，一直耽搁了五六天，这天赶场，冯有义终于卖掉了所有十多挑柴，把年货办好了。

"那么多柴，就换了这么点东西吗？"

冯大生问，奇怪着连肉都没有割一点。

"你去赶赶场就明白了！"冯有义叹息说，"什么东西都涨价了，只有柴往下跌，好像你是偷来的样！……"

"总还算好，去年连香蜡都买不起，菩萨都没敬呢！"冯大妈沾沾自喜地说。

东西确乎太少！只有一点油、盐、烧酒，几折纸钱和几对通宵蜡。至于门神、年对，都因钱不够省略了。不过父亲却还高兴，三十天特别磨快剃刀，两爷子交换着剃了头。

这不是冯有义额外穷，林檎沟全沟人大都如此。除开正月初一逢戊，动不得土；初二要去亲族家拜"趟子年"；一到初三，又开始劳动了。翻土、翻粪、下种山芋和补盖灰棚。一过大破五，就更紧张起来，准备烧粪灰了。

同时，在这个寒冷节季，和逐渐紧张起来的劳动中，大家可也没有忘掉打笋子的事情。因为食粮愈来愈少，时令也愈来愈紧迫，人们无法不时刻想到它；思量着，讨论着，有时整晚上睡不着觉，设想究竟应该怎么样做。但是，一直到二月初，好些人都还不敢决定，动摇的也就更动摇了：不知道相信烂狗的话好呢，还是索性一致不上山打笋子痛快些。

自从年底在张大爷家里会商以后，冯大生、刘大发，就开始直接活动到旁人家里去了，无所顾忌，而原早只在路边和劳动中谈谈的。他们尽力揭穿种种欺诈；若果这个人脆弱可欺，又时常同队副接触，他们更特别去得频繁，毫不松懈。

两个人最感棘手的是陈国才。但在几次碰壁之后，冯大生终于想到了好办法，转而鼓动老婆、儿子钳制老头儿了。因此抓住一个机会，这天下午他又溜进陈永福家里去。

陈大娘坐在火堆边补衣裳。放松锯子，陈永福正准备打磨锯齿，两母子谁也没有张声。

"不要礼哇！"冯大生客气说，自动在火边坐下来。

"这个年景要啥礼啊！"陈大娘扬起头叹息说，"连门神对联都贴不起。"

"明年就不同了，"冯大生笑笑说，"人家拍起胸口担保大家都换季呢！"

"呵哟！那两爷子的话都靠得住么？哄死人不要本钱！"

"可惜爹就听进去了！"放下锯子，陈永福连气说。

"他是一辈子上不完当的啦！你就拿钉锤敲，都把他敲不醒。"

"怎么，他还在跟你们打反锤哇？"冯大生试探地问。

"小破五我们还闹过一架啊！"陈永福说，"横竖他不听你的啦！"

"不晓得是真话呢，还是气话，"母亲说，"昨晚上讲，如果再去开会他算杂种！……"

冯大生笑了。他很满意他这一次的拜访，坐了一阵他就告辞出去。

这一天是正月初十边上。细雨蒙蒙，山头全都笼着雾罩：黄麂子在雾罩中呼号着，奔跑着，不时调换着山头，深恐被人暗算。趁着土润，有人在冒雨栽种山芋，或者蔬菜。

满脸堆笑，刘大发扛起山锄出现在沟对岸大路上。

"又到亮油壶那里凿烂子去了！"他说，当他望见冯大生的时候。

"看他凿得快呢，我们补得快嘛！"冯大生停下来说。

"杂种可凿到窝子里来了呢！"刘大发接着说，一面顺下锄头，"昨晚上我们妈同我吵：'你一天就到处卖嘴白哇？会管管你自己，人家干不干有你屁事！'老婆也伙着闹！"

"她也兴下炕蛋？"

"你看她平日间嘴硬吧，杂种才是一泡水呢！"

"后来呢？"冯大生追问着，在路边蹲下来。

"怎么？"刘大发忽然跺跺脚说，"你过来好吧？"

冯大生过沟去了。"后来呢？"他又问，停在刘大发旁边。

"后来么，"刘大发重复说，忍不住笑起来，"后来我几句话，就都闸水板样，一声也不响了。只晓得说，'那你不要把脑壳伸出去嘞'！我说，'我又不是乌龟变的，——不把脑壳伸出去啰'！"

"其实，好多人一点也就醒了！"冯大生说，"我刚才又到陈永福他们家里去过……"

"你又莫这么讲！"刘大发摇摇头抢嘴说，"亮油壶就翻了几回盘了！一会说：'我不会把篱笆拆烂的！'过两天，又烂着张脸：'听说可以先借点钱啊！'——你去说嘛！"

"那么今天再去一吹，杂种又要变了！"冯大生苦笑说。

"我就在这里等马口，"刘大发机密地说，"他前脚出来，我后脚就进去！……"

亮油壶的房子，和转岩子只隔一个山坡。倾斜破烂，正像一个伛偻老人俯瞰着山岬。只有门前两株香叶树挺直而有生气。刘大发偶然仰头探望过去：队副下坡来了。

于是眨眼而又努嘴，刘大发用肩头靠一靠冯大生，接着又警告似的嗷嗷喉咙。

"你们打算好久烧灰哇？"提高嗓子，他故意大声问。

"草都还没有晾干啊！"回头望了一眼，冯大生回答。

"只要天肯，管他妈的，我打算大破五就动手烧。下个月恐怕雨水多呢！……"

接着，他们开始谈到节令、气候，以及种种禁忌。而在这种当作掩饰的闲谈当中，队副走拢来了；新的帆布操鞋上套着草履。他们装作不注意他，更未准备打个新年招呼。

队副略一停步，翻眼望望他们，又暧昧地笑一笑。

"各人的卵子各人捏啊！"他吟哦地含讥带讽说，摇摆着走下大路。

刘大发一手抓住冯大生的肩头。"你这个人！"他阻止地低声说，因为冯大生显然准备回敬烂狗几句。

"杂种分明在说采话！"冯大生恼怒地喃喃说。

"你让他去啦！人家讲的，汪汪狗，不咬人！……"

于是，等到队副横过山岬，已经连背影也看不见了，他们就一道去访问亮油壶。

亮油壶正一个人在敞房阶沿上纳闷。他来回地走动着，一面自言自语，什么事都摸不上手。当两个人走进院子的时候，他正决心去取一圈篾片，但他忽又把手臂缩回来了。

他冲进敞房，伛偻着停在女人面前；她在选山芋种。

"我茅坡里都是路了！"他苦恼地抱怨说，"平常啥事都爱插嘴，你也帮我多少长点心嘞！"

"我的心叫狗吃了！"

"好啦！"亮油壶跌脚大叫，"你不怕饿饭难道我还怕么！……"

"正月间吵不得炽架①啊！"刘大发打趣说，耍耍搭搭走了进去。

"请你们评一评吧！"扔掉手上的山芋，亮油壶女人跳起来控诉说，"人家跑来说一些好听的，他又慌了。你去借好啦！"她猛然大叫，恶毒地转向丈夫，"有便宜你占啊！就像那年子样，话说得多好听，背两斗去吃吧，不要你一个钱的利息！等到还玉麦了，才慢慢收拾你！一时要折合成钱，一时又要粮食，——利息也重！……"

---

① 吵炽架：夫妻间为了一点小事争吵。

"你听这个龟儿子这张嘴!"用手指指老婆,亮油壶显得狼狈地喃喃说。

"原来还是照旧要利息啊!"刘大发说,一连打了几个哈哈。

"霉了!"亮油壶掩饰地说,"我跟他两爷子借粮食!"

"再试试也对嘛!"冯大生冷笑说,"万一变好了呢?"

"我给你讲!"刘大发大声说,警告地点着下巴,"现在他要哄你过河,你叫他脱裤子,他都会答应的,——莫讲一点粮食!过了河会不会抽板呢,那就要凭他高兴了。"

"哦,那怎么会!"亮油壶女人鄙弃似的瘪瘪嘴说,"他是人家的干儿子嘞。"

"去你妈的!"亮油壶气急败坏地破口大骂起来,"我又没有说不跟大家走啦!……"

他撩脚挽袖,同时又跳又蹦;他的眼睛可已经红润了。

直到过去好多天了,对于亮油壶这一天的苦恼,冯大生想起来还很难受。而刘大发一提起总又纵声大笑一通;但这个完全由于生性如此,实则他倒一样很同情亮油壶。

"杂种,差点没逼疯人!"冯大生说,当他们二月初旬,一同去看望张大爷的时候。

"你是说亮油壶哇?"刘大发问,照例忍不住笑起来。

"是啦,"冯大生叹息说,"想起那天的情形真伤广味!"

"本来也是,"刘大发收住笑说,"前年死娘,去年又死老子,几亩地全押了。小春呢,小春早卖了高脚黄。满以为今年打笋子会挖个金娃娃,恰恰又碰到饿狗抢屎!……"

抓抓面颊,冯大生忽然停下来了,悬心地望定了刘大发。

"家伙些该不会扯拐吧?"他问,这时他的同伴也已反应地住了脚。

"我打包票!"刘大发说,手背敲一敲对方的胸口。

"我就担心我们冯立中三爷!"冯大生说,于是又动身走。

前两天赶场回来，他们得到消息，保长就要搬进沟来收笋子了。随即做了个决定，在他未来之前，约几个容易动摇，而又喜欢发言的麻烦客谈谈，免得临时又闹别扭。当他们到达张家的时候，凡是约过的人，几乎全都到了。瘦小庄严的冯立中也来了，只是他的神色说明他来得有些勉强。

"究竟什么话啊？还要赶回去烧灰呢！"有人发愁地喃喃说，显然是想借故溜掉。

"再坐坐吧！"张大爷说，"喏！又来了两个。"

走进敞房，刘大发在火边蹲下来，随即又仰起头侦察地四面看看。

"你缩在那里做什么哇？"他问，笑望着萎靡不振的亮油壶。

靠壁蹲在屋角泥地上的亮油壶叹了口气。

"人够变啊！"他沮丧地说。

"大约又说了什么好听的了吧？"冯大生接着问。

"好听得很啊！"亮油壶说，带点忸怩地站起来了，一面搔着裸露出来的手肘关节，"杂种昨天又来东吹西吹，讲，保长就要进沟来了，不去打笋子么，就要罚款！……"

"是啦！"翘胡子冯立中抢嘴说，"杂种对我也这么讲。"

"可惜对我又不是这么讲的！"张大爷含蓄地笑了，于是敲去叶子烟蒂，他又接下去说，"只讲，'保长过两天要搬来了啊！'我说，'好啦！'看见我冷趣趣的，就涎起脸编我，'你犯不着啊！归根结底，老太爷还把你烧了么？''呵呀！抬举！抬举！'我差点要这样连他了！——好，没有用处！——不过，懂么？这就叫见人说人话，见鬼说鬼话！"

刘大发嗤的一声笑了。

"所以要稳坐钓鱼台喃！"他嘻嘻哈哈地说。

"他对你恐怕屁都不会放的！"望一眼冯大生，张大爷紧接着意味深长地说。

"大约担心骇我一个筋斗!"冯大生冷冷地说。

"怪!"刘大发拍拍手笑了,"对我也把屁股挟得梆紧!"

"总是怕你们几个嘛!"有人讽刺地曼声说。

"讲二话没有用啊!"翘翘胡子,冯立中严肃地接嘴说,"管他是说的真话也好,假话也好,各人都有个打米碗。我这个人么,不给人家算命,也不要人家替我算命!"

"你这个脾气好啦!"有人羡慕地叹息说,"免得算错了鬼抱怨。"

"去他妈的!"亮油壶忽然詈骂地叫嚷了,"昨晚上眼睛都没闭过!你说他是骇人的吧,这沟里哪年不罚几批款啦?迟点缴都要往乡公所送,'走!——到街上去说'!……"

双手一摊,张大爷恨声地叹息了。

"这么样讲,这个人就连虫虫蚂蚁都不如了!……"

"是啦!"冯大生说,"所以只好像面团样,由他捏圆是圆,捏扁是扁。……"

"他要跟你老婆睡觉都不打紧!"刘大发打趣地抢嘴说。

而接着,他可十分严重地跳起来了,靠身在墙壁上。

"老实讲吧!像你们这样下去,他更会一年到头吃你个春来不问路呢!"他叫喊说,屁股抵紧墙壁,腰肢一曲一伸地像个尺蠖,"什么事也该想一想啦:一时说上头要派人来;一时说有垫稍;等阵说要借粮食你吃;现在又说要罚款了。这到底啥讲究啊?!"

"啥讲究呀?呵、哄、骇、诈!"冯大生气恼地大声说。

"别人可以为是圣旨呢!"嗤声一笑,张大爷鄙薄地说。

"你挖苦我做什么啊!"亮油壶哭声哭气地顶着叫喊,"要是我有帮手,我也硬得起来!那么大一群儿子、媳妇,只要打一天柴,好多罚款都凑齐了!——我可是单膀子!"

“就不说这层也厌烦呀!”有谁帮腔地说,“他以后随时可以捻你的蛊头①!”

“你们怎么还没有弄懂啊!”张大爷抑制地呻吟了,“我已经说过千百遍了,意思无非摆一摆看:他肯照老规矩,自然大家都有糖吃;就是他不肯转弯呢,他也会有一个言来道;规规矩矩让他穿上鼻索,就要牵也迟了! ——懂么?”

“这个倒早就懂了,”冯立中非笑地说,“就怕他没那么听话啊!”

“要不的话,哪个愿意尽哩啦呢?”亮油壶失望地摊开手说。

“越说越往茅坡里钻!”冯大生呻唤了,接着透一口气,提高嗓子一板一眼说了下去,“这样好么? 将来认真闹到罚款,你们都往我头上推! ——没有钱还有命!”

“嗨! 我又没说不跟你们一道走啦!”亮油壶忽然神经质地大叫。

“意思也不过提出来谈谈啊。”别一个紧跟着改了口。

“唉,屎尿总先该倒干净!”冯立中恼怒地附和说。

“列位! 是下深水,我早就溜筒了!”张大爷赤诚地自己表白。

“好啦,好啦,”几个人齐声说,“再扯下去还会打起来嘞! ……”

整批被邀者陆续离开敞房,摇头叹气地各自回家去了。

“又耽搁你大半天!”冯立中喃喃抱怨,当一跨下阶沿的时候。

“是啦! 正说趁天晴把灰烧了……”

二十七

在动身进沟的时候,罗敦五再三叮咛,叫儿子罗懒王千万不要毛躁。

“你记住这句话:要想畜生钱,得跟畜生眠!”

---

① 蛊头:即捏造过失来陷害好人。

186

"呵!"保长颈子一挺喊道,"像你这么样说,我还要把他们叫两声老辈子嘞!……"

"不要你叫他们老辈子!"罗敦五认真说,随又忍不住笑起来,"只这一点,遇到他们发跳疯啦,嗨!最好你给他这里抓抓,那里抓抓,再不然把绳子放松一点。"

保长感觉有趣似的笑了。

"好嘛!"他唯唯诺诺地说,随即出发。

进沟的当天下午,他就召集全沟人开会,准备正式宣布几项办法。主要的一条是不准许私自出卖笋子,都交给合作社。而且把山王庙指定为接收笋子的地点。因为那里地势较高,房屋宽敞,又是出沟进沟必经的地方。即可防止走私,管理起来也很方便。

然而,直到半下午了,这才零零落落到了十多个人。而且没有一个人做得主的。所以对于保长一切分派,他们全都吞吞吐吐:"灰烧了看嘛!"或者:"笋子恐怕还没有出土呢!"最后,保长忍不住了,声言不管怎样,明天非得上山打笋子不可!但这并无好处,从此,竟连吞吞吐吐也没有了;大家就那么沉默着,使得会议更加不像一个会议。

末了,保长把众人挥走了,于是向队副发作起来。

"就坐席吗,你也该带张揩嘴帕嘛!"他暴跳如雷地连连指责。

"这怎么怪我呢?"

"不怪你怪哪个?正事不做,就一天摸上街向场合!……"

"我咒都敢赌!"双足一蹦,队副指指天说。

"闹了半天,那怎么才一撮撮人来开会呢?"

"这个我就不知道了!"队副灰心丧气地顶住说;但他叹息一声,接着就诉苦了,数说着月多天来他的奔波劳碌。"我不是丑表功,"他又说,"除了初几头拜年,大年初一我都没有上街!一天就这里吹吹,那里卖阵嘴白。给你说吧,单是亮油壶那里都跑了个八九趟!不信你可以去调查……"

"这些那些都不谈吧！我问你啊，前两场你不是夸下海口，说没问题了么？"

"是啦！"队副说，有一点惭愧了，"原先我想，只要先抓住一批人，把事情排开，别的人总会萎头！——哪里知道！"他转拐说，失望地吹口长气，"这个都会变了卦了！"

"你要抓牢靠啦！"

"抓牢靠！"队副苦笑了，"还是那句老话：十个说客，当不得一个凿客！"

"好吧！"保长厌烦地挥挥手说，"明天早上，你挨门挨户催一催吧，——再说灰没烧好，会总要来开啦！——我倒去他妈的！依得老子的脾气么……"

"灰没烧好是个推口话啊！"

"推得过初一，他总推不过十五！——我就不相信蛇是冷的！……"

于是，叫人搬了铺陈，他们一同回到队副家里去了。

当他们离开庙子，走下山坡，上了大路的时候，保长发现有好几个人逗留在前面的地边上。有的站着，有的蹲着；刘大发靠在田埂上一根椿树上面，紧紧交叉着抱了手臂。

他们显然正在谈论什么；可是，等到保长、队副走近他们，却又全都住了嘴了。

"你的灰该烧好啦？"对着刘大发抬抬下巴，保长寻是生非地问。

"还没打主意呢！"刘大发回答，又失望地瘪瘪嘴。

"你呢？"保长又问，转向一个老人。

"他，还不是草没有干。"刘大发抢着回答，同时蹲了下去。

"他长得有嘴！"队副申斥地说，怀疑刘大发企图蒙混。

"你快自己说吧，"刘大发笑着站起来了，"看我是不是扯白吊诳！"

"至少还要两个好太阳啊。"那老年人苦着脸叹息说。

"好嘛，"保长大有讲究地点一点下巴说，"你们总有一天要烧完嘛！……"

他转身走下大路，过沟去了。而冯大生正在跨着跳蹬。

"又打破锣去了！"嗤声一笑，队副机密地提示说。

"你怎么不兴来开会哇？"保长问，在沟边住了脚。

冯大生愣眼看看保长，于是跨过最后一个跳蹬，到了岸上。

"你嘴塞住了吗？"保长又问，口气粗鲁起来。

"啥哇？"冯大生反问，强项地望定对方。

"问你为什么不来开会！"

冯大生冷然笑了。"我们要忙饭吃！"他说，拔步就走。

"你看杂种这副嘴脸喳！"磨磨牙齿，队副中伤地说。

保长沉默着，一直目送冯大生走上大路。他十分恼怒，觉得冯大生太狂妄了！但又想到情节并不严重，没有显明的理由赏他一顿，于是只好尽力抑制自己的不满。

"好，"他末了松口气说，"你扯吧！……"

"我真想给他两个款式耳光！"队副说，跟着他的上司跨着跳蹬。

接着，他又夸张地谈到种种对于冯大生不利的传闻。但才开头，保长便把他切住了；问他这么久来，冯大生是否同金大姐暗中有过往来。队副抑制地叹口气，口齿迟钝起来。

"倒还看不出来什么，"队副结结巴巴地说，"谅他杂种也不敢啊！……"

保长罗懒王津津有味地暗笑了。而当走到队副家里的时候，就更开朗起来，完全忘记了摆在面前的种种难题。因为他看见了金大姐，而且感觉得她比从前动人。但她显然有意回避着他，所以直到睡觉，他都没有得到机会向她调情。

然而，金大姐的冷淡没有叫他灰心，反而更加使他冲动。次日一早，他就唤醒队副，叫他挨户催问去了。说是，不管怎样，会总是要开的，而只要能开会，他就什么都有办法。

他独自留下来，东旋西旋，紧盯住金大姐不放松。

"做馍哇?"他涎脸地问,当他看见她用瓢拌着玉米面的时候。

"拌猪饲料!"并不回看一眼,金大姐粗声说。

"呵哟,你们的猪才阔嗬!吃净面……"

金大姐扑哧一声笑了。她回忆起当初和罗懒王的交往,感到有些甜蜜。但她忽又停住拌玉米面,含怒地望定他。

"你还没把人害够哇?"她斥责地恨声说,"还有脸来涎皮!……"

"害你!"保长装模作样地叹了口气,好像受了极大的冤诬,"当到灶神菩萨面前……"

"就只没有把人害死!"金大姐愤恼地插入说,重新搅起面来。

徐开金带起么娃子回来了。因为看见罗懒王站在儿子的灶房门边,他故意嗽嗽喉咙,又大声唾把口痰。

"吃了饭开会啊!"保长支吾说,红着脸回过身来。

"还忙着要烧灰啊!"并不停步,徐开金边说边望敞房里走。

"你也要哄我哇?"保长大笑起来,"昨晚上么娃子都讲你们的灰已经烧了。……"

"他小孩子家晓得个屁!"徐开金搪塞说;但他忽然又住了脚,满脸苦恼地转向保长,"你不清楚,我们这个人难变呵!起来迟了,得罪公婆;早了,得罪丈夫!……"

"嗨,这个话有讲究!"保长醒悟地喃喃说。

"一点讲究没有!总之,大家去呢,我也没有说的。"

"一定有人在当中煽,你不要哄我!"

"哪个来煽我啊,"徐开金叹息说,想起一般邻居对他的误解、歧视,"不过说句老实话吧!有人煽也好,没有人煽也好,——不多心哇!——各人都有把算盘啊。……"

队副满头大汗走进来了。他的身后跟着合作干事,一个寡骨脸青年人。

"你自己去试试吧!"他喘着气报告说,一面揭下套头抹汗,"这个包袱不好抬嘞。找这一家：'烧灰去了！'找那一家：'我们不吃饭么？做柴去了。'有的连影子都不见！……"

"未必就约得这么齐么？"保长反问，多少有点着慌。

"你问他吧！"队副说，指一指那个合作干事。

"用不上问！总之，我这回尽碰到好人了！"保长开始抱怨起来。

最后，他决定吃过饭亲自出马。而在吃饭当中，虽然金大姐一直在眼面前，但他一点也不开心。甚至看也很少看她。因为他十分明白，如果真的笋子打不成了，不但他在乡长面前将会失掉信用，过年当中，他的大批赌账，也很难清偿的。至于以后推行政令，更会格外多些烦难。

当他饭后出去巡行的时候，几乎每家都没有成年人，全到地里劳动去了。只留下小孩子在看门。因此，前沟都没跑遍，保长就挫折了。但在失望当中，他却另外有了个好主意，以为如果乡长能够出张告示，再派几名武装所丁，事情一定立刻有起色的。而一经决定下来，他就留下一堆任务，自己忙着望街上跑去了。正像是去奔丧喊冤的一样。

保长出沟不远，罗敦五忽然从小路走来了。神色开朗，舞着一根野樱桃树做的手杖。父亲首先发现儿子，于是他停下来，站在路边等他；随即忍不住打趣地笑起来。

"头一炮像没有放响啦？"他沉吟说，把头偏来偏去审视儿子的神色。

"你又去试试嘛！"保长连气地说，接着也停下来了，开始诉说他碰到的麻烦和他的一些设想。

"你还在钻牛角啊！"不待听完，罗敦五就申斥地插嘴了，"说在这里，你就每家人大门口贴张告示，也没用的！找几杆枪来，更会弄糟！再讲，你不是替老咪做好事么？"

"那又怎么样呢？"保长动摇起来，"未必就这样下台啦！"

"就这样下台，我就不会来了！我就是在家里坐不住呢。想，嗳！"

罗敦五接着说，搔搔头皮，做出思考的神气，"山猴子水性硬，事情又通不得天，万一那娃毛脚毛手……"

"单说你又打算怎么办啊！"保长厌烦地切住说。

"怎么办？还是昨天讲的，他要发跳疯么，嗨！……"

"好啦！"保长无可奈何地连声说，"好啦，又看你这道符灵不灵嘛！……"

他们一路进沟去了。一走到山王庙，罗敦五就立刻派队副和干事召集开会。并且特别要他们说明白，什么话都好商量，而如果大家都不肯来，他就只好听凭他们去胡碰了。

"你看，老子这道符马上就会生效！"他夸耀地说，当队副和合作干事离去之后。

"谨防当面丢底！"保长说，但也跟着吆喝去了。

或者老神经魔力大些，或者他的叮咛发生了特效，等到吃过午饭，会议终于勉勉强强开成功了。人数有四五十，好多是从来没有露过脸的。等到罗敦五结束了开场白，甚至张大爷、刘大发也陆续赶到了；但却显得有点慌张，因为他们没有料到事情会这样来！

刘大发一到，首先踮起脚四面望望，于是挤进人丛中去。

"嗨，对哇！"他边走边说，不住向熟人挤眉眨眼地表示不满。

"喊冤样催了你几道！"黑嘴马脸，亮油壶辩解地低声说。

"啥啊，又不是什么人喂到的嘞！"冯立中喃喃地抗议说。

刘大发回头望过去了。"有些人喂也喂不家的！"他针锋相对地说。

"唉，唉，不要咬耳朵劲哇！"因为没有人公开表示意见，罗敦五又张声了，"我已经说过，大家有话端出来啦！你怕现在是前清么：'胡说！抓下去捶二百屁股！'……"

张大爷佯笑着两边一瞥。

"我还没摸着头脑呢。"他自言自语地大声说。

"老太爷问你们打笋子有什么困难！"队副挑战地抢着说。

"呵!"张大爷轻声笑了,"我怕又是啥公事啊。"

"哎呀!你像有意见啦?"满脸堆笑,罗敦五大彻大悟地问。

"早就向队副讲过了:好倒是好事情,就怕用钱不接气啊!这一向都手紧。"

"这倒说的是本心话啊!"好多人齐声说,同时响起一片叹息。

"万一没有笋子打呢?"保长质问地说,显出一副理直气壮的神气。

"你少开些腔哇!"罗敦五制止说,生怕儿子把事情闹糟了,"那么你们又打算怎样呢?"他接着问众人道。

"照老规矩!"冯大生在一处角落边开口了,他才忙匆匆赶到不久。

"好,照老规矩!"罗敦五重复说,表情更加柔和起来,"可惜你们是替笋贩子变牛啊!箍住你们,一元钱一斤,嗨!一转手就要卖几十一百!把细想一想吧,何犯于呢?"

"再少他总是现过现,"刘大发说,"不会往水牌上写!"

"那么这样好吧,大家不是外人,你们没有吃的我借!"

群众忽然间哑住了。东张西望,不知怎么回答的好;张大爷意味深长地笑起来。

"再不然这样嘞!"罗敦五接着又说,"每担货你们留个一二十斤,拿上街卖零的!……"

"呵,这都松和一点!"冯立中忍不住轻快地叫出来。

"看一二十斤够做啥吧!"冯大生直接地反驳了,"没讲口粮,就是换油盐都恼火!……"

"呵哟,总之老太爷从厚一点!"好些人同时恳求地说。

"留多留少,都是你们的啊!"罗敦五呻吟说,"你怕我还那么脸长,嗨!"他接着说,一只手偷偷插进荷包,"阴着摸几个么?老实讲吧,若果我要吃人,你们也太瘦了!"

"不要不知饱足!"保长正色地帮腔说,"依得上面的指示么,一斤也不留呢!"

"我们没有讲二话哇!"就以亮油壶为首,几个人情急地嘈杂起来。

罗敦五愉快地大笑了。

"这就对啰!所以凡事要肯商量……"

"没有挟卵子的!"

冯大生恼怒地大叫,转身离开会场,就朝山坡下去。

二十八

走下坡道,冯大生并未回家,他在刘大发门首坐下,等候着会议结束。

"说起来气死人!"他回答说,当他闷坐了一阵,刘大发娘从屋里走出来,向他问起开会的情形的时候,"人家才丢了一根骨头,好多人就把尾巴都甩圆了!……"

"究竟怎么说起在啦?"抢前一步,刘大娘追着问。

"才答应每担货留个一二十斤,他们就慌开了!"

刘大娘感觉轻松地叹一口气。

"哎呀,也算是争赢了!"她欢喜地说。

"大家多熬几天会出鬼啦!"

"算了,算了,"刘大娘劝慰说,"闹烂了有什么好处啊!"

"呵哟!"冯大生猛地从门阶上跳起来,"我不信他还把林檎沟拱了!"

"他会拿门槛你翻啦!"老太婆又警告道,"再说,雷就在你几个头上打!……"

冯大生乖戾地笑了。

"是他口里的菜,他吃掉好啦!"他曼声说。

接着转身便走。他早已等得不耐烦了,现在,因为老婆子的话语不合他的口味,他就更加激动起来。他决定再回山王庙去,忽然觉得自己的负气离开，未免笨而可笑。

冲下那个凹凸不平的简陋门阶，抄着近路，他一直望了大路上走，但他忽又在一堆岩石边站住了。就在右手边大路上，几个人正从转岩子走过来，他猜想，他们一定是赶着去开会的。于是，当他重新动身的时候，他就换了一个相反的方向望坡下走。他想在半途中切住他们，交换一下意见。

来人当中有陈永福和幺爸。张长贵妈晚上死了，因为都是亲戚，他们才忙着到中沟葬了她。死者的胞弟冯有三也在一道，此外还有一个五短身材的年轻人，叫张长兴。

"你们去开会哇?"冯大生迎着问，当在路上快要互相碰头的时候。

"开啥会啊!"幺爸边走边说，"没人讲话我会去打呵欠!"

他擦身而过，看也没有多看冯大生一眼；其他三个人却都停下来了。

"就看你们怎么做啊!"冯有三说，"我倒想顺便看看。"

"你们这些人呀!"幺爸冯立品叹息了，停住脚回过身来，同时顺下锄头，"与其同他东旋西旋，推烂账样，我就去打两背，——看他会不会吹熄灯盏恨我两眼!"

"跟你牵住太阳都说不拢!"阴郁地一笑，冯大生解嘲地说。

幺爸显得邪恶地笑起来。

"那是你们脑门心没有长满!"他睥睨一切地说。

接着，他扛起锄头，转身又走掉了。冯大生摇摇头叹口气。

"我们爹还讲我硬断不弯呢!"他喃喃说，想起父亲的种种责难。

"每个人都有点败着啊!"颦蹙着脸，冯有三苦笑说，"若果只吃不屙，麻雀子会长得鹅大。我只担心，他没闯上头七，那就恭喜他了! ——去年挨一顿躺了几天! ……"

冯大生烦躁地挥着手，"快说正经事吧!"他阻止地大声叫喊。

接着，他夺去张长兴手上的短烟杆，擦擦烟杆嘴子，凑在自己嘴上。

"不去几个人更糟啦！"忽又取掉烟杆，他又十分兴奋地叫嚷了，因为陈永福反问他去了是否会有妨碍，"讲起来气死人！"他接着说，叙述了一通开会的经过，"所以我车身就走，也不晓得后文怎样！你们想吧，看着一壶水就快要煮开了，他几个给你闪他妈这一股火。"

"我们爹该没去吧？"陈永福担心地笑笑说，"昨晚上我们还吵了一架，天都给闹红了！"

冯有三忽然停止住搔胡子，扬起脸来，感觉疑虑地摇一摇头。

"噫，杂种起了这么大一次科场！"他吞吞吐吐地说。

"我告诉你，"冯大生反驳说，"要是他底子硬，就没有今天这一套了！"

"道理自然也是道理，只怕要费把大劲啊！——你说呢？"

"讲了半天！"冯大生颈子一扭，抑制地生气说，"我就失悔我不该走呢！对嘞，那么你至少让我们留一半，说不通么，你就把油锅安起都没人打！——啥啊！这个是派款征丁么？又请你把公事拿来看看！再说，只有林檎沟才出笋子？倒须沟有出产呀！……"

他矜持地笑了。因为他很高兴自己忽然想出这么多道理。

"遮住半边嘴还要说赢他呢！"他加上说，颇有得色地扫了大家一眼。

"那还消讲！明明是纸包火的事情。"陈永福附和说。

"我真不该冲气走，"冯大生叹息了，"多张嘴究竟好得多啦！……"

"看！"张长兴忽然大声报道，"会像开完了呢！……"

于是，几个人立刻走向路边，打侧身子，迈开那些阻碍视线的岩角望了过去；为了看个清楚，冯大生就一直望了岬沟边跑。人们果然陆续从山王庙下来了。有的正在横过山岬；有的在山坡下踌躇着；大多数人却都迎面走来。而末了，那为首的一批人，忽然在大路的转弯处倒了拐，接着折向一片荒地去了。似乎并不打算各自回家里去。

这片荒地紧接着山王庙的高坡，只有一堆堆的岩石和刺竹丛。冯大生已经赶过去了。靠着一根吃过斧头不久的麻柳树桩，张大爷坐在块石头上，正在卷着烟叶。

"差一点都穿上鼻子了！"他苦笑说，当冯大生走到他面前的时候。

"究竟怎么个结果呢？"冯大生问，随即在张大爷侧面坐下。

"怎么个结果？"张大爷重复说，静静地笑了，"你也听到的啦，才说了个一二十斤，大家就连裤带都解不及了。可惜那是哑骨，——以为捡便宜吧！"

"未必又连一二十斤都说黄了？"冯大生忍不住笑起来。

"黄倒没黄，自鸣钟样，就只还有点甩！……"

张大爷恼恨地苦笑了。接着，他就扼要说了一遍会议后半段的经过。由于亮油壶一班人的没有把握，罗敦五的诡计本来已成功大半了；但那秃子忽又冒失地提出询问：所谓一二十斤，究竟是多少呢？起初回答得很含糊，要打两天试试再讲；随后保长可肯定只有十斤！而这么一来，虽然没有人公开反对，可也没有人再胡乱张嘴了。

"嗨！"张大爷接着说，"这就是俗话讲的，烂泥田里打桩桩，越打越深！……"

刘大发同着最后一批人赶到了。这个乐观而又饶舌的农民，一到场就四处转动着，向了大家打气。而他忽又一眼望见了冯大生，于是走了过去，在他面前蹲下，嘻哈大笑。

"可惜你走了呵！"他说，"后半本戏那么好看！……"

"我给你讲哇，"冯大生严正地抢嘴说，而且特别提高嗓子，"我刚才同张大爷商量，一担笋子不留一半，哪个答应了他不算人哇！他亮油壶要去，——他去！"

他顺势站起来了。刘大发也一蹦跳起来，装出一副愁相。

"他去啥啊！"他叹息说，"一路来还向我诉冤呢。"

"啊！又像睡醒了哇？"冯大生调侃地说。

接着，他又一眼找出了那个一直摇摆不定的人。弯着腰身，顿脚而又甩手，亮油壶正在向席地而坐的冯有三进行辩解。似乎遭了冤诬，非至洗刷干净得不到任何安宁。……

　　几乎随处都有人在争论。他们三个一堆，五个一群，全都在推测着事件发展的前途。虽然有的吵吵闹闹，还显得不坚定，但有一点是共通的：他们基本上都把情势看清楚了。保长父子是在愚弄他们，可又绝不像平常那样的硬，只要鼓把大劲，大家就会多争到几斤笋子！

　　"你想吧！"他们说，"若果事情通得了天，他会同你讲生意啦？老早就发胀了！"

　　"是啰！依我看么，恐怕乡长都梦寐不知天啊！……"

　　"喂，列位！"张大爷大声地招呼说，"一只耳朵只能听一个人讲话啊！"

　　"对，对，"好些声音一齐地喊叫起来，"尽张大爷先讲讲看！……"

　　"都长得有嘴啦！"张大爷谦逊地叹息说，这时吵嚷已经低落，注意也逐渐集中了，"不过呢，现在船正过滩，嗨！若果不齐心点，各自东挤西碰，谨防翻船！"

　　"一句话，"刘大发紧跟着叫喊，"大家明天究竟去不去啊?！"

　　"去啦！"有谁乖戾地高声叫道，"只要他不把说出来的话又舔转去！……"

　　这人叫冯大庆，在后沟住家，身体粗壮，衣服褴褛，一向很少在人面前露声色。

　　"啥哇！"因为忽然发觉人们全都在注意他，红一红脸，冯大庆显得更兴奋了，"人吗是个人嘛，是面团么？由你想捏圆就捏圆，捏扁就又捏扁？将来十斤他还会搞假嘞！"

　　"那倒说不定啊，"刘大发哄笑着接嘴说，"明明是走一节哄一节啦！"

　　"会完全不认账，怕也不见得吧?"冯立中怀疑地沉吟说。

　　"既然这样，你明天又去嘛！"冯大生忍不住顶了一句。

"你怎么就知道我明天要去呢？"冯立中反问，恼怒着那个远房侄孙的硬撑，"你像是我肚皮里的蛔食虫啦？可惜我的话还没有说完，这一枪杀飘了！"

"吵什么啊，"有人叹息着劝解，"肉烂了在锅里！"

"是我在吵么？你看他那副神气喳：就像要咬人样！"

"我人倒不咬，就只听到有骨头响，把尾巴都甩掉了！"冯大生调皮地顶着嘴，但他忽又变得激昂起来，"大家看见的哇！不是他几个就那么说，'这都松和一点，'——'我们没有讲二话啦，'——连跌带爬像赶酒席一样，深恐怕把油大赶掉了，事情不会闹到这步田地！"

"我是说过来的。现在我还要说：一担留二十斤是松和些！"

"可惜又变成十斤了！"刘大发顶住说，假装沮丧地叹一口气。

"我没有答应他十斤嘛！"

"那你又去答应好啦！"刘大发说，接着嘿嘿嘿笑起来。

"我倒还没有那么蠢！怎么，就算我们说错了话……"

"快不要再辩了！"昏乱地甩甩手，亮油壶抢着说了，"人家精灵，就只有我们笨！又看不出症候。从今天起，大家不要开腔好啦！——再多嘴不是人生父母养的！……"

看了他的张皇失措，好多人苦笑了。

"总之，"他又添加上说，"大家走到哪里我们跟到哪里！……"

"那他要你杀皇帝嘞？"冯立中咕噜说，显然还不服气。

"也使得啦！不敢下刀，按脚按手行么？"

"哎呀！你像有意讲起来骇人的啦？"张大爷假装吃惊地说；但他又叹息了，"讲气话没用啊！"他苦恼地接着说，"大家马儿大家骑，未必闹烂了我又得脱身么？……"

"又不是哪个想造反嘞！"有人气愤地紧接着说。

"对啰！"反应似的，张大爷继续说，"这又不是造反！大家公平交易：算得过账，我来；算不过账，你再讲你那是个金包卵，我又不想它啦！难道也要拖到猪市坝去示众？"

"讨厌的是他背了张吃人皮啊！"有人丧气地说，"开口闭口公事……"

"这个是公事么？"冯大生厉声反问，"石泉、柳家渡也是出笋子的，"他昂奋地接着说，"怎么又没听说要缴给公家卖呢？啊！林檎沟是化外？——可惜他又不是土司！"

"总之一句话啊，"冯大庆又开口了，"一担货少了二十斤不干！"

"没有那么便当！"冯大生喊叫说，"至少要他留一半才干！二十斤，"他着重地重复说，而且鄙薄似的笑了，"讲句笑话，是它二十斤么，我们藏在柴背篼底下都带走了！——要他答应？倒还没有那么伤味！——硬要他留一半才干！"

"还隔他妈一帽子远！"惶惑地一笑，冯有三叹息说。

"你记得那句话么？"有谁逗趣地说，"漫天叫价，就地还钱。"

"硬要留一半才干嘞！"冯大生见怪地纠正说，"你以为打冒诈么！？笑话！"

"除非你的话是圣旨！"冯立中非笑地顶住说。

"你又暂且当我放屁好啦！"

"呵哟，你们怎么又顶嘴啊！"愁眉苦脸，张大爷赶紧插进来了，"依我说么，叫个一半并不算多！——一点不多！大家想一想吧，单是带他妈一杆秤，就干落一大堆！……"

"戏倒点了，只看什么人来唱啊！"亮油壶忍不住喃喃说。

"我！"冯大生指着自己的鼻子叫喊，"溜了筒是你们众人养的！……"

有人警告地假装着咳嗽了。而接着，好多人向大路望过去。

二十九

"依你看呢?"

因为觉得儿子的推测不尽妥当,罗敦五又盯着问队副。

"依我看么,"队副沉吟着,于是瞥了保长一眼,就接着说下去,"依我看,明天大家不见得会来吧。没有一个人张声啦!就那么学猪叫,哼,哼——你知道他肚子里揣的啥?"

罗敦五谴责地看定保长。

"你不该说得那样死啊!"他抱怨地叹息说。

"那么你又让他们每担货留二十斤嘛!"

"到了不好收口,嗨!恐怕也只有这样啊!……"

于是罗敦五再三叮咛保长,若果明天大家还要调皮,他得再让点步,承认留二十斤。而且,深信这么一来,就万无一失了。因为他相信问题就在十斤二十斤之争。

接着,丢下那个算是留守的合作干事,三个人一同离开了山王庙,边谈边下坡去。一上大路,罗敦五望沟外走了,保长、队副则取了相反的方向,回到徐开金家里去。但当正在跨过跳磴的时候,首先是队副,他们忽然发现了那一堆聚集在荒地上的庄稼人。于是两个人住了脚,退回岸边,开始互相推测起来,接着就像赶山狗样,追蹑过去。

当保长、队副丝毫不动声色,突然出现在众人面前的时候,所有浮泛在荒地上的争嚷、叫喊,已完全肃静了。每个人的眼光都表露出有所准备的神气,只看谁先发动。

"明天早一点啊!"末了,保长试探地笑一笑说。

没有人搭他的腔;但是大部分人,却都忽然把眼光一齐集中在冯大生身上。

"啥事情早点哇?"脸颊一红,冯大生于是脱口而出地问。

"依你猜又是啥事情呢？"

"我猜！"冯大生非难地笑了，"我又不会隔夜修书！"

"会装疯呢！"队副切齿地喃喃说。"打笋子！"他紧接着叫喊，轮睛鼓眼地瞪着对方，"这下该懂了吧？"

"呵！"冯大生笑得更顽皮了，"我怕啥事情啊！好啦，"他赞成地紧接着说，可是突然现出一副淡漠神气，声调也变得懒懒的了，"只要一担货能够留五十斤呢，明天鸡叫头道我们就动身去；是一二十斤么，嗷，饭平伙都打不匀称，——那倒没有哪个干啊！"

"你说的没人干哇?!"保长发火了，大叫着反问。

"我说的不作数，你又问他们好啦！——看是我造谣不？"

"本来口粮也太贵了！"作为支援，人们开始诉起苦来。

"玉米倒腊才卖七百，开场就冲到一千了！……"

"粮食倒还要看涨啊！"

"对啰，看一二十斤笋子够做啥嘛！……"

在人们的抗议声中，保长感觉到挫折了。他是没有料到这一着的，而最使他吃惊的，显然全体都在跟冯大生打和声。而且，他很不满意他们的态度，对他随便得像对一个普通人样，好像忘记了他是本保保长。

"我告诉你们，"他末了假装诚恳地说，"少受些别人的吹工！……"

山民们不以为然地笑了。

"都是吃油盐长大的啊！"好些人嘈吼说。

"屁！"保长忍不住粗鲁地说，"你们还把我瞒过了！刚才开会，大家分明都赞成了，现在又二十斤，五十斤的，——连夜都没隔啦！这不是受了人家的吹工是啥？——瞒我！"

"并没有人答应过啊！"冯大庆抗声说，"嗷都没有人咳一声！"

"哪个叫你不开腔的？"队副申斥地说，"现在来翻房子，——迟了！"

"好吧!"保长转圜地接着说,尽力抑制着自己,"就依你们讲吧,对!你们连嗽都没咳一声,可是,你们大家总该这么样讲过吧,'我们没有二话'!"

"不见得吧?"左顾右盼,刘大发假装怀疑地含笑说。

"我倒说过来的,"张大爷冷冷地开口了,而他立刻引起人们惊愕的注视,"可惜是另外一个说法!"他笑一笑倒拐说,于是就又立刻引起一阵轻松的暗笑,感觉老头儿毕竟见过不少世面,"因为一九如九,各人早就把算盘打好了。十斤笋子会把一家人糊得匀呢,我愿意倒立天水!"

"保长呢!"冯有三审慎地帮腔说,"这都是过经过脉的话啊!"

"我懂!"保长瞪着冯有三抢白说,随即带点决心,向着亮油壶几个人劝诱了,"我们揭开说吧,再添个三五斤,究竟行不行喳?——唉,千万不要以为我就对你们一点办法都没有啊!"

"该不会枪毙吧!"坚定地一笑,冯大生打趣说。

"你怎么瞎讲啊!"张大爷含意深深地紧接着说,"这又不是哪个抗捐抗税!"

"可惜总是公事!"队副威严地顶住说,"政府早就有通令了,全国各地都是这样!……"

"石泉、柳家渡一带,怎么又没听说过这么办呢?"冯大生质问地插入说,"啊!林檎沟要特别些?要不的话,我们是打笋子,人家打的是晒衣竿?——有这么稀奇!"

"像你这么说我是在招摇撞骗呢!"保长异样地笑了,"好嘛!……"

他沉吟着,显然是在尽力克制;但他终于忍不住了。

"走!"他猛然望定队副大叫,"这还有啥说的呢?明天就上街向乡长退片①!……"

① 退片:意思是取消承认过的诺言。

于是，他一连地嚷叫着，一面转身折向大路。但是队副并没有跟上去；他忽然清醒起来，觉得事情闹僵了并无好处。因此决定暂留下来，也许可能找出一个转圜的机会。

山民们并没有跟着各自回家，也没有被保长的虚哄骇倒，而且好多人说得更放肆了。

"退片！"他们嘲弄地说，"恐怕根本就没有主户啊！"

"有主户？有主户早把脚杆抬出来了！想一想往回派款喳。……"

"大约片还没退脱吧？你看，等到把片退了，'走！到乡公所去说！……'"

"倒不要许愿啊！"队副听了一阵，假装忠告地开口了，"到了不好收口，你又试一试嘛！说呢，你们又会以为我在当说客了，——啥事情合量点啊！"

"还不算合量啦？"刘大发呻吟说，"打一担送他一半！"

"怎么说送，是替你们打算盘啊，一道运到州里去卖。……"

"阿弥陀佛！"冯大庆愤愤地抢嘴说，"这种算盘打下去很快就没人了！"

人们哄笑起来。队副可失措了，他没有料到大家会这样毫无忌惮。而且显然已经识破了保长们的诡计。

"你说不进油盐啊！"张大爷末了说，带点调侃神气。

"像你这么样讲，我不硬是在当说客？"

"管你说客凿客，少了五十斤硬不行啊！"冯大生顶住说。

"你定的价哇！？"

"怎么拿起又乱栽啊！"刘大发大笑了，"这又不是他冯大生一个人的事情哩！"

"我知道你两个是穿连裆裤的！"队副羞恼地大叫，随又打赌地紧望定冯大生，"是你定的价哇？好！"他假意津津有味地笑起来，转身便走，"这样就好得很！……"

于是，也不管身后顿起的嘲弄如何热辣，队副可连头也不回地一直走了。显然感到再缠下去对他没有好处。

队副到家的时候，保长也才拢屋不久；虽然只有金大姐留在家里，但他意外清白，一点没有把她放在心上。这天的遭遇，太叫他难受了！笋子本身都在其次，而超出这个之上，他只觉得山猴子些太可恶了。他们反复无常，说起话来又那么尖酸刻薄，丝毫没有把他一个堂堂的保长放在眼里！

一眼望见队副，他便立刻从敞房里跳出来了。

"嗨，对！"他放开嗓子叫道，"暂且放个屁在这里，我不夹磨他们一下，这个公事我不当了！……"

"呵哟，个把人煽起的事啊！"队副说，停在玉米架边。

"我看得出来啊！就是冯大生嘛？——狗杂种的！……"

"去年我说，老太爷还打我的头子呢：'你故意累饭！'……"

"随后杂种又吼些啥怪腔呢？"

"更加刁得起啊！"队副笑一笑说，好像是在叙述一件与己无关的趣事一样，"看见你在那里，还藏头露尾的，你一车身，就完全现形了。简直就说：'少了五十斤你把天王老子背起来都不行！'我问他：'这是你定的价钱哇？''我定的就我定的！'杂种板筋都快要挣断了……"

金大姐忽然出现在敞房门边。

"不要弯着舌头讲话啊！"她自言自语般沉吟说。

她正坐在火堆边缝补衣服，现在，挟着一只塞满布片、麻线的小竹筐子，头也不抬，擦身走过保长，走向睡房里去了。队副猜疑地目送着她，而末了，他又羞又恼地强笑起来。

"杂种！"队副最后喃喃地晋骂说，"老子倒自来就是伸起舌头讲话的呵！……"

"好！好！好！"保长一直沉没在愤怒当中，不断气急败坏地唠叨着，"就要他这样才对！……"

他忽然发觉队副中止了叙述，更加生起气来。

"难道你没有带得有嘴吗？"他陡地紧接着叫喊，随又设身处地地接下去说，"是我，我就要当场问他！是哪些人公推他定的价？——我不相信都敢把脑壳伸出来！"

"你还不清楚乡下人的脾气啊！"队副说，多少有点见怪。

"他们还敢造反！"

"反倒不会造啊，就是这点，只要有人领头，马上一窝蜂闹麻了。这个你亲眼看见的啦！你才问了一句，'你讲的没人干哇'？——你看杂种些那个劲仗！依我看么，嗨，"队副一顿，接着又四面瞧瞧，于是压低了嗓子接下去说，"要不老实出把汗水，这场病不容易退烧啊！"

"你听！明天我不把他杂种弄来关起，我不姓罗了！……"

"你怎么比我还性急啊！——进去慢慢说吧！……"

"随便捻一撮我都要他坐蜡！……"

"你这个人！——进去坐下来说好么？……"

由于队副的再三打岔，吁一口气，保长退进门去，在火堆边坐下了。

"你说话怎么没忌讳啊！"队副叹息说，当他跟随保长坐定之后。

"啥哇？既然要做，我还怕人家知道么！"

"话不是这么讲！万一漏了风声，又有啥好处呢？"

保长沉默了，但他随又笑了起来，歪起头望定队副。

"你担心金大姐走漏消息哇？"他接着问，带点作弄人的神气。

"凡事谨慎点好些！"队副含混地说，随即躲闪似的掉过话头，"你说是捻一撮，我看除了抓他的逃兵，别的撮撮捻起来也有限；即或是系得起，也不会弄得串皮！"

"杂种！"保长失望地叹了口气，"就不晓得抽丁的公事下来没有！"

"怎么这样板啊！先给乡长打个招呼，抓起来再说！……"

队副忽然间住了嘴。接着离开火堆，探头探脑向门外望出去。他发觉了金大姐：屏住呼吸，正站立在屋檐角下面。队副立刻两步跨出去了。而她同时嗷嗷喉咙，面对面走过来。

"你听墙脚哇?"队副问，上下打量着金大姐。

"我没有你那么多岔肠子!"她反驳说，擦身直走过去。

慢慢回过身子，队副一直目送着她；他看她走进敞房，伸手在火堆边取了个柴头，然后又退出来。而他依旧目不转睛跟着她移动。最后，他对着金大姐的背影冷冷笑了。

"乱讲话谨防割嘴皮啊!"队副警告地沉吟说，不住点着下巴。

他退回火边去了。保长翻眼望他，随又歪起嘴角一笑。

"杂种!两个人有点不清楚哇?"保长试探地问。

"那还搞假了呢!"队副非笑地说，而他忽然变得很激昂了，声调里充满了威胁，"事情赶快要决定啊!说在这里看吧，不把他杂种这把火先抽了，大家是不会萎头的!"

"这个用不着你叮咛!对，先抓起来，寄在乡公所也行啦!——未必还要我出饭钱?"

"对啰，至少让他杂种倒贴几个!……"

"不过，压绝门也不对。听我讲吧，我消了夜就上街，找找老咪，你呢，再去钻钻空子!"

"早就该这样了啊。好吧，让我去催杂种弄饭!……"

队副兴高采烈地站起来了。

"夜饭快一点啊!"他边说边向灶屋里走。

灶头上蹲着一甏玉米面粉，锅里已经掺了大半锅水，但却并未生火。他又钻进卧室里去，同样没有发现那个烧饭的人。于是他苦笑着思索了，而他随即翻身跑出院子。

用围裙擦着手，金大姐沉思地呆立在路边上。队副在门阶上住脚了。

"嗨!你在那里做什么哇?赶快回去弄饭!"

金大姐慢慢回过身来，出奇地望定他；接着又冷然一笑。

"事情不要做绝了啊！"她沉着地带一点教训口气说。

"老子啥时候做过绝事来哇？"

"你自己明白！"金大姐说，沉重地喘口气。

于是，她就故意不再看他，一直走上门阶，进屋子去烧饭。而当队副疑神疑鬼，没精打采地退进院子的时候，她可又挽着只提桶走出来了；队副立刻横身切拦住她。

"哪里去哇？"他问，双手卡住腰杆。

"打水！——你不要吃夜饭哇？"

队副阴险地笑了。"我去！"他说，伸手夺过提桶。

三十

"一个人要知道饱足啊！……"

当傍晚冯大生回到家里的时候，这是父亲冯有义向他说的第一句话。他知道父亲这句话是什么意思，但他木然一笑，默着声息在火堆边坐下，竭力避免发生争吵。

"妈！我们的筛子还用得么？"他末了支支吾吾地说，"好多人的灰都窖了。"

"你爹去年才编的呢，"冯大妈回答，"在猪圈楼上。"

冯有义乖戾地笑了。"我是在放屁嘞！"他自嘲自讽地说。

"啥哇？"冯大生反问，料到了老头子已经发作。

"叫你不要心厚！不管多少，你们总算是争赢了！"

"可惜又不是我一个人的事情！"冯大生圆滑地回答说。

"对啰！"冯大妈着急地投机道，"既然晓得不是你一个人的事情，你就不要顶起石臼跳嘞！管他十斤也好，二十斤也好，别人都划得来，把你一个人有啥不得了啊！"

"你们是听陈国才说的哇?"冯大生问,想起两次讨价还价父亲都不在场,"依得他么,一斤不留,他倒都要干啊!好在他就要去,也没人挡他的!你听!"他忽然提高嗓子,显得来很快意,"现在大家都要两爷子留一半才干了!——一二十斤倒还来不到气!"

"看你还要闹些什么!"冯有义恨声说,决心从此不再过问。

冯大妈连连叹气。"争到十斤已经顶够份了!"她说。

"为什么后来他又答应添几斤呢?"下巴一递,冯大生含笑望定母亲,问了;而他随即腰杆一挺,又向前一折,变得更加热烈起来,"妈!我给你说,这并不是派粮派款,完全是他们捏造的!——不要把书翻夹页了!想一想吧,要是他底子硬,会跟你讲生意吗?……"

冯有义没有回得上嘴,因为儿子说的确乎很近情理。冯大妈也有点动心了。冯大生于是傲然四顾。

"这回总抓住苕菜背篼①了!"他自白地加上说。

"你就没有苕菜背篼?"冯有义反应地问,显然一时间才想到儿子是怎么回来的。

"对啰!"冯大妈紧接着叫出来,"你也有短头捏在他手里啦!"

"他抓我的逃兵好啦!"冯大生心一横说,而且邪恶地笑起来,"既然对了马口,我总要先烧你一艾灸!啥啊!打日本鬼子当兵也不错呀?我不相信所有的队伍都那么糟!"

他微笑着,显得矜持地站起来了;但又忽然叹一口气,举止鲁莽地退出敞房。

这晚一夜他都没有睡好。次日一早,从那布满蛛网的猪圈楼上,他取下只牛眼睛筛子,接着又从敞房里拖出条板凳,一同搬往屋后坡上烧灰的地方。然后将板凳竖立在灰堆边,安上竹筛,动手工作起来。而他自始至终神情都很严肃。

---

① 苕菜背篼:短处、过错的意思。

冯有义没有在家，到后沟换工去了。冯大妈借故出来看过两次，揣了一肚皮话，打算劝儿子不要单凭气性乱冲。但她每一走近筛灰的地方，便又觉得什么话都没有了。

等到儿子回家吃午饭的时候，她终于秃头秃脑地嚷起来。泪眼盈盈地望定儿子。

"娃娃！你也顺老娘一口气嘞！"她说。

冯大生叹息了，同时，举起碗筷的双手，颓然落在膝盖上面。

"可怜我眼睛都望穿啦！"冯大妈继续说，又一顿，于是揩揩眼泪，紧接着狠心地喊叫了，"老实讲吧！眼不见，心不烦，认真你不回来，我倒一根肠子割断好啦！……"

"呵哟！"冯大生痛苦地嚷叫说，"他马上就要抓我来了！……"

"不要许这些愿！……"

"除非我是死人一个！"冯大生抢着说。

他是说得那么泼辣、自信，而他忽然变得更顽强了。

从此，他再也不张理母亲的哭诉了，仿佛她的任何哭诉对他没有一点力量。他忙着吃完饭，随即又去挑灰，准备窨在粪棚子里。因为他还约好了去找刘大发说话。灰一共有十多挑，刚不过半下午，他就运得差不多了。而当他正打算把最后一担灰运去窨起的时候，他忽然听见了吆喝声。他心一跳，接着显得紧张地搁下箢箕，希望看个究竟。

爬到粪坡的最高处，他向山脚下望过去。靠近山王庙的一个岩石上面，有人站在那里打着吆喝；似乎正是保长带来的合作干事。同时，转岩子岩顶上也站得有人；但是因为正在吹出山风，一样听不见是在吆喝什么。接着，有人陆续在大路上出现了，零零落落地望沟外走。

冯大生断定这是保长在召集开会。于是他闭紧嘴沉思起来，而末了，异样地笑一笑，他就用一种迂缓、但却坚定的动作，走去担上箢箕，把灰运回去了；接着向了大方坪走去。

他的脚步同样迂缓而又坚定。而当走近泉塘边的时候，他陡地住了脚，脸色变得更严肃了。

"你是去开会哇?"金大姐气喘吁吁地问，阻拦在山径上。

"你管我的哇!"他抢白地说，随即两步迈过了她。

"我敢管哪个啊!……"

她的神情、声调全都显得可怜，没有勇气再开口了。

"听不听由你!"因为他重又站住了，而且慢慢回过身来，于是她又充满感情地说，"几个烂心肺要抓你的逃兵，——听点劝吧! 不要跟他们做对了!"

冯大生沉默了; 但他憮然一笑，立刻显出一副嘲弄神气。

"你是想买好哇? 可惜我不领你这个人情!"他狠心地说。金大姐那双呆瞪着他的眼睛，忽然为泪水浸透了。"我给你讲，他就是安的油锅，老子今天都要去的! 我早横了心了!"他本想走掉的，但是她的眼泪更加使他无法控制自己，于是紧接着大喊大叫起来，"难道你以为我还想在这沟里活下去吗? 那你就想错了! ——我倒还没有那么脸长! ……"

"只有我才脸长!"金大姐开始哭诉，但她又猝然住了口。

她伤心地深深抽一口气，又忙匆匆抹把眼泪，于是决绝地冲过他走掉了。似乎冯大生已经使得她断了念。但她忽又紧接着车转身，求乞地看定他，眼泪不住直淌出来。

"即如我是在害你吧，你也听我这一回嘞!"她哽咽说。

"这回我倒相信你不会是害我啊!"他说，口气柔和起来。

"那你就答应我不要去吧!"

"倒还没有那么伤昧!"他强笑着回答说。

"你不要这么讲! 我还有啥辩的? 我一个人把叉背了好了!"

"你背叉!"冯大生厌恶地喃喃说，重又激昂起来。

"这不是讲气话。都只怪我不争气，糊涂油蒙了心了!"她痛心地谴责着自己。"这么好吧，只等我把几亩地要到手，我就滚！离开这个背时地方，——你也耳目清净。……"

因为眼泪以及哽咽，金大姐无法说下去了。冯大生深深叹了口气，埋下视线，好一会没张声。

"我只问你一句，"他末了厉声问道，"你开口闭口上当，这个是卖柴卖粮食吗？"

金大姐负疚地勾了头。

"变到女人家就倒霉了！"她自怜地低声说。

"也只有你一个人才这样倒霉！……"

"哎呀，把我好老鸦等死狗！"一个声音嘻嘻哈哈地呻吟说。

这人是刘大发。因为看见保长带来乡公所的武装壮丁，又在庙门口贴上告示，他是特别跑来找冯大生的。他大笑着，侥幸在半路上碰见他，否则还要冤枉爬几个坡。

"你是怎么的啊！"他跺跺脚抱怨说，"我还当你溜筒了呢！……"

于是他开始忙着报道。他们相隔还有三五丈远，但他忽然注意到冯大生神情不大对劲，以及那个背了他站着的女人；而他随即望见她离开路径，勾着头走向泉塘去了。

刘大发立刻认出了金大姐，接着意味深长地笑起来，终止了叙述。

"难怪得啦！……"他末了打趣说，把头歪在一边。

"谨防我毛脸哇！"冯大生怒吼说，气恼地愣着眼睛。

"好，说正经话吧！要是你还有耽搁……"

"我有屁的耽搁！"

"那就走吧！杂种今天居心骇诈人呢，又贴告示，又带了好几根吹火筒来。……"

"就把机关枪抬来也当腿疼！"

于是，带点笨拙，冯大生旁若无人地动身了。当他走过刘大发身边的时候，那一个抑制地吐吐舌头，随又叹一口气；跟即不声不响尾

212

随上去，感觉得什么话都不好讲。

末了，等到过了沟了，刘大发这才慎重地嗽嗽喉咙。

"你不要多心哇！"他告罪说，"再跟她缠啥味道啊！……"

"啐！"并不回头，冯大生短促有力地啐了一口。

"你不要啐，今天这个才是正事！看着一条牛都剥到牛尾巴了……"

"用不着你教训啊！"冯大生插入说，依旧没有回一回头。

他的语调意外冷淡，而且，说时眉宇间浮泛着一种又像狞猛又像柔媚的神色。接着便完全沉默了。当登上山王庙庙子前面那道高坡的时候，他就一意鼓舞自己不要显得慌张。

会议早已经开始了。庙前坝子里挤满了人，全都神色紧张，似乎看穿了今天是个重大关键。这不仅表现在大家专注的目光，锁紧的眉头，和那两片不留一点缝隙的嘴唇上面，那几个武装所丁，以及那张贴在庙门口墙壁上，没有一个人看得懂的乡长的告示，也同样指明着这个会大有讲究。

罗敦五正在讲话；但他脸上的戏文，没有往常多了。板着面孔，眼睛老在东张西望的保长，更有意制造着一种紧张空气。队副的表演更加精彩，他不时望定一个人歪起嘴角一笑，或者望定他的上司挤挤眼睛；再不然，就走向山王庙殿堂的门槛边去，向所丁们取过一支枪来，拉开机柄瞧瞧。

冯大生迅速地向场子里扫了一眼，毫不自觉地走到一个高个子身后去，停立下来。但他立刻意识到了这个，感觉得羞惭了。随即找出一个空隙，侧身向前移动了一两步。

他的眼睛，忽然同队副的相遇了。他没有回避开，接着他更倨傲地在胸前交叉了手臂。

"你们自己也把细想一想吧！"罗敦五继续说，当他叙述了一通他两父子对山民们的种种体恤之后，"这都还讲对不住你们，人也就难变了！又比如吧，保长昨晚上跑回来，又吵又闹，怪我太面情软了，开口闭口要往县政府端；我还是劝：'算了！给乡长说声好了！'……"

队副走向告示去了。虽然识字不多，但他俨然地浏览起来，显示这张告示非同小可。

"你们看一看喳！"罗敦五顺手指一指告示说，"照公事看又该怎么办嘛！……"

"横竖我们都是白眼窝啊！"冯大生自言自语地大声说。

"你这个话才怪！"保长厉声大叫，"未必是假的啦?!"

"至少那块豆腐干总不假！"回过身来，队副卖弄地打趣说。他指的是那方红色公章。

"好，你们是白眼窝！"罗敦五赞同说，故意曲解着冯大生的语气，"那又让我来解释吧。嗨！依得告示上说么，就只叫你们打好了！打的都交出来，等到在州里卖掉了，自然不会少你们半文钱。这是'中央'的通令，并不是哪个咬耳朵编造的。顽抗，——就请进乡公所耍两天！"

"这么多人装得下啦?"挤眉眨眼，刘大发笑嘻嘻说。

"装不下他总会打主意嘛！"人们咕噜起来，"横竖这两天口粮也快完了！……"

"不要一窝蜂好吧，有话一个一个的说！"保长连声大叫。

"我有点奇怪哇，"张大爷假装赔罪地笑一笑，慢条斯理地开口了，"记得去年老太爷说，这是为我们打算嘛，又说还要看大家愿意不愿意，现在怎么乡长又说不对劲就关人呢？嘿，嘿，我这个人脑筋笨，有一点想不通！"

人群中立刻发出一阵笑声，而以冯大生笑得最响。

"亏了你都那么大一把岁数啊！"罗敦五呻唤说，试图回避开张大爷提出的难题，"你认真不懂么？噫，依我看，你倒不是不懂，是故意同我说"聊斋"的啦？"

"受点夹磨，他就不装疯了！"眼睛一睐，保长示威地自语说。

"也行啦!"张大爷昂起头说,"看我没有好活,还落得到一个好死么!"

"对,对,"好几个人同声附和,"没有好死总有好埋!……"

"喂!你们不要说起来骇我哇?"刘大发调皮地打趣说。

"那又怎么做呢?"冯大生激昂地大叫了,"难道还要哪个趴下去告饶么?!……"

场子里的人声更嘈杂了。他们打着假雷,故意拿自己人当靶子来嘲弄保长。因为所有一切骇诈,反而把好些人的怀疑更扇旺了。同时也更大胆起来,企图逃脱这场灾祸。

这是几个牵线人没料到的。保长始而失措,继而羞惭,接着便发火了。因为他自己明白,那布告只是劝诱,并不如老头子所说的那么严重。而那几个所丁,作用也只是壮壮声势,这是乡长一再交代过的。但他还有最后一张王牌:乡长曾经答应,若果冯大生太野了,保长可以当作逃兵当场就抓了他。

于是,也不管罗敦五的连连阻止,保长可开始行动了。

"你们再闹凶一点吧!"他昂头挺胸地大叫,"我清楚这当中有人煽!……"

"叫你让他们发阵跳疯再看!"罗敦五叹息着阻止说。

"以为我软和哇?"保长紧接着叫喊,越来越加无法控制那种惯于鱼肉人民的肮脏感情,"昨天我就想给你们发胀了!开口闭口我公事是假的,好像不留五十斤下不了台!还赌我枪毙。凭良心说,大家硬都要五十斤才干吗?……"

"是要这么多才糊得匀啊!"紧接着响起一片叫嚷。

"哎呀!"冯大生讽刺地呻吟了,"幸得好这一叉没有钉稳!"

"啥?!"保长猝然大叫,场子里立刻哑静下来。

"啥?就是这个:你栽诬不上!"

"我栽诬你?!……"

"哪里是啊！你再问他们吧：大家连笋衣子都愿意送给你！"

"这个狗人的啊！"保长失态地喃喃说"对！……对！……对！……简直要造反了！……"

"你还不满意么？那又额外搭点啥嘞！……"

冯大生越来越觉畅快。刘大发首先忍不住哄笑了。下颚骨颤动着，保长旋风一样转向队副。

"狗人的给我抓了！"保长口齿不清地下着命令。

三十一

"这就叫恨住骰子要快①！"

"打不得软腿啊？要抓，让他一齐抓去好啦！"

"啥啊！——明明是杀狗给猴子看！……"

随着冯大生的被捕，山民们认真被激动了。他们车前车后地互相鼓励，然后就愤愤地望了庙门口呼喊。这正如滩上的急流一样，经过回旋激荡，于是汇集成一个大的浪头。他们一致认定这是不公平的，而若果不起来抗争，他们往后的命运将会更加不堪设想，只有听凭保长两父子摆布了。

罗敦五急想平服大家，但完全失败了。最后他又连连拍着手掌，请大家静下来。

"唉，唉，"他打出笑脸嚷道，"你们让我讲几句好么？说得对呢，就听，说得不对……"

"又没人给你嘴上贴封条啦！"有人放肆地插嘴说。

"这还有啥说的呢？"张大爷摊开手大叫，"抓人好啦！"

"你不要赌我！……"保长抑制地切齿说。

---

① 恨住骰子要快：使用不正当的手段，强迫旁人按照自己的心愿做事的意思。

"你是怎么的啊!"罗敦五拉长脸说,把儿子推向身后去了。"哎呀!你们今天故意想刁难我啦?"他自嘲自讽地接着说,"嗨!不过我要告诉你们:疙瘩要解,越扯会越紧的!凭天理良心说,今天要是我不在场,看又会闹成啥光景吧!所以《圣经》上耶稣教人……"

"总不会把山王菩萨都抓走吧?"刘大发直白地叫喊说。

"你们这些人呀!"罗敦五曼声地接着说,"你们知道啥事情抓他么?"

"这个还用问?"愤嫉地一笑,张大爷侧目瞥了眼老神经,"说穿了一句话:姓冯的不该揪着掐着都要喊痛!还有更讨厌的嘞,就是大家都不说揪着掐着舒服!"

罗敦五佯笑了。

"我说你们还没弄清楚吧:是抓他的逃兵啊!"

"那就把公事拿来看啦?"冯大生猛地大叫,"揩屁股的纸都行!……"

他的陡然发作,使得场子里又一下哑静了。他被安顿在庙门口阶沿上,手是反缚了的,而他一直陷在愤激的沉默里面。他并不后悔,但他在被捕时吃了不少脚头耳光。

"由你们编造么?"他继续叫喊,"抓逃兵也只有部队才管得着,根本就不关乡保人员的事!……"

"你不要扯!"保长强辩说,"就因为部队上有公事来要抓你!"

"我只问你一句:我是啥番号哇?"

保长没有回答上嘴。冯大生开朗地微笑了。

"我给你讲,"冯大生用一种教训口气紧接着说,"你们这些纸包火的事情骗不了人!……"

"这个会才开得安逸!"摇头叹气,罗敦五喃喃抱怨。

"给我拖进去关起!"支一支嘴,保长喘息着说。

所丁们立刻把冯大生架起来了;但他挣扎着,转而向了山民们跌脚呐喊。

"这下大家该看清楚了呀！就借给他二十四个胆子，他今天也不敢再抓人的！……"

"霉了，你们把他抬进去啦！"保长责怪着所丁们。

冯大生终于被架进神殿里面去了。然而，事情并未就此解决，众人重又嘈吼起来，并不因为看不见那个受难的人而减低了他们的同仇敌忾。而末了，由于罗敦五尽力阻止保长还嘴，闹嚷这才逐渐地零落下来。于是老头子微笑着摇摇头，随又做戏似的呻吟一声。

"哎呀，这下该谈正事了吧？"他说，"今天你们也算是闹够了！……"

"真脸皮厚！"人丛中有人说，又带鄙视，又像无可奈何。

"这是配起的啦，"另一个声音带点愤激地接着说了，"你们看门神喳！……"

"不过呢，就这样闹下去，事情还是搁不平啊！"罗敦五继续说，装作只有他一个人在讲话，"单说这一点吧，再不动手，笋子会变成竹子了！吃亏的还不是你们？"

"我们总不会花冤枉气力！"刘大发说；打算照常讽刺地笑一笑，但他没有成功。

"你说这个话啦！"罗敦五丧气地叹息说，似乎异常痛心；但他接着又倒拐了，好奇似的望定了对方，"我问你哟！昨年年底开会，你究竟到过场没有啊？"

"还把他跑落了！"队副抢嘴说，存心要给老头子一个有力暗示。

"呵哟，那你是故意想跟我斗法啦？嘻！年轻人嘞，用不上这样啊！……"

于是罗敦五开始传起教来。大谈应该怎样做人的道理，而不讲究互信、互让最要不得！但首先保长就对他的说辞表示了头痛；老头子还没讲上几句，他就向队副支一支嘴，转身走了。两个人随即肩并肩下了阶沿，信步走向坡道边去。

所有能做的他早都做过了，但是并不生效，这也就是保长烦躁的全部理由。

"完全是他一软一硬弄糟了的！"他对父亲下着论断，当他站定之后。

"你又不好挡他啦！"队副说，闭眉闭眼叹一口气。"比如吧，根本就不该说抓逃兵！我还不懂？山猴子心眼多啊。你一改口，他就以为你自己心虚了：不敢放开手干！"

"你听喳！"保长切齿地呻吟说，"简直要喊老辈子了！"

他逃避似的望坡下移动了几步；而在住脚之后，他忽然好奇地瞭望起来。因为就在岬沟边上，有人背着一只背篼，正准备过沟去。背篼上面突出一个碧绿的顶，这指明里面装的绝非柴草，也不会是食粮。他愈看愈觉得可疑了。

"你看！"他用手指点着说，"那不是背的笋子？……"

他随即兴奋起来，立刻叫队副带人追过去了。吩咐只要是笋子就没收。他自己留下来，感觉到一种期待的满足。但他忽又呻吟一声，几乎想用手掩住耳朵。

最后，他回转庙门上去了，而且寻隙似的侧目倾听着父亲一直信口闲聊下去。

"唉，你们要搞清楚啊！"罗敦五继续说，表情诚恳之至，"我从来没有向人下过气啊！难道这还骗得过你们么？说当官呢，不大不小，也当过营长！区正、主任，早就当得不耐烦了。就对街上老咪，我也从来是硬斗硬，没有好多话的。这不是怕你们，——一道住了几代人了！……"

"对啰！"有人喃喃地叹息说，"也要针过得线过得，将来这才好见人啊！"

"不是糊不匀嘴哪个又挽住扯啊。"亮油壶说，又胆怯地两边看看。

"老太爷这个话很受听！"张大爷说，一面沉思地眨着眼睛，"人哪有不知好歹的啊？确乎是很受听！总之，既是讲人情呢，也该多替大家想想，看二十斤又够啥用？"

"对！对！"接着一片叽叽喳喳的赞成声，"总求厚道一点好了！……"

"少了五十斤，这个头剃不下来啊！"刘大发桀骜地嚷叫说。

"你一个人又扯拐哇！"保长说，已经不再显得烦躁。

"不要打岔好吧！"罗敦五拉长脸说，随即转向刘大发笑起来，慈祥得像一个救世主，"这么说不对啊！为什么一开口就硬撑呢？'这个头剃不下来！'……"

好多人因为老头子的摹拟笑了。

"本来是啦！"刘大发恼怒地坚持说。

"可是，你看人家怎么讲吧？"罗敦五满足地接着说，"'总求厚道点好了！'……"

"好嘛！"张大爷冷冷地高声插嘴，"又看怎么样厚道嘛！"

"怎么，你这个老头子火气也不小啦？"罗敦五逗趣似的笑了。"你叫张逢春吧？"他问；而在得到别人的回答之后，就又柔声地紧接着说下去，"大约你忘掉了，你爹还在我家里挖过好几年的饭呢。说起来不沾亲，就带故，看着都搁平了，你一个人又何必在一头翘起啊！……"

"噫！"张大爷眨眨眼睛，故为吃惊地四面看一看说，"该不会又抓去关起吧？"

"你不要诧！我是讲感情的，不然，我尽卖嘴白做什么啊！"

"好吧！"人们齐声吵闹起来，"赶快说正文吧！……"

"好，说正文！"罗敦五赞成着，装出一副正经神气，"你们要我厚道一点，这根本就错了，左右全归你们得啦！再讲，我不厚道，还来管你们做啥啊？又费唇舌，又讨气怄！"

"该厚道哇！"前前后后地张望着，张大爷大声说着反话。

"怎么又要水啊！"人们重又骚动起来，感觉得受了愚弄。

"要水大家水吧!"冯大庆愤恼地大叫,"不留五十斤硬不干!"

"也不能这么讲,不老实添一点总不行啊!"冯立中修正地接着说。

对着重又鼓噪起来的人群,罗敦五偷偷向保长挥着手,制止他乱张声;一面却佯笑着,准备扑灭这场即将复燃的火焰。然而,恰当这时,那批截获"走私"的鹰犬,赶回来了。

正像一个凯旋的将军,队副嚷叫着,手舞足蹈地指挥着所丁们。

"笋子空到阶沿上去!"他威风凛然地说,"把背篼扔给他,——叫他赶快滚吧!……"

"这简直是强盗世界了!"幺爸冯立品昂头挺胸大叫,正像一个煽动家一样,"你们哪辈人听见过打笋子算犯法啦?我冯家闷娃子,也在这沟里混了几十年了,从来就没有听说过这种怪事!……"

"你今天还想挨几下哇?"队副充满了威吓说。

"姓冯的不得拉稀!去问问看,老子撒豪的时候,你杂种还没有投胎!……"

"把背篼扔过去让他滚吧!"保长厌烦地说。

"我问你哟!"幺爸大叫,紧接着理直气壮地望保长向前移动了一大步,"你是奉的哪个的公事哇?——天地间会有这么糊涂的官,吃屎老百姓还懒得给他屙呢!……"

随着一声叱吼,一个空背篼滚在幺爸冯立品面前了;但他又一脚踢开它。

"有这么便当么?就打发干儿子,也该叫两声保爷么!?……"

人群激赏地哄笑了。"给我捶!"保长厉声大叫。

"怎么跟疯子赌气啊!"罗敦五抱怨地喃喃说。

"给我抓进去关起!"保长即刻又改了口,"等阵开过会再来收拾他吧!……"

于是,刚才挨了几个耳光,幺爸冯立品便被七推八拖抓进庙子神殿里去。而当他跟跄着站定脚的时候,庙门已被倒扣起来,光线也随之暗淡了；但他重又开始了叫嚷。

"你该避讳一下啊！"冯大生忽然叹息着说，已经猜出是怎么回事。

"我是贼吗？"幺爸生气地反驳了，"你这个话才怪！"

"我倒不是这个意思！明知道是个岩，何必走去插虚脚呢。"

幺爸心服地叹口气，接着走去和他的侄孙并排坐下。

"杂种，老子明天还要去打笋子！"他喃喃说，随即问冯大生为什么被关起。

冯大生扼要地说了一个大概。

"啥啊，我当没有回来一样！"他末了乐观地加上说。

"你倒是这样想，你妈可又要吃眼泪泡饭了！"幺爸不由得叹息说。

长长咽一口气，勾了头，冯大生陷在沉默里面。

"你也是啊！"幺爸忽又柔声抱怨，"我眼疾手快点嘞！"

"啥啊！"冯大生顿然昂起头来，"就是他把我枪毙了，我这个也报得出来账啦？至少比害'寒二哥'死在床上好些！"但他随又叹一口气，接着就发愁了，"的确我就担心我妈，那么大岁数了，又只有一只手。现在当兵说起来好听：抗日！连仗都没打过就快把人拖死了，吃不饱，穿不暖，还要挨打挨骂。……"

"霉了！那你还慭痴痴坐在这里做啥？随便挖个洞也跑啦！"

"这个还要人教！"冯大生丧气说，"手给你扎起在啦！……"

他忽然住了嘴。门外传来一阵哭喊，于是侧起耳朵，他凝神静听了。那确乎是他妈的声音。冯大妈正在纳罕儿子的踪迹：粪坡上没有人，灰棚子边只有一根扁担，一挑菀菀，陈永福恰恰在这时候跑来了。而接着她就连跌带爬赶向山王庙来。

冯大妈一到场就向保长哀求，可是一无效验！她现在又向他抗争了。她哭喊着，直向庙门口冲去，打算拿头撞他；但她才一近身，便又在蛮横的排拒下跟跄着倒退几步。

末了，她放弃了这个企图，尽情控诉起来。

"唉，赶人不上一百步嘛，越让你们越来了哇？媳妇，媳妇给你们拖烂；地方也给你们盘算去了，呵！现在你们又想灭绝我的儿子，——他究竟啥事伤了你们的心啦？！……"

"放屁！"保长羞恼地连连说，"看你这些话哪个相信！"

"只有你才不信，——说起来丑死人啦！……"

"今天这个日子给选好了！"罗敦五呻吟说，"真选得好！"

"老太爷呀！"冯大妈接着吼，"你也是养儿养女的人啊！……"

"这样好么，"罗敦五烦恼地大叫，"等阵开完会我替你解决！"

"他要是不放人呢？——请你老人家做一点好事吧！……"

冯大妈哀求起来，爬下去叩头去了。于是老头子拍拍胸口担保，只要她不再闹，他准替她设法放回她的儿子。而那老妇人才一平复，罗敦五首先摇摇头叹口气，装出副可怜相。

"哎呀，"他呻吟着向人众说，"今天起码少活两岁！……"

好多人感觉快意地笑了。

"笑？"罗敦五板起面孔紧接着说，"闹了这半天了，你们自己的事情究竟怎么办啊！"

"还要老实添啊！"人们齐声吆喝。

"是你三五斤么，我们早不该不提啦？可惜话了！"

"好吧！"罗敦五忽然装腔作态地挥挥手尖声说，"我再放回大水筏子：每担留三十斤！"

众人一下子沉默了。他们面面相觑，谁也不肯表示意见。

"可是有一点哇！"罗敦五机灵地接着说，"先讲清楚，我还要同乡长商量……"

"怎么又耍水啊！"众人爆发般惊叫了，"三十斤就三十斤吧！……"

罗敦五愁眉苦脸地深深叹了口气。

"好，好，好，"他末了说，"这个担子我挑了好了！"

"不过我也有一点呢，"张大爷严重地说，"请把冯大生放出来！"

"当然！不为打笋子他会给关起？"刘大发恼怒地附和说。

"对，等于做好事样！"一片恳求声响彻了整个场子。

"你们怎么又出些难题叫我做啊！"罗敦五呻唤了；但他忽又变得慷慨起来，"好！这样、这样，暂且让他两母子见一面，明天我上街找老咪。喂，去个人把他带出来吧！"

于是，一个所丁敞开庙门，走了进去；但那所丁随即奔走呼号地退出来了。

"嗨，这才怪啊！——两个人连影子都不见了呢！……"

三十二

三天过去了。人们照例每日一早上山，晚上背了笋子到山王庙过秤。十分之七留在保上，运往州里推销，一小部分，自己带上街卖零的。正是青黄不接的时候，一般人的生活，比往年更困苦了。但是，比起打柴来卖，日子却也容易混些。

然而，尽管这个略胜一筹的挖苦办法，吸引着全山沟的男男女女，冯有义两老儿可是至今没有出门一步。既然没有心肠去打笋子，柴也没有心肠打了。他们几乎就成天闷坐在家里，毫不在意春荒的日趋严重。冯大生的行踪，自然叫他们很担心，而他们认真的难受处，却还要深远些：他们也许永远看不见儿子成家了！……

关于冯大生开会时被捕的消息，父亲知道得比较的晚。因为直等冯大妈从家里动身后，陈永福这才又往后沟跑，向冯有义报信。"他就是遭了凶，我都不会流一滴眼泪！"他用赌气来接受这个噩耗，把送信人推谢走了。他对冯大生的不满，表面上看起来比对保长们还厉害。因为由他看来，保长一伙人自然坏，只要忍耐一点，却也可以勉强拖下去的；儿子可偏偏不安分！但他实际上并不好受，没有等到散工，他就扛起山锄，抄小路回家了。

冯大妈带回来的新的消息，叫丈夫稍稍安了点心：儿子又跑掉了！而且两夫妇都希望他很快回来。但才隔了一天，他们便不敢再这样作想了，倒是他远走高飞了更好。因为就在次日半夜，保长、队副忽然带了人围住院子，角角落落都搜遍了。听口气还不肯就罢手，势非抓住冯大生不可。

　　现在，天早已黑定了。虽然只是晌午喝过一点搅团，两个人可都一直呆坐在火堆边，打不起精神去弄夜饭。似乎悲伤绝望已经压倒了他们。丈夫究竟要硬朗些，末了，他长长咽口气，接着抬起头来，望定老妻鼓励地淡淡一笑。

　　"嘴巴总要喂啦？"他解嘲地说，"再不弄，半夜了呢！"

　　"我不想吃。"冯大妈低声说，照旧一只手掌托着腮颊。

　　"我倒不跟肚皮逼气啊，——啥哟！他就死了，我们还是照样要活下去啦！……"

　　他一下从矮凳上站起来，走进卧房去了。随即提出盏亮油壶，一蹲在火堆旁边；接着挟了挟灯花，用树枝捻了块红桴炭，靠近灯芯吹将起来。打算弄燃后去做搅团。

　　但他忽然又将桴炭一掷，抛进火堆，意懒心灰地站起来了。

　　"已经嘴都说起茧了，"他求乞地柔声说，"我将来会给你当孝子！"

　　"我是哭我自己。"冯大妈哭泣说，擤着鼻涕。

　　"可惜哭不好啊！要不的话，天地间就没有苦戏了！……"

　　他翻身坐回原处，决定不要吃夜饭。而当闷坐了好一会，一下注意到手上的亮油壶，刚才打算拿去挂起的时候，刘大发忽然探头进来瞧瞧，接着默默出现在火堆边。

　　"啥啊！"他末了安慰地叹息说，"往宽处想一点吧！……"

　　仿佛说错了话似的，他顿住了，随又叹一口气。两老儿已经从声调猜到了进来的是什么人，但是，他们可看也没有看他一眼。刘大发沉默着，最后，自动拖了块柴在火边坐下。

"还没有落屋么?"他接着问,审视着火光下冯有义的瘦脸。

"坛坛罐罐响①!"冯有义强笑说。

他随即站了起来,提起亮油壶进房里去了。刘大发叹息着,接着就问起冯大妈上一夜搜查的经过。她没有回答他,但在这个提示下面,她忽然联想起另一件事。

"你听到说么,那个犯八败的讲挡过他来?"她突如其来地问。

刘大发瞪着双大眼睛,有点莫名其妙;但他忽又得到了回忆,想起三天前他寻找冯大生的遭遇。

"呵!金大姐来过哇?"他惊异地反问。

"我不稀罕她来!"冯大妈哽咽了,忘记说明那个背叛了丈夫,嫁给仇人的媳妇曾经在搜查前暗中来报过信,"不是她个卖千嫁的,我一家人会闹成这样吗?没说的话,就是她把他挡住了,我也不领她这个情啊!——现在你又摸起来做好人来了?!……"

"说起来也该怪我。"刘大发内疚地说,失悔当时没追问冯大生,同金大姐交谈过没有。

"还翻陈狗屎做啥啊!"冯有义曼声说,走回原处坐下。

"那天下午,我是看见他们两个人在一起,"刘大发继续说,"不过,的确我想都没有想过,他们是谈的这件事!要不的话,——我钉住他问一句也对了!……"

"可惜病已经带深了!"冯有义喃喃说,认定儿子迟早必然出事。

"杂种!把老子屁整到了!……"

一种愉快的轻叫声从门边传过来。

接着,幺爸冯立品出现在火堆边。三个人不约而同地扬起脸望过去了。而当认清那张带点捣蛋神色的马脸时,冯大妈第一个站起来,倾身抢前一步。

---

① 办不到,没有希望的意思。

"我们那一个呢?"她问,意外地收了泪。

"不过,老实讲吧!"幺爸一个劲愉快地说下去,没有留心到侄媳妇的着急,"要不是为那娃么,我倒懒得跑啊!啥哇?老子拿气力换饭吃,又不是搂人、抢人……"

冯大妈忍不住牵了牵他的袖口。

"还有我们那一个呢?"她又固执地问。

"有你的人!跟我一路都会出拐,那还搞假了呢!……"

幺爸退出去了。当他带了那个逃亡者转来的时候,空气一时变得异常静寂。母亲随即发出响亮的啜泣声;父亲照旧保持着沉默;刘大发显然很为激动,但却感觉到一点拘谨。只有幺爸冯立品始终兴致都很好,开始滔滔不绝地谈论着他们的经历:怎样挖洞和如何逃跑……

最后,冯有义嗽嗽喉咙,又勉强笑一笑,于是嘲弄地望定儿子。

"闹得好吧!"他冷冷地说,"这下你又打算怎么样呢?"

"我要出门!"冯大生回答说,随即颈子一扭,把脸避开火光。

"你也只有这一条绝路了!"冯有义断然说,嘲弄立刻成了恼怒。

"这样也对,"刘大发审慎地插嘴说,"看光景杂种一下还不会罢手的,等搁冷点回来就好办了。"

"你倒是原早就不回来我好过些!"冯大妈更加伤心起来。

"呵哟!"冯大生心烦地轻声叫了,"我肯信他永远当保长!"

"那怎么会!"父亲冯有义苦笑了。因为他忽然记起,去年他被召集去选保长,上面规定,一共有三个候选人,而第一名就正是罗懒王。其余,一个算是罗懒王的连襟,一个是罗懒王的表兄弟。"我看你要哪辈人才懂事啊!"他随又加上说。

"啥啊!皇帝老倌都还要垮台哩!……"

"你少说一句好么?"刘大发情热地劝阻说,"现在单看什么时候走啊!"

"过几天我晓得走!"冯大生迁怒地说。

"我看早走好一点啊!"刘大发并不见怪,他接着说,随即提出上一天半夜里的搜查。"你想吧,"他继续说,"杂种两个都是坏透了的,听说又要抽壮丁了,这不正对他们的马口?千万拖不得呢!千万不要天都亮了,还糊里糊涂撒泡尿在床上!"

"再说凶些,今晚上他总不会摸起来啦!"冯大妈秃头秃脑地呼吁说,希望儿子能在家里多留一夜。

"那你又把他留下来嘛!"冯有义说,恼怒着妻子的姑息。

"这些事没有人敢写包票啊!"刘大发说,开始解释和安慰冯大妈。

于是事情很快就决定下来了,冯大生当夜到磨坊里去歇,天亮前就离开林檎沟。出门后的计划也谈妥了,到邻县当长年,或者去成都帮人;但是绝对不卖壮丁。这后一项决定使得冯大妈安心不少,因为若不是上一回卖壮丁,家里不会闹到这样七零八落!……

等到吃过一点搅团,冯大生离开家里时,已经快半夜了。同他一道的有冯立品、刘大发。么爸只同路到大方坪,因为虽然勉强承认了大家的劝告,暂时不必露面,但他执意要回去弄点吃食,然后照旧逃回老山里去。刘大发则自告奋勇,要陪他冯大生在磨坊里歇一夜,次晨一早把他送出沟。

过了山岬,让那逃亡者躲藏起来,刘大发又忙着回去了一趟,带转来好几斤笋子。因为他看得清楚,算作盘川,冯大生只有三五个母亲临时赶做的玉米面馍。这是不济事的。此外便是一身破烂衣服,即或全部卖掉,也换不了几个钱。

一进磨坊,两个人便在靠里面一张磨盘上坐下来。刘大发侥幸没有闹出乱子,高高兴兴摸出火镰,吸燃烟杆;冯大生很激动,因为他忽然联想起上一次他的出亡来了。

那也是一个月黑头夜晚,也在这同一处所,但是情况却又多么不同!

"啥啊!"他突如其来地说,"这一次老子总报得出账来些!……"

"我告诉你个话哇，"吧着烟杆，刘大发审慎地说，"金大姐在我们家里歇呢。你晓得为啥么？她前天到过你们那里，给烂狗知道了，黑时候两个人挽着打了一架！"

"现在她又打算怎么样呢?"冯大生问，忽然对金大姐感觉得无比亲切。

"怎么样？她想要回自己几亩地方，不愿意跟他了！……"

冯大生忽然站起来了。他一连打了几个转身，然后弯身向刘大发，神情异常严重。

"你告诉她，是我么，灰都不拍一巴掌我就走了!"

"庄稼人都喜欢自己有一点土巴啊！又是娘老子留下的……"

"啊哟！她一个人，又没老没小的，还饿死了?!"

"道理也是道理。不过，我要问你个话，那天开会，金大姐挡过你哇?"

"另外谈一点什么吧!"冯大生叹息说，翻身坐回原处。

显然有意避开这个痛苦的回忆，他开始问起自己被抓后的详细情形。随又谈了谈这三天来他的遭际。最后，两个人便互相依傍着睡去了。当刘大发在第一遭降临的曙光中张开眼睛，他发觉冯大生已经醒了，正在沉思，嘴唇边浮点笑意。

"你没有睡着么?"刘大发问，揉揉枯滞的眼睛。

"睡了半顿饭久，就冷醒了。也没有瞌睡啊！"

"吧杆烟我们就动身吧。推磨的还早，你放心好了。"

冯大生没搭腔，又在继续想着心事；但他忽又懵然一笑。

"说句老实话啊，"他很想谈谈金大姐的，但他抑制住了，于是随口发着感慨，"要是没有我们妈么，我真不想转来了！人家说的，阳沟里的篾片都有翻身之日，住在这倒霉地方么……"

"快不要这么讲，本乡本土，究竟要好些啊!"

"哪不好？大家裤子都没有穿的，还要受盘剥哩！……"

两个人不约而同地叹息了。而刘大发的叹气，固然因为他无法来反驳冯大生，同时也因为由于这个强烈的暗示，那种世世代代支配着全沟人的传统观念，也在他心灵中复活了：搬到平坝上去住！不是流亡，而是正规的迁移，——但这又多么不容易！……

他们沉默着抽起烟来。末了，刘大发忽然出声笑了。

"少东想西想吧！这山望着那山高，现在到处都有人盘剥你啊！……"

他说时带着一种醒悟的神气，又拿手拐靠一靠冯大生。接着扣去烟蒂，他忙匆匆站起来，催促对方立刻出发。他陪同冯大生走了好几里路，直到冯大生过河了，这才又往转走。

当他经过磨坊的时候，张大爷正在走下门阶，一面扎着腰带。

"你这么早就起来啦?"他问，走向张大爷去。

"睡不着啦！你觉么子? 晚上我们老大回来说，杂种过秤有讲究啊！"

"我也有点疑心！两三天分的笋子，拿回去称，斤两都差得远呢！"

"你听！大家今天用点神，看他秤砣秤杆是不是原档货！"

"好！我先告诉你个话哇。"刘大发说，接着讲了一遍冯大生的出走。

张大爷叹息了，于是惘惘然勾了头，好一会没张声。

"也好，也只有这样。"他末了喃喃说，沉思地点着下巴。

"我就担心外面不容易糊嘴啊！"

"啥啊！"张大爷昂起头轻声叫了，"天无绝人之路！……"

于是掉转话头，他们开始商量怎样对付那杆形迹可疑的秤。

1946 年 11 月 29 日

闯　关

一

　　感情真是一件奇怪东西。左嘉是再三再四要求回后方的，等到认真要回后方的时候，对于敌后的游击生活，仿佛就要离开自己的亲人似的，他倒反而有些留恋，有些舍不得了。

　　他是昨天夜里才得到准备出发通知的。他正在记日记，那个出色的军事领袖，胡子边露出捣蛋的微笑，翘着烟斗走进来了。仿佛逗趣似的，接着从制服口袋里掏出几枚橘子糖来，于是眯着饱经忧患的眼睛，他告诉左嘉，再隔一天，他就可以动身回后方了。

　　左嘉等候这个决定，已经将近两个月了。他总自以为有着不能不走的理由。他的妻小还在后方，他到敌后来，完全由于偶然的机遇。他同一批文化人到前线劳军，无意中碰见了那个具有奇瑰经历的传奇性人物。于是，在司令员引人入胜的风度，以及对于敌后游击生活的巧妙描述的吸引下，左嘉便单独跟他到了冀中。

　　左嘉来到冀中的时候正当严冬季节，现在已经是春天了。就和季节一样，他自己也已有了改变，而且正和北方的季节的改变一般显著。他可以毫不吃力地扎好自己的绑腿了，穿军服并不难受，它远比一套洋服、一袭长袍穿来称身。他已习惯于仓促的转移，习惯于大炮轰鸣和夜行军。他更高兴自己的性情比以往沉着多了，没有初来敌后时那么容易紧张。

　　然而，为了收拾一点行李，现在他却感到不大宁静。一种强烈而

233

又深刻的激动不断侵袭着他。他确定不下什么东西应该装在马袋里面，什么装进背包合适。他最看重的是那些陆续收集来的敌我宣传资料。但是一张神符，一只彩绘的日本灯笼，可也同样出色，而在数量上却又不能不考虑对于行军是否方便。

最后，他总算对对付付清检好了。他叹了口气，十分满足地凝视着他的行李。正如一场袭击后战士们凝视着自己的胜利品那样。他设想他的收获已经不菲薄了。甚至于考虑到将来应该怎样利用它们。他早年是写诗的，使他知名的却是"七·七"事变前后那些政论性的杂文。抗日战争扩大以后，他又把精力转到散文特写方面来了。

休息一会，他就开始考虑自己的次一行动：和朋友们告别。凭着他的精细和有条理，他早已准备好一张拖单，开列着五六位新知旧好的名字。他一向是看重礼貌的，深恐一点遗漏将会引起一场不快。他从插着锡铁调匙和自来水笔的胸包里面捡出那张拖单，做着最后一次订正。

他把他那架着钢丝框架的眼镜，已经显得黑胖的圆脸向那水纸上移动了两遍；他没有发现什么遗漏。这是战时，而且五六个月的游击生活，已经把他相当磨粗糙了。何况从军事秘密说，太张扬了也不行的。在这敌我交错的沦陷区内，一点漫不经心往往招来敌人一场意外的袭击。他关照了那个小勤务员一声，就一直走出去了。

屋外是一片大好阳光。这时快当中午，在宽大的树街上，三五个赤裸了上身的孩子在阳光下玩灰土。上面是蔚蓝的天空，自在翱翔的野鸽翻飞着银灰色的羽翅。躺在村街外的广阔田野，已经显得更青葱了。一个防空守望哨正在屋顶漫步着；但他忽又停下来了，亮着眼睛，昂头凝望着一角天宇，一只简陋的王字风筝正在歪歪斜斜地升高起来。……

这一切都显得多么宁静！然而十里以外便是敌人的据点，说不定顷刻之间便会发生一场战斗；但这是常有的事，已经不稀奇了。而且，只要那些骑在自行车上，不时从村道上溜过的便衣侦察照常工作，就可保证不出岔子。在一家货摊面前，左嘉停下来了，相当激动地紧紧握了握那个在全军中威望很高的政治委员向他伸出的右手。

政治委员身材瘦长，蓄着一绺浓黑的唇须。长期的革命斗争和长期的胃病使他那略显消瘦的脸上带点病容。他披着件草黄色皮短大衣，两臂平抄，用了稍息的姿势站着，因而神气显得懒散；但这丝毫也没有掩盖掉他那由于信心坚强而来的本有的镇静。他开始扼要告诉左嘉近一个月来的战斗经过，意在说明他们为什么没有早送他走。

政治委员一面说着，一面用鞋尖在尘土上画着纵横交错的线条，指明着粉碎敌人一次分进合击阴谋的大略经过。

"你想，"他接下去说，温和地笑起来，"在这种情况下，我们怎么能随便送你走呢？现在比较好一点了，敌人重新部署一下，它至少要两三个星期时间！若果路上耽搁不大，那个时候你已经在路西了。山区好办一点！……"

想起曾经抱怨过他们做事拖沓，左嘉禁不住脸红了。

"这下你们该可以休息一下了吧？"他支吾地问。

"这也难说。"沉思地舔舔嘴唇，政治委员摇摇头说，"不过，像前一向那样大规模的战斗，一时不会有了。"

接着他又恬然一笑，伸出手握握左嘉，就走开了。

这场意外的谈话重又使左嘉感到内疚。而且，由于那种往往伴随着自命不凡而来的好自谴责，他还多少觉得他的出发不大光彩。因此，当他走进那个加拿大医生住的院子，看见那个伟大的国际主义者，穿着污旧的黄呢睡衣，正杂坐在几个老太婆中间裹着绷带的时候，他就更加惭愧起来。

想要退出去是不行了。于是左嘉悄悄一直拐进横屋里去。那里住着一位他大学时代的同学，河北人，做过一次游击县长，现在是那加拿大医生的翻译。偶然的碰头和偶然的别离同样使得他们兴奋。当其同窗时候，他们是很少交往的，然而，那种共同的对民族解放事业的责任感和崇高信念，已经把他们重新结合起来了。

他们开始说了许多只在发泄感情上有点意思的话语，接着就沉默了。仿佛那是没意思的，同我们这时代太不相称。随后，心情略为平静，那翻译问起左嘉回去时准备经过的路线，并且竭力劝他在晋察冀军区停留一个时期。

"这要看情况怎样。"左嘉茫漠地回答。

穿过窗孔，他发愁地凝望着那个席地而坐的国际友人的宽大背影。

"下个决心好吧!"那翻译进一步劝告说，"来这一趟不容易呢!"

"好嘛。"左嘉随顺地说，深深叹一口气。

"经过唐县的时候，你可以去看看小汪，他就是那里的人，在当专员。还记得吧，家伙从前一点不关心政治!"

"我觉得自己有点像个逃兵!……"

"瞎说!"那翻译凭着他的直爽叫了，"你又不是回后方避难的呀!……"

"自然自然，"左嘉不好意思地笑起来，抢着说，"我是认真考虑过的，回到后方有不少工作要做。我到敌后预定要做的事又早做好了。不过一想到大家这样艰苦……"

"同志，认真工作起来哪里都不舒服!……"

于是他们就又谈起前后方工作条件的差别，以及它们各自的难易来。而末了，他们归结到那个相当流行的论点：一个可能尽善的工作岗位就是最好的工作岗位。这是左嘉最近一个时期想过多少次的，然而，现在由一位在敌后坚持工作的同志说出来，效用立刻也就两样，更有说服力了。

"这我知道!"左嘉承认着，发出宽解的笑声，"只是想起来总是不大痛快!"

"你倒不必这样!你看我们那个加拿大医生吧，一打仗就叫嚷要上火线! ——本来，战士一负伤就医治效果要好得多，可是司令员无论如何不答应他。……"

仿佛有意要避开这个会使自己感到不大愉快的话题，左嘉截断翻译同志，向他问起另一位同学的行踪。

　　"上个月调到总部工作去了。"翻译同志回答，"若果走晋东南，你们一定会碰头的。"

　　"我也想这样走，"左嘉说，"这样方便得多。从垣曲过河，坐火车到西安；然后由宝鸡坐汽车，一直就到成都。这是我原定的计划，可以少走点重复的路，多看一些地方。一到家里我就可以关起门工作了。"

　　他想起了他的妻儿。想起一回做梦，他那个六岁的顽皮孩子曾经向他责嚷：混蛋爸爸！他陡然感觉到了一阵温暖。而前些时候那种内疚之感，又暂时隐退了。……

　　他笑了。接着他就大谈他的写作计划。他笑着声称，他已经决定要改行了。他相信，一点敌后军民艰苦奋战的情况的报道将比一番空论更容易说服人。而目前的工作正在如何使大后方的人心振奋起来。因为另有约会，慎重地道过别，他到宣传部去了。

　　宣传部的负责人特别预备了几样菜为他饯行。此外还预备了大量的关心、鼓励，以及对若干问题的解答。谈话结束时，已经半下午了。他又忙着跑了几处，于是走去访问和他同时来到敌后的战地文艺工作团的一批青年朋友。在那空无一人的屋子里面，他一进门就瞧见那一册躺在炕上，起码已经过时一两年的案头日历。

　　这日历的所有者是一位江苏青年。他是瘦长的，沉默寡言，一闲下来便为怀乡病所苦。假若手边没有这册日历来发泄一下他的感情，写出一些妙不可言，但却无伤大雅的断句，他也许早已变成了一块石头。

　　左嘉随手取过那册日历翻阅起来，立刻发现新写上的馋涎欲滴的一句：杀条猪来吃多好呀！……

　　左嘉皱着眉头叹息了一声，搁下日历，挪上门退出去了。他并不觉得自己比那梦想一点油腥的青年人优越，但他多少感到怅惘。虽然不是一个苛刻的人，有时他是很严肃的，甚至带点学究气味。然而，当一踏上已经罩上薄寒的村街，当一想到抗日战争以前他所知道的某些知识分子青年迷恋于城市生活的情形，他又充满着宽慰和感动了。

苍茫的暮色已经在合围了。在那座颇为考究的院子里，在那高敞的砖台阶上，那几个他所要访问的青年人正在守候着他。他们已经知道了他就要出发，特别凑钱买了糖食跑来看他。当左嘉出现在院坝边的时候，因为实在熬之不住，他们刚好把带来的糖食抢吃光了。但这只怪左嘉运气坏，所以那接待他的不是抱歉，而是一场带点玩笑味道的哄笑。

他们爆发出那种只有已经习惯于艰苦生活的人才能有的爽朗的豪笑，陆续从梯阶上和门限上站了起来。因为北方住宅的台阶一般都高，他们的笑声也就特别响亮。但是左嘉却多少感觉到不舒服，只是满怀疑虑似的勉强地笑了笑。

虽然只有三十多岁，但他常常觉得自己已非青年。他不能容忍任何人开他的玩笑，更不能容忍任何人对他不礼貌的。他的表情随即严肃起来。

"你几个发痴了吗？"他问，依旧停在台阶下面。

"我们等了你好久呵！……"

"这也没有什么好笑的呀?!"左嘉进一步追问。

看见左嘉越来越加正经，生气，那个外表笨拙，心思灵巧，曾经在清华肄业的大块头浙东青年，预感到他的毛病，那种往往根据一点直觉便会执拗到底的毛病要发作了。于是噙着愉快的眼泪，开始向他做着详尽的解释。

最后，那个浙东青年幽默地结束道："不过这也怪不得我们，只怪他太口馋了。……"

"天晓得！"那个梦想杀条猪大吃一通的青年人叫屈说。

左嘉丢心落意笑了。

"我当是什么事！我来请你们吧。我领到路费了。……"

他愉快地笑着，走上台阶，邀请大家到寝室里去。随即就吩咐勤务员去买糕点，而那小鬼很快便满载而归。

他准备和他们做一次痛快的话别。他往往觉得同着这些青年知识分子聚首比较亲切一些。这不是说在同那些工农群众出身的干部和战士接触时他会感到生疏，他们的情真处有时更加动人。然而，由于出身、教养以及生活方式带给他的负担并不轻松，他同他们却说不上怎么融洽，总仿佛隔着一层薄薄障壁。而这也正是他有时感到苦恼的地方。

主客间的谈话，开始是杂乱无章的。而且丝毫没有接触到那些往常感觉有趣的题目：希特勒的疯狂和慕尼黑协定的流毒。种种文学艺术的论辩，也搁下了，他们只是漫谈着回转后方的路线，沿途可能碰见的熟人和一些城镇的风景、文物、土产……

这天晚上也不例外，大家随又扯到那个有时争论不休的去留问题。左嘉感到欣喜的是，他的离开并没有怎样影响到青年同志的情绪，多数人都表示要在敌后坚持下去。但是，左嘉照旧喋喋不休地为他自己辩解，直到上灯时候才把问题挪开。

最后，这个拜托捎几封信，那个拜托介绍文稿。

"我的稿子掉了都不要紧！"那个大块头浙东人叮咛说，"老张这封信千万掉不得呵！——捡好一点！"

"我完全赞成！"另一个人紧接着叫喊。

他们对这封信之所以这样重视，因为里面还附有一封从西安八路军办事处寄来的信，是一位发觉自己有了妊娠的女性写的，她同老张都是那位浙东人的同学。那封信走了五个月才到河北，收信人已经走了。他们出于好奇拆开看过，十分感动于下面一些情意缠绵的字句："欢乐是共同的，苦难却由一个人承担。而这正是女人的命运。"

左嘉下细看了看那个新加上的信封："探交文水、交城一带第二支队政治处宣传科张鸣同志亲启。"

"你们另外找人带吧？我不打算走晋西北了。"

"冀察晋军区你总要住一下吧？那边好找人啦！"

"那么只有这样，我把它留在军区政治部里。"

"这就对啰！"那位浙东人愉快地叫道，"搁在军区政治部，一定会有人捎给他。我只担心，信还没有转到，他又调到别处工作去了。上个月他来信说，可能要到大青山去。"

一个和那位女同志同乡的广东青年突然叫道："总之呵！他们根本就不该忙着结婚！……"

有谁从外面把房门推开来了。是司令员的小勤务，来请左嘉去吃饭的。这显然带点钱行的意味，不去无疑很不礼貌。好在他的招待已经办了，那批不速之客也已吃光了所有的糖食，于是他们一同走了出去。

当他从司令部转来的时候，他的小勤务已经在打鼾了。他爬上炕，准备好好睡上一觉；他一口气就把灯吹熄了。

"明天就要走了！"他情不自禁地喃喃自语。

二

仿佛白昼的分娩也得仰仗人工，从黎明的薄暗里，钝重的大炮声不断轰鸣起来。……

这没有带来惊扰和任何紧张动作。这是敌后常有的事，不足为奇。但当轻躁的机关枪声代替了大炮声的时候，那些负有战斗任务的指战员，都把他们的睡眠收捡起来了。

现在，只有两个照管收音机的青年人，与同那个名叫余明的断胳臂干部，照旧躺在被窝里面。余明是准备去路西的，但他还得转来，去就任某支队政治委员的新职。因为这个新职，他早就该出发了。那里的战斗日益剧烈，很需要他。而司令员却要他留下来，护送一批人到了路西再去。仿佛这点任务只有他这个肢体不全的干部才能胜任。

他早就被大炮惊醒过一次。他拿他经过十年战火锻炼的耳朵从声响测量了一下远近：就又蒙头盖被睡了。现在，他把被盖一掀，一下亮出他那黧黑的瘦脸：粗眉毛，深眼眶，端正的鼻准压着两片轮廓显著的嘴唇。

他挤紧他那长睫毛掩盖着的眼睛，大张开嘴，打了一个不大舒服的呵欠。

"今天，恐怕又走不成了！"他随即唠叨道，"真活见鬼？……"

"你听！越响越近了呢。……"

那个新近参加部队的初中学生，虽然因为收听广播熬了夜，他大声叫嚷着，同时光着上身坐起来了。

"像是在窝北打！"他带点恐怖加上一句。

"胡说！窝北会搬到东南方去了吗？"

余明纠正着初中生的判断，对方却照旧心有余悸。

"响得这么样近！"初中生说明道。

"起码还有七八里地。说不定大义门给搞响了。"

"快睡觉呵！"那个负着助理秘书名义，算是主管收音机的山西人插进嘴来，"一定没有什么，"他用还未摆脱睡眠的声调安慰着他的助手，"你注意到，要是来拆天线，那就认真不对劲了。"

村街上不时传来奔马的蹄声。窗纸已经在发亮了。

房东屋里发出搬动什物的响声，低语声和小儿的哭啼声。老乡们已经在准备进行一回短足旅行和坚壁清舍的工作了。掀开门，那个负责搬运收音机的四川同志走了进来："好，不要屎胀了才挖茅厕！"他笑着说，爬上桌子拆卸天线。

不仅初中学生，助理秘书也已经下了炕，动手扎皮带了，接着就开始细心打磨他那支从未放过一枪的勃朗宁手枪。只有余明还在慢条斯理扎着绑腿。这不是一只手抵不上两只手，他丝毫不觉得这有惊皇的必要。

而且，他正在发脾气。他抱怨着，担心又和上两次样，战斗将把行期推迟。而此后的战斗也许更为频繁，行期也可能更难定了。

"其实要走早就走了！"他叫嚷着，同时十分巧妙地拿绑腿卷儿擦着左边裤脚一裹，接好头，漫不经心地绑扎起来。"四科才一个事务员，一个小鬼，就把五六十名伤员送起走了！这回统共十多个人，就像端起一碗油样！"

"可是同志！"助理秘书小心地辩解说，"这些人究竟跟伤兵又不同呵。"

"我知道！文化人嘛，又会演戏，又会唱歌……"

"恐怕不只是剧团里几个人呢，同志！"

"不要做得那么神秘，主要是那个戴眼镜子的文化人吗？个子不大，脸胖胖的，昨晚上就见过面了。好客气呀！又握手，又上油漆，可惜咱们这些武棒棒就不作兴这套！……"

"余明同志呀！……"

助理秘书拖长着声调说，随即又把话头咽下去了；他担心惹得那位湖南人更生气。

助理秘书尽管没有把话说完，然而，由于他的口气，他的眼色，那个湘西青年，那个因为放牧丢失一家地主的牛，十年以前跑来参加部队的孤儿，凭着自己的敏感，却已大体明白了他的意思。而且立刻回忆起接受委任时司令员又一次加给他的评语"政治上坚定，作风可有些粗暴"，他得努力改正，同时提高自己的文化水平。

十年了。在这十年当中，许多和他一样大小的孩子都已到了成年，有的已经负担着相当重要的职务。虽然从未想到世俗的所谓升迁，也不嫉妒，但他多么想把工作干得更好！可是作风粗暴这个缺点却至今没有完全改掉。……

然而，助理秘书的顾虑是多余的，余明才从延安学习回来，何况早已养成了一种良好习惯：虚心接受批评，认真克服缺点。

　　"我懂得你的意思！"他说，一下从炕上跳下来，"你可不清楚我心里揣的事呵！……"

　　他动手捆扎皮带。为了较易用力，尽量耸高左肩。

　　"你下细想想吧！"他随又顺手敲了一下助理秘书的胸脯，"我从铁路那边过来才好久啦？来回走了他妈四五个月，你说这下可以认真工作了吧，又要你跑路了！"

　　"照你说，这个就不算工作啦？"秘书忍不住诧异道。

　　"这自然也是工作！"余明失声笑了，但他随又叹了口气，"可是为什么要尽粘在这里呢？要安全就不要到前线来呀，坐在大后方唱唱歌，写写文章好啦！……"

　　助理秘书无可奈何似的长长叹了口气。

　　"我倒去他妈的！"一下披上他的棉短大衣，余明忽又用蛮大的声音叫了，"马回回他们搞得多闹热啦！……"

　　他叫着，气冲冲一下拉开了门。助理秘书蹙着脸苦笑了。

　　助理秘书随又摇了摇头。他不认识那个姓马的干部，更不知道他是和余明同时参加部队的；年纪相当，已经在大清河北建立起一支部队，目前正在奋勇打击敌人。而这随时都激发着余明的好胜心。他们相处半个月都不到，因此，他也不明白余明的辩解只是逞强，实际已经算心服了。他就默默望着余明那么莽撞地走了出去。

　　天色已大亮了。虽然太阳还没出来，但已经褪尽了夜的阴影。台阶上面躺着几只捆好的鸡婆，房东正在煮饭；听见余明沉重的脚步声，很快把头伸出门来望了一眼，就又缩回去了。村街上很静寂，只有从老乡们发愁的询问的眼光，从匆忙走过的一二干部的行色，可以看出一点战争的痕迹。机枪声这时又为大炮声代替了。

　　从司令部所在院落的大门里，那个脚蹬草鞋，身披淡黄色驼绒睡衣的加拿大医生同着他的翻译走了出来。他满脸怒气，喋喋不休地在向翻译发着怨言。余明忍不住笑了，他想起了一段逸事。那是去年的事，因为空闲了两星期，那个伟大国际友人闷不住了，他就开始寻访疾病。除开为当地老百姓治病，他打听到一个秘书患着痔疮，高兴极了。但却立刻掀起一场暗斗：那秘书推诿着，躲闪着，可是终于受了一割之苦。……

　　那个本来感觉不大痛快的青年干部，笑得更舒畅了。"怎样的工作热忱！"余明差点叫了出来，而且随即想到，若果他能早几年来中国，自己的胳臂也许不会锯掉，至少不会吃那么多苦头。他的笑容逐渐淡下去了。

　　怀着景仰之情，他目送着那个国际友人的身影，直到那个从同一个门道里出来的一科科长发出洪亮的笑声为止。科长身材高大，穿着一件长及脚踵的黑色大衣。也许笑得太真切了，他的行动也就更加显得笨拙，因为他的眼光也从未离开过那位世界闻名的医生。

　　以村街为界，在司令部和收音室的两道大门之间，大约有二三十步远近。科长也在望着那同一方向走去，仿佛那位受到军民普遍尊敬的医生还会做出一点什么趣事。但当走来和余明相对的时候，他就停住了脚，而且笑得更爽朗了。

　　"白大夫今天又在发脾气了！"他欣喜地大声说。

　　余明转过他那比自然年龄较为苍老的黧黑的瘦脸。

　　"又是吵着上火线吧？"他问，因为激动微微咽了口气。

　　忽然，一阵机枪声噪响起来，而且声音越来越加清晰。于是科长毫不自觉地取消了他的肯定的答复，开始从这个新的变化估计起敌情来了。战斗的地点的确是大义门村，距离司令部七里，其间插着一个名叫漂里的小村。

　　"莫是漂里打起来了呢。"最后，他平静地推测说。

　　"这里该不会发生战斗吧？"余明发愁地问。

他忽然感觉他的行期更加没把握了。

"它来也不要紧，早就给它安排好了！"

科长回答，随又一眼捉住那个满头大汗的传令兵。

"搞好了么？"他大声发问。

"只等它碰来了！"那个小个子传令兵回答道，亮着充满青春活力的眼睛停立下来。"科长，他们六团的隐蔽工事真是做得好呢！又快……"

"赶快去把你的马牵到司令部来！"

他们忙匆匆分头走了。

科长迈着稳重的步子回转司令部去。沿街附近的老乡，本想围住他探听点消息的，现在却用含愁的眼光一径凝视着他。因为机枪声并未稀落，也未远去，反而更紧密了。

"没有什么！"一科科长显然非常理会老乡们的心意，他边走边安慰他们道，"大家不要怕吧！……"

这点慰藉对于余明可以说完全无用。因为他相信他的伙伴的判断和六团的战斗能力。甚至一场剧烈战斗将会引起他一番喜悦。然而，他毕竟多么希望战斗早点结束！……

为要寻找一点可靠的支持，他信步走向第三科去。三科的任务是侦察敌情。对于各个据点敌人人员、兵器的增减，以及有关动向，他们随时都有准确可靠的情报。哪里在夜间增援了，哪里新近添上两门木头做的大炮，他们都很清楚。科长是江西人，他的爱开玩笑和他的精明勇敢同样出色。

披着大衣，翘着烟斗，三科科长正踞坐在炕上闲聊。他背贴紧墙，懒弹弹的有如一个病号，远不及室内三个小听众热心。这些小听众是三科的见习参谋，他们围坐在一张方桌周围，一面绘制图表，一面倾听着科长随意胡扯乱谈。

正当科长的乱谈快要不能自圆其说的时候，荡着那只空空洞洞的袖管，余明愁眉不展地走进来了。

"嗨！你来得正好！……"

科长乘机叫了出来，随又放声大笑。

"怎么不好，今天好像又粘起啦！……"

一个十六七岁光景的见习参谋扑哧一声笑了。可是余明并不理解，也不介意这些笑声的含意，他在炕沿上坐下来。

"敌情究竟怎么样呵？"他转过身去向科长问道。

"一言难尽！……"

"问你正经话呢，乱弹琴！"

"那又弹三弦好啦！"

"这个家伙！……"

为了收拾那个调皮伙伴，余明爬上炕，动起武来了。

他想扭转身一把手揪住科长再讲。但那青年人身子一闪，给躲脱了。而且一下叼去来客的军帽。于是，就为那顶军帽，一场争夺战开始了。他们都是没有童年的人，都曾经过长期的困厄，因而这点嬉笑也许正是一种生活的补偿。

当他们狂放的笑乐停止的时候，左嘉架着眼镜走了进来。他也是来找三科科长的，希望了解一点情况。但他临时改变了计划，慌慌张张对直向余明走去。

"你看今天究竟走不走得成呵？"

他颦蹙着脸急促地问，竟然忘记了他一向重视的应有的礼貌，没有向三科科长打个招呼。

"我比你更着急呢。"余明一面生硬地回答，一面戴着帽子。"我就是跑来打听敌情的，"显然觉察到自己态度不合适了，他笑起来，改换了口气说，"可是这个家伙只会捣蛋，不肯讲呀！……"

"情况不严重吧?！……"

眼镜片一晃，左嘉就又飞快把脸转向那个已经跳下炕来，正在张罗烟茶的江西青年。

"这个不能开玩笑呢!"他又郑重其事地加上一句。

"还说不上严重呵!"三科科长回答,随又向余明反驳道,"老子为什么要告诉你呢?——唉,请坐啦!……"

三科科长忙着对付他的客人以及余明。而且为了好叫左嘉放心,他随又赶忙取来图囊,俯身在炕头捡取有关材料。

这时枪炮声更加紧密起来。而三科科长的口头回答也不怎么确定,但他,左嘉,终于丢心落意似的笑了。他含情地望着那个俯身在炕头的宽大背影,而他忽然看见科长的背上落下一只拳头……

三

从肃宁开出来搜刮财物,残害群众的一队敌人同我军在大义门发生了遭遇战。

住在大义门的防守队伍是五团的,指战员们很快就把敌人驱逐开了,而且切断了敌人的归路。于是敌人又在仓皇中糊里糊涂窜向漂里,妄图逃回据点。

然而,敌人不仅没有找到出路,反而遭到了我军的伏击。战斗现在快结束了,只有相当遥远的零落的枪声在说明着一场激烈的战斗已经接近尾声。愁眉不展的老乡早已笑逐颜开,大家正在忙着驾上骡车,准备去战场上接送伤员。

那些在村外隐蔽了大半天的战士们已经撤退回来。在夕暮的村街上,可以看见少数有着外勤任务的干部和战士在随意溜达。他们有的同老百姓谈天,有的抱着老乡们的娃儿逗趣。有如一个行家那样,那个胁下夹着一只大红土碗的炊事员同志,站在人堆外面,一面用手在大腿上打着拍子,一面倾听着一队小学生唱慰劳歌。他的神情显得满足而又愉快。

左嘉也在人堆外围。但是,与其说是欣赏歌曲,毋宁说是想借这个机会发泄一下自己已经按捺不住的愉快和激情恰当一些。因为伸长颈子望了一会，听了一会，他就又匆忙地、带点飘然自得的神气，车身走了。

"小家伙些真唱得好！"他一边走一边自言自语，"这下晚上总算走得成了！……"

十分明显，这一天来他的担心已经烟消云散。

当早上从炮声中惊醒转来的时候，他才相信，他的归心多么迫切！而他现在对于出发已经很放心了。他知道这个部队的习惯，他们是不轻易决定一件事的。而一经决定，除非碰到严重意外，不会随意改动。

然而，为了得到更为确定的消息，他顺便走向司令部去。他没有找着司令员；那个浑身充满活力的人物，到小学校打篮球去了。于是他就回去，准备好好休息一下。他的小勤务也正躺在炕上休息。这孩子是晋北人，只有十四五岁，大家叫他小温。当才从山西来到这河北平原的时候，他把鱼的鳞甲叫毛，不肯吃，而且老是望着广袤浩瀚的平野发出惊呼。

小温参加部队快一年了。那被留在故乡和他记忆里的只有一个刻毒的祖父，一个瘫痪在床上的父亲，以及一段悲苦沉闷的童年。他有着一对大而深邃的眼睛。

听见左嘉进来，他从墙壁上放下他那高高架起的腿子，坐起来了。

"你真的就要走了么？"他显得悬心地问。

左嘉扼要地告诉了他。于是小温叹一口气，沉默下来，但他忽又否定地摇了摇头，笑了。神色开朗，正像一个人好不容易摆脱掉一种长期纠缠不清的苦恼。

"好！"他欣喜地说，"我要打完仗才回去！……"

"你当然不该回去！"左嘉第一次感觉到了那种久已生疏的离情别绪，但他强自振作地说，"你为什么想到要回去呢？这里有工作你做，又可以学文化，又没有人打你骂你。我和你不同了，我到这里来根本就是作客！……"

他感觉自惭地停歇下来，同时埋下眼睛。小温却笑得更开朗了，恰好鲜明地对衬出左嘉由于自惭而招来的忧郁。

"再过两三年我就可以当战斗员了！……"

"呵，小鬼！你就要这样想才对！……"

左嘉激赏地大声说，心头却不免掠过一股自怜的苦趣。

"我告诉你，小鬼！"他深有感慨地紧接着说，"你现在还不大明白你目前生活的价值和意义呢！一下也跟你讲不清楚。总之，你就安心住下去吧！不要再东想西想了！"

随后他就鼓励小温认真工作，努力学习，正像对待一个小兄弟那样；直到他去司令部为止。

在那三开间大的砖屋里，两支鱼烛已经燃照起来。司令员占据着方桌的一面，双肘都靠在桌面上，正在接见一批从大后方来的进步新闻记者。他敞开蓝布军服，军帽高高掀在脑门顶上。一场剧烈的运动并没有叫他感觉劳累，反而使他精力更旺盛了。他那堆满欢快的皱纹的阔脸看来比平日略扁一些，他的唇髭看来正如一个隶书的"一"字。

当左嘉进来的时候，他正向那批新到的记者讲完当天大义门和漂里的战斗经过。这是一种难于意想的事：当敌人用大炮在村外进行试探性的轰击的时候，部队并不反击，也不移动，反而是静了街，掩上所有的大门，躺在屋顶上暂做一回假寐；于是敌人神气活现地开进村了！结果付出重代价！……

他给这种战术取了一个有趣名称：关门打狗。

"哪个说平原地带不好打歼灭战？"他拍拍桌面，自豪地总结道，"你要发动群众去创造啦！……"

左嘉这时出现在他面前了，于是他把话头带住，撑身起来，走去和左嘉张罗。而在同时，他又一眼瞟见那个落后几步走近门边的余明。余明穿着整齐，向司令员十分娴熟地敬着军礼，有如一个肢体健全的战士那样合格。

"你们两个来得正好!"司令员笑嚷道,"现在可以清清静静走了!……"

余明跨进室内,问他还有什么吩咐没有。

"只有一句话:千万出不得岔子呀!"

司令员严肃地嘱咐着,随又车转身去,笑着拍拍左嘉的肩头。他请左嘉放心,说:虽然是"土包子",又只有一只胳臂,但是他的干部却是极可靠的,余明准可安安全全把他送到平汉路西。于是左嘉十分激动地向他表示感谢。

"感谢的话不要说吧!"

司令员又一次热烈地同左嘉握手。

"只是见了太太,不要怪我老不放你走啦!……"

屋子里立刻爆发出一阵洪亮的笑声。

"我这个人就怕女同志骂!"司令员随又加上一句。

最后,左嘉、余明从有增无已的笑声中退出来了。他们也一面往室外走,一面忍不住咻咻咻笑。而且他们有着一个共同愿望:十分渴想多听一点司令员充满机趣的谈吐!但却终于不能不正视一下这个危险的旅行的开端:有些什么人要走,该在什么地方集合出发,等等。

余明早已被指定为领队,关于同行人员以及预定的路线,只有他才知道。但他能够告诉左嘉的却有一定限度。

"格外就是剧团里那几个人了,"他回答左嘉的问询道,"那人翘肚皮也要走!……"

"李茵也要走?!"

想起那个前几夜还在为战士和老乡们演戏的孕妇,左嘉带点惊恐笑了。这个多么出乎他的意外!

"不生关系!"余明满不在乎地说。

"当然!……有多少武装同志呢?……"

"这个你更用不着担心。两个手榴弹还要跟它干一场呢!"

队长的沉着坚定，使得左嘉又十分信赖地笑起来。

他们已经到了收音室的大门外面，余明先停下来，他又告诉了一遍左嘉集合的地点，希望他准时到达。最后，他们分头走了，各人去忙各人的准备工作。

刚从黑夜里摸进那座整洁的院落，左嘉便再也忍不住了，立即大声吩咐小温替他备马。

"真的走得成了么?!"力室内有人欢呼着走出来。

左嘉在房门口碰见那两三个走来送行的工作团的朋友。

"马上就出发了!"

他笑着回答，他的眼镜片和牙齿不断在灯光下只是发闪。

"你们帮帮我的忙吧!"跨进房门，他又乞求地说。

他的狂喜使他自己显得有点忙乱。他匆匆地摸摸他的背包、马袋，又用眼睛四处寻觅着可能遗漏的物事。仿佛碰见趣事那样，那个小勤务员忍不住津津有味似的笑了。

"吓，这个家伙!"左嘉敏感到小温是在嘲笑自己的忙乱，但他意外胸怀广阔地笑起来，"叫你赶快去牵马呢! 怎么只顾笑呵? ……"

小温出去之后，那个沉默寡言的江苏青年深深叹了口气。

"你倒好，"他说，"我们要想回老家也不行了! ……"

"这正是你们的好处!"左嘉直爽地说。"老实讲，我倒很羡慕你们呢。若果没有一个可以苟安的老巢，也许我离开敌后的理由要少得多! 至少不会这么迫切。难道这样忙匆匆跑一趟就够啦? 无论怎么说都还差得远呢! ……"

他原想安慰人的，但他忽然感动于他的表白的真切。因为他说的都是他埋在感情深处的话。他叹息了。

"总之呵，"他又发出苦笑，感慨万端地接下去说，"我们都不是那种真正自觉为革命接受牺牲的人! ……"

那个大块头浙东青年爽朗地大笑起来。

"我看你们的老毛病又发作了！……"

院子里传来零落的马蹄声。于是谈话随即中止，而那种略欠健康的情绪，也便为一种匆忙的行动所代替了。

首先，是站起来大声发问，接着就全体动手搬运行李。等到在马鞍上捆扎好种种包裹，左嘉重又为那种出发的喜悦所振奋了。那四大个子青马交换地踏着蹄子，喷着鼻息，似乎它也预感到了一番不很平凡的长途跋涉的欢欣。……

当到达村街东头关帝庙前的广场上的时候，已经集合起来的人数并不很多。在那靠近庙门口的一块石碑下面，只有几个剧团团员站在那里。一个编剧和两个演员。那编剧家把他的爱人李茵送过铁路就得转来。而他这点往返之劳，乃是为了他们那爱情的结晶。他在北平读书时学的土木工程，在救亡运动中，由于工作需要，他就开始学编剧了。

这是一个地道北方人，身材相当魁梧。除了偶尔串戏，他的嘴巴只有一种用处似的：抽烟斗。他的爱人抗战前在天津做过看护。那个浙东人走在前面几步，而他一直望着那个不时闪下火光的烟斗走过去了。他逼近编剧家看了一眼，接着就回过头去招呼他的同伴。

由于这黑夜以及广场上的静寂，还由于过去夜行军的经验，左嘉默着声息走过去了。他也逼近那火光去瞧看。

"还没有到齐么？"他低声问道。

"呃，"那建筑师表示同意地回答。

"你真的也要走么？"左嘉又把脸移向那孕妇去。

那个瘦削、俊美、肚皮挺得很高的女同志微微一笑，同时带点娇憨肯定地点了点头。

左嘉同所有的人都打过招呼了，于是退转身去，同那三个跑来送行的青年一一握手道别。而且从那个还在梦想着丰饶的故乡的江苏人手上接过那匹青马的马缰。他们都有点恋恋不舍之情；但是左嘉终于把他们劝说走了。

余明领着一群人众走向广场上来。左嘉没有认清有多少人，而且成分怎样。他所看见的只是一些幢幢人影，几乎一模一样。马匹懒懒地踏着早已解冻了的土地，田野更静寂了。左嘉忽然听见余明在叫唤他，他牵起马顺着呼唤声走过去。

余明正在忙着检查队员们的行李，而且指责着一匹牲口的过多的负载。因为这会对行军带来很多不便。

"同志！"他含怒地叫道，"你像在搬家呀！……"

左嘉走过去和余明打招呼，主要是想表明他早已到场。

"好，好，好！"余明客气地连声说，深恐简慢这位受到领导重视的文化人，"我就担心你掉队呢。"

"我已经等了好一阵了！你问吧……"

"问什么呵，"余明已经感觉到左嘉过分啰唆，但他尽力克制自己，"等一阵我再关照你吧！……"

左嘉正像完成了一桩重大任务似的，退回庙门口去了。

他很满意，觉得自己幸好没有迟到。这也就是说，他没有一开头就给人一种不良印象。自来部队做客以后，他就凡事更为检点，处处当心自己的行动，仿佛自觉是个缺点很多的人，而他忽然瞥见那匹青马负载着的行李了。

因为东西太多，马袋完全装了什物，以致被盖耸得很高。

"糟糕！"他想起了那个"搬家"的嘲弄，不安起来，"我的行李也不少呢！——真是糟糕！……"

已经有人在向大道上移动了。余明呼唤着他走了过来。

"我们一道走吧！这就是你的马么？"

余明皱皱眉头，接着又吁一口气。左嘉于是开始解释。

"因为有许多材料得带起走……"

"不生关系！只是你那马的肚带要搞紧呵！……"

余明用他的独手替左嘉检查了一下，看看鞍鞯、行李是否牢靠；于是帮助他骑上去，一同跟随队伍前进。

四

刚刚走到大义门左侧一个小村，队伍就停下来宿营了。

而且，因为要等一批前去延安学习的干部同行，他们一直停留了三天。这虽然叫一个归心似箭的人感到扫兴，但出发总算是确定了。凡事只要有了开端就算不错。

在这三天当中，左嘉逐渐认清了这一小队人的组织成分，他们包含十多个中下级干部，五个文化工作者，三个剧团团员。此外，还有两个军区宣传部的负责同志，和二十多个干部家属。在这些家属中，有一位健旺的老年回胞，已经六十岁上下了，儿子在回民大队担任政治委员。

更为重要的是这样一件事：左嘉同负责领队的余明弄熟识了。他自信如此，而且自信他已经相当了解余明。当第一次见面时，他直觉到余明是个严厉的人：凡事没有通融，有点刚愎自用。但在这三天的接触当中，他感觉自己最初的印象不对头了。余明是个直爽热情的青年干部。

这是刚到这里那天夜里的事。因为房子难找，站在街上露了很久，等到宿营的时候，左嘉早已失去耐性，不怎么快意了。他坐在炕沿解好绑腿，揭下军帽，然后与绑腿以及眼镜一起，搁向窗台上去。而他随即颓唐地叹息一声。

那个和他同铺、正在铺着被盖的余明显然理解他的情绪，而且宽解地笑了，向他劝慰起来。

"哎呀，同志呢！管他妈的，总算走开头了！……"

"另外那批人明天该会到吧？"左嘉忍不住问。

"明天不到嘛还有后天嘛！赶快好好睡一觉吧……"

次日上午，余明又出乎意外地邀约左嘉去看俘房。仿佛知道左嘉虽则感到时间难挨，但却高兴多长一点见识，或者说多搞一点材料。他的邀约立刻被接受了。

村子里住着一个团部，那个几乎变成炮灰的日本兵算是大义门战斗中的胜利品之一。这是一个相当健壮的青年，眉粗眼大，看来相当朴实。他原在天津一家日本纱厂里工作，1938年才应征服役。他的妻小还一直住在天津。

他们认真听完那个瘦小精干的敌军工作者，一个普通话和日语同样熟练的广东同志的预备说明，随即一同走进那间颇为考究的砖屋里去。

一个小勤务正在比手画脚地对着俘房叫嚷："巴格雅罗！……"

"翻译员来了，小鬼！……"

那个四川籍炊事员发出警报；随又向翻译员提出要求。

"你问问他，以后还敢要花姑娘吗?！"

余明挥手制止住他们的打岔，接着走去查看那个躺在炕上，神色有点凄苦的俘房的创伤。

"再过去一点就没命了！"余明摇摇头沉吟说。

随即牵着被盖，仔细掩好那个包扎着绷带的多毛的胸脯。

左嘉渴想多知道点敌军的情绪。他把他的希望向那广东同志提出来了。于是后者同俘房谈起来，而在末后告诉左嘉：上个月，任邱一个敌人切腹死了；一个在高阳守卫的日本兵深夜对着自己的口腔放了一枪！……

"你问他为什么他们要自杀呢?"左嘉多此一举地问。

当其左嘉的问话被翻译成日语的时候，那俘房显得痛苦地叫嚷了一句；于是那位敌军工作者就又立刻把它翻译成中国话。

"他说，"那位广东人大笑着，模拟着那俘房的语调，"他们都讨厌这场战争啦！……"

"同志！"余明也大笑了，露出他那略欠整齐的细碎的牙齿，一半玩笑，一半充满自豪地对左嘉说，"你看我们怎么不打胜仗呢？我们就绝对不会有人想到自杀！……"

他十分轻松地从炕沿上站起来了，取来一点水果，送往那个被迫充当炮灰，且已负伤的俘虏的枕头边去。

"还要给他吃这么好呀！"炊事员不平地嚷叫说。

"农民意识！……"

余明忍不住笑起来，随即同左嘉、翻译员退了出去。

"现在算进步多了，"当单独和左嘉一道时，他解释说，"开头这个工作不好做呵。老百姓更加叫人头痛！你把俘虏交给他们放吧，总是跟你捣蛋！现在算懂得政策了。"

"这大约就是你说的农民意识在作怪吧？"

"是啦！"余明笑着叹了口气，"其实都还剩得有点尾巴呢，敌人可也把老百姓糟蹋够了！……"

从两三天的闲谈当中，左嘉颇为吃惊余明理解力的锐敏。而且自以为对余明了解得更多了：在政治问题的认识上，余明诚然是透辟，而且信心坚强，但一跨进文化艺术一类复杂细微的精神领域，便又显得粗糙而浮面了。

不仅如此，余明还把一切都归结于政治，而且归结得那么简单直率。

"同志！"在一次这样的谈话中间，他一下截断左嘉兴高采烈的争辩，叫嚷着说了，"这是无数事实证明了的：一个人政治上不进步一切都是空事！……"

因为自己存在一些糊涂观念，左嘉被他弄得啼笑皆非。他有时也承认余明道出了真理，但他随又觉得余明把问题简单化了。一个数理问题的解决可以引起一番智慧的喜悦，一首有光有热的诗歌的产生将会激起全部感情的鸣奏。而这些显然都不是政治问题！扫兴的是他实在又找不出理由来反驳那个简单明了的真理。有时，他又非常怅惘：他的理解可能错了！怀疑他的所谓文化教养很可能正是他前进中的负担……

不仅如此，便在对人接物上，他也发现余明有时有些偏狭。在一般场合，他对几位剧团团员是冷淡的，对干部随随便便，但在同老百姓接触中间，却总十分殷勤。他常常自动跑去替房东烧火，就是向他们借个碗，借双筷子，也要道谢两句。而且左嘉从未发现有任何勉强。

只有余明在同自己交接的时候，左嘉有时敏感到余明有些做作痕迹。于是他想，又在向我做政治工作了！一个偶然事件打断了他的思路，以致他没有紧接着想下去：即或是向他做政治工作，是否由于余明梦想左嘉帮助他重新生出一条胳臂？……

左嘉时常发现余明喜欢埋头看书，而且非常专心。有一次，他顺手递了一本翻译小说给他。但是，十多分钟以后，余明就带着一点勉强的微笑，原封原样退还他了。

"不大感兴趣吧？"左嘉感觉有点扫兴。

"啃不动呵！——也没有那么多时间……"

"怎么许多政治理论书你都能读呢?!"

左嘉的扫兴立刻转化成为惊异。余明忍俊不禁似的笑了。

"那些字句随常都在看啦！"余明坦率地解释道，"同志，我们是参加部队后才开始认字的呵！……"

只有这一次左嘉没有搬出他那个现成结论：偏狭和简单化，倒是深为余明的表白所感动。因为他一连想到许多事情：中国现有的文化水平，地主、资产阶级长期的剥削、压迫，与同几乎没有止歇的长期革命战争。而国统区目前还有千千万万农村青少年连识字的机会都没有！……

"他们总算是有福了，"他发愁地想，"但愿所有的劳动人民都能像他们样，享有学习文化的机会！……"

他渴望知道余明的身世。他直觉到这个黑瘦精干，感情强烈的青年干部一定有着不少激动人心的传奇性的阅历。左嘉不止一次向他问起这个，但余明总是笑一笑拒绝了。声言自己没有什么值得说的，因此也就实在用不着问。

然而，在停留的第三天上，余明却无意中给了左嘉一个机会。他们一道出去探听消息，结果问明那批他们正在朝日盼望的旅伴已经出发，当天就要到了。因为一阵高兴，两个人信步到了村外。他们惊喜于北方平原的辽阔，翘首瞭望着那些点缀在地平线上的遥远的村落；但那也许是一簇白杨树丛，或者是一抹阴云，并不是什么村落。

在阳光的照耀下，在蔚蓝天宇俯瞰着的田野上面，那些星罗棋布的水车的镔铁水筒，已经在工作了。它们散播着清脆悦耳的声响，仿佛在和南国的千百种鸟雀比赛着春的报知。想起那个苍白喑哑的冬季，左嘉忍不住欢呼了。

"哎呀！"他长长咽口气说，"真太好了！……"

"好是好，庄稼人可就要忙起来了。"余明感慨地说。

"你做过庄稼么？"

"我父亲是种庄稼的。我们几辈人都是黄泥脚杆。"

左嘉得到一个启示，设想他已经找到那把揭开一个人的秘密的钥匙，从而探知余明的经历。

"你们现在该可以同家里通信了吧？"他留神地问。

"通什么信呵！"余明回答，同时蹲下身子，毫无目的地去揪面前一窝冬天遗留下来的枯草，"我家里早就没有什么人了，"他接着说，"父亲因为砍一背柴给地主家捉住了，罚了两本皮灯影戏。他老人家一气，就这样气死了！……"

"你母亲呢？"

"我没有做过庄稼，"余明沉思地只顾紧接着说，嘴里嚼着一节草茎，"可是我在十一岁的时候就替地主家里当放牛娃了，挣他妈两三吊钱一年！……"

"放牛像很苦呢?"左嘉投了句机。

"怎么不苦!"余明非笑似的大声回答,随即从嘴里取出那根草茎,"白天放牛,晚上挽茅草把。半夜还要起来给牛上草上料,简直就没睡舒服过!所以早上一上山就打瞌睡。就这样把主人家的牛放失了!遍山找都没找着,又不敢回去——那不打你个半死才叫怪呢!所以只好翻山越岭去找红军!……"

余明又像痛快又像惋惜地哑笑了两声。

"你的环境恐怕还不错吧?"他接着突如其来地问。

余明同时还侧起头来望定左嘉;左嘉立刻脸绯红了。

"说不上顶好,"左嘉吃力地回答说,不像平日讲话那样流畅了,"小粮户,有五六十亩田……"

"那也就不错啦!"余明笑一笑说,同时站立起来。

左嘉十分尖锐地感觉到:余明的笑是外交式的;而在站起之后,他又十分勉强地打了一个呵欠。

"走吧!"他随即慢声说,"怕要吃午饭了。……"

五

"你再不来我真要叨你的先人了!……"

"这家伙还是这副脾气!……"

一种平静、友好的笑声反驳着余明。

左嘉正在炕上记录午间他同余明的谈话。听见室外传来的话语声,他立刻放下他的作业,伸长脖子,向那装着一方满是水泡的玻璃的窗孔瞭望出去。

一个身材高大的武装同志,正由余明伴随着走进院子里来。来客身穿一件已经褪色的草绿色棉短大衣,肩头挂着一支装在木匣里的手枪。他的穿着整齐而神态轩昂,但最引起左嘉注意和感到亲切的,却是他那副和善平稳的气度。

他们一路谈笑风生地走过来。而在来客陪衬之下，余明就像一个惯会调皮的青少年，蹦蹦跳跳，简直没一刻安静。

"完全扯诳！……"

他叫嚷着，绕向前面拦住客人的去路。

"我只问你哟，"他随即喊道，"今天是几号啦?!"

"你要知道，我们是分开住的呢。"来客提醒着他。

"好啦！不要再强辩了！"余明紧接着大笑道，同时让开了路。"你不要只说我，我看你的老毛病也没改多少呢，——照旧遇事拖沓！……"

他们继续前进，已经踏上台阶；但又忽然停下来了。

由于一个期望实现带来的兴奋，由于老战友久别重逢带来的欣喜，他们只管谈话，以致忘记了那十多个还在大门外等候安排的同志。余明回转身去，把那些同志叫进来了，并且要求房东老太婆烧点茶水。于是他们重又走向房间里去。

左嘉早已跳下炕了，他在期待着一场应有的介绍。

"你休息一下我们就编队吧！"然而余明似乎并不看重这点礼节，他一味筹划着行军的事，免得拖延时间。"我想，我们可以编成四个小组，这样好照管点。有武器的多负点责，我们徒手人员多了，还有个大肚皮一道！……"

他一个劲讲下去，接着又问来客带来有多大武装力量。但是对方并不比他热心；左嘉那副尴尬神情，来客早已敏感到不对劲了。

"你忙什么呵！"他搭讪地说，"时间还多着呢。……"

"老毛病！光景你还想明天歇天脚呀!?……"

余明有点火了。他坐向床沿，一下躺了下去。

"你看你！"那个平稳自如的来客紧接着打趣道，"有生客介绍也不介绍一下，——跑去躺起！……"

恰像接受一桩无聊的差使，余明缓缓撑起来了。

"对不住哇！"他浮上强笑向左嘉道歉说，"我这个人一向粗枝大叶惯了……"

他随即道出他们彼此的姓名，做了一回简略介绍。

"鼎鼎大名的作家，"他又勉勉强强加添上说，"他这回收集的材料可不少呢！……"

他草草结束了他的介绍，重又躺下去了。而他那假装出来的笑容，也就立刻换成了认真的不满。幸得来客并不介意，他叫庞得山，从前是西北军一名普通士兵。

庞得山有三十多点，年龄比余明大。他参加这支部队不久，就同余明在一起工作了。曾经有整整三年时间，他们一道在整编前的一个团里担任领导工作，他当参谋，余明是政治委员。他为余明的过于严格、容易发火经常感觉头痛，但当应付那些千钧一发的危机，坚持那些极为艰苦的战斗时，他又不禁对余明那种革命激情表示衷心尊敬，觉得自己过于平稳。

他相信余明现在并未真生气。因为他知道余明有时也能克制自己，于是他同左嘉寒暄起来。

"敌后什么都不方便，又经常移动，太辛苦了！……"

"要你们才够得上说辛苦呢！"左嘉充满感愧之情回答，"我一个人住间房子，还有勤务员照料生活，每餐吃白馒头，行军呢，又有马骑，比你们享受得太过分了！……"

躺在炕上的余明轻轻叹了口忍耐的气。

"你不能这样说，"庞得山微笑道，"干脑力劳动就是需要安静，营养也应该好一点……"

带点嘲弄的苦笑，余明忽然翻身坐了起来。

"同志！"他克制地说，"你们究竟还打不打算走呵？！"

"当然走呀！"左嘉感觉诧异地叫了，仿佛真有什么人主张继续歇脚下去一样，"这里一来就耽搁了三天，前头有没有阻碍还说不定，老是停下去怎么办呢?!"

"好!"余明紧接着叫道，"那就大伙商量下吧!……"

于是寒暄和客气暂且告退，认真的商讨就开始了。

他们喝着老乡送来的开水，研究怎样编组以及有关问题。左嘉原想回避一下，余明、庞得山一齐留住了他，说是对他不存在任何秘密。同时还希望他提意见。起初，左嘉不能确定这是否出于客气，迟疑一下以后，他终于留下来了。

讨论进行得颇为顺利。当庞得山洗好脚后，有关编组问题的讨论，算初步结束了，三个人一致同意在一个独立单位下分编四个小组，由一个队长，一个队副负责指挥。那些抗属也安排定了，他们被编在几个知识分子一组，而只负担一些轻微勤务。但也就在这里，他们闹了一点误会。

误会是这样产生的：出于客气，出于细心，当余明想到那些星罗棋布的敌人的据点，想到路线的迂回曲折，以及种种可能发生的意外，因而强调着一种必要的纪律的时候，庞得山忽然微笑着截断他的谈话。

"你这个话对!"他说，"但也不能一概而论……"

"这已经讨论过啦!"余明含怒地叫道，"那些抗属叫他们跟着走好了。还有李茵，翘起那个大肚皮，难道你好意思派她去站岗放哨? 所以总的说他们都不执勤。……"

"我的意思是这样的……"

"所有那些剧团团员，都该和别人不同……"

"我是说左嘉同志呵!……"

"他当然更例外啦!……"

余明不大耐烦地叫喊着说了。

他不耐烦，因为他很奇怪，庞得山把他看得太无知了，竟会叫一个远道而来的文化人站岗放哨。然而，左嘉因为忽然想起了先前介绍时那种勉强情形，想起了午间谈话中间那个生硬的结束，他却把这个不耐烦归结到自己名下。而且，他还从余明的声调里听出一种看不起人的嘲讽味道。

不仅如此，一刹那间，凭着他那种知识分子特有的敏感，他更无中生有地添补了两句他以为余明没有说出来的话语。"他当然更例外啦！"他认定余明原想这样说的，"你说我没有长眼睛么？会叫一个文不溜溜的人去受活罪！……"

左嘉感觉他的自尊心受了损伤，而那种自命不凡的本性也开始发挥作用，叫他不要丢人。他一蹦就站起来了。

"你们不能这样！……"

他微笑着，上唇的右角却因恼怒而有点颤抖。

"无论如何不能这样！"他断然地重复说，"来你们部队上这么久了，严格的军事生活我也得惯呢！……""那怎么行！"余明首先真切地否决了他的意见，"同志，这个问题你就不要谈了！"

"你以为我吃不来苦哇？"

"他不是这个意思，"露出他那大而整洁的牙齿，庞得山赶忙插进来解释，"第一，你是远客，其次你的任务是文化宣传工作，不是军事活动！……"

"不行！——不行！我要向你们要求平等待遇！……"

摇晃着眼镜，左嘉浮上一个自鸣得意的微笑。

"你们相信我吧，"接着，他又故示幽默地说，"既然跟部队跑了这样久了，要不让我尝尝敌后军事生活的滋味，我也有点想不过呢！将来说不定还会错怪你们。……"

"你用不上这样呀。"庞得山沉吟说。

"依我看这样吧，"余明凭着他的爽直下着结论，"既然左嘉同志愿意亲自尝尝敌后军事生活的滋味，我们接受他的意见好了。不过你不要客气呵！"他又笑望着左嘉说，"有些事你可以不必跟着大家硬做！比如……"

"我就是不大会打仗！——我也手无寸铁！……"

摊开双手，左嘉摆出一副调侃人的神气。余明倒是兴会葱茏地朗声笑了。

余明没有介意左嘉对他的讥讽，因为他对左嘉原本毫无恶意。事实上，左嘉的不快也确已迅速地消失了。现在，他已经得到了补偿，恢复了自尊心。而且，他还以为他的坚持来自本愿，并非出于赌气。

于是，在又一次短促协商之后，三个人就分头出去，通知人参加全体会议去了。这是一个严肃的会议，一场冒险生活的开端。他们要在这场会议上正式产生队长、队副以及四个组长。会场被指定在村外一座坟园里面。这是一个好的所在：在严冬刚好过去的时候，在这广阔的平野上偶然发现出它，人会感到一种摆脱一场梦魇似的喜悦。

在一片翠柏的映照下，在那几堆黄土上面，在那些饱经风雨的白色坚实的墓碑中间，大家说过的话已经很不少了。而且，几个负责人员的选举已经正式完成。

现在，队长余明正在宣布几项行军必须严格遵守的纪律。

"这并不是哪个想约束大家！"抛出他的独臂，队长斩截地接着说，"这是沦陷区，我们随时都得从敌人的据点中间穿过，一不当心就会碰响！……"

"你怎么也选我呵！"左嘉着急地向那编剧家低声说。

编剧家翘起烟斗微微一笑，没有哼声。

"真太开玩笑了！……"

左嘉随又自言自语地说，无可奈何地叹了口气。因为虽然决心要同大家共尝甘苦，他却实在没有想到他会被选为组长。选举中间，当有人提出他的名字时，他曾一再表示反对，队长、队副也都感觉不很恰当。但是，才一提名全体就都立刻同意，现在要改选已经迟了。

"因此，"队长一直接下去说，"我要求大家严格遵守纪律，特别是在通过铁路的时候！……"

"真是糟糕！……"

左嘉有点啼笑皆非了。他嘀咕着，但也终于拔出自来水笔，开始做着记录。

六

这是一条变幻莫测的漫长的旅途……

出发的村子和铁道之间的距离，实际不过两百多里。在以往，这只需两天的急行军就到达了。然而，这个和平、广阔的原野现在却已变成了波涛汹涌的汪洋大海……

为了迈过一座暗礁，一个敌人的据点，你得绕道几十里路。而一场意外的战争风暴，还可能破坏你的全部航程，烦劳你重新布置一番。正是这样，旅程被挪长了，也许会挪到两千里以上。于是这些别致的行者，只好开始游荡……

在左嘉被选为组长的次日，严肃的行军便开始了。在初被推选出来的时候，他不免多少感觉有些为难；但他是个矜持的人，结果他倒十分认真地负担起他的责任。就在当夜，他便再三叮咛他的组员严守时间。而天才黎明，实际离出发还有将近一个小时光景，他便四处奔走，催促他们起来集合。他的工作热忱，就连余明也感到惊异了。

现在，行军已经持续好几天了。在这几天当中，他还没有做出什么失格的举动，很得队员们的信任。行程也大体正常，没有发生意外的重大变化。照例，天一见亮，便一齐集合起来出发，于是开始重复上一天的经历。

为了保守秘密，集合的地点往往被选择在村外不远的静僻处所。一座坟园或者一座庙宇。

"大家清点下人数啦，看有哪个掉队！……"

队长余明得到各个组长满意的回答。

"借老乡的东西还清楚没有？把细记一记啦！……"

队员们便是一双筷子也没有忘记物归原主。

然而，余明还有其他一些严格认真的追问：烧了老百姓的柴草给价没有？走之前，是否扫除过夜里住宿的房间？万一有人由于动身时过分匆促，以致偷了点懒，丢下某一项他应该做的事情，他会受到指责，并且被派转去补课。

关于每一天行军经历的总结，也得由余明在出发前当众宣布。有时简单，如果有谁犯了较为严重的错误，往往会费很多唇舌。有一次，因为一个队员在中途休息时，偶尔向老百姓说出他们是去路西，这点疏忽把队长触怒了。于是次日集合时候，根据其他队员证实了的反映，他严厉地指责着，重又向大家叮咛一番保密的必要，以及自由主义的危害。

"老百姓对我们当然好！"他继续说，"但是不能说他们每个人都嘴稳，不随口见人就说！而且，你也没有告诉他的权利，——这是纪律！……"

总结报告一完，于是出发。队长策着马带头走了。

仿佛什么动物的触须一样，他是前导，他得走向先头去做侦察活动。有时他又会是一个出色的给养人员。当队伍到达一个应该休息下来吃饭的村子的时候，一大锅热腾腾的小米干饭，一些蔬菜，已经准备好了。

左嘉最提防的是怕他忽然奔驰转来，突兀地发出一道更改路线的命令。

"往转的挪！"他会这样叫道，"大家来机动点！……"

这多半因为前面将要经过的村庄发现有敌人搜刮物资，或其他险恶征兆，而这只需将队伍拉转去，同村公所的负责人详细研究一下周围的敌情，向左或向右绕过两三个村子，就把那暗礁回避开了。有时则需要来一回夜行军。然而，如果前面正在进行战斗，或者敌人在作战斗部署，情形便要严重多了。

幸运的是，这样的岔子四五天中仅仅出过一次。这是出发后第四天中午的事情。他们行进着，忽然听见了隐约的大炮声。起初，这并没有引起大家足够的重视；然而，他们忽然发现队长风驰电掣地疾驰着奔转来了。

而且，因为一时变了风向，那正像是余明随身带来的样，等他刚好勒住牲口，炮声就逐渐清晰起来。

"来机动点！"余明恼怒地叫道，"立刻往转的挪！……"

"就像在附近打啦！"庞得山说，拿耳朵测量着远近。

"老乡说是东台，可能一支队和敌人碰响了！……"

回到刚才出发的村子，他们立刻安排岗哨，并且要求农会立刻派人进行侦察。

直到黄昏时候，农会派出的人把情报带转来了。作战的地点确是东台，距离本村十八里路。那里一个刚刚脱离生产的游击队，由于经验不足，遭到敌人一场意外的袭击，损失不算严重；而且已经相当敏捷地向大北溜转移了。

"敌人是出来抢鸡鸭、粮食的，"那老乡接着说下去道，"咱们的人太大意了！……"

"敌人还住在东台吗？"队长又问。

"挪回头了！听说是灵都出来的。……"

这场意外使得队伍多停留了半天，绕了一个相当曲折的圈子，走了不少冤路……

但在四五天中，这样的麻烦只碰到一回，接着便又恢复了常态。照例，到了金黄的落日摆在钢青色的地平线上的时候，就宿营了。而跟着来的则是小组长们向队长和队副进行汇报，又详尽又认真地检查着这一天行军的经历。

他们很少发现什么重大过失。然而，有一次，那个好像喜欢寻找缺点的余明，忽然闪着怀疑眼光，望着左嘉笑了。

"同志！"他含意深深地说，"你那一组要盯紧一点呵！"

"我总不能随便说他们违犯过行军纪律嘛！……"

这时汇报已经结束，大家都想休息，而队长却还在寻事生非！于是左嘉认为余明对知识分子显然怀有成见，因而不大相信他的汇报，这却把左嘉激恼了。

"他们的确相当好呢。"他又强笑着加上一句。

余明没有回得上嘴。他在尽力克制自己，而且感觉没趣地苦笑起来，不知道他该怎样收场。

"你误会了，同志！"庞得山解释道，"他不会怀疑你的汇报！"

"可是我也从来没有疏忽过我的责任呀！"

"我绝对不怀疑你的工作热忱！"余明终于爽直地叫嚷了，"可是同志，你也不要那么自信！比如说吧，李茵那个老公，就成天都翘起个烟斗，——晚上站岗他也翘起！……"

左嘉感觉害羞似的笑了。

"好吧！"他急迫地截住队长的话头，正像被火燎到了那样，"我回去就召开小组会批评他。已经说过他多少回了呵！——烟不晓得有啥味道！……"

汇报完毕是吃晚饭，接着就分派岗哨。

左嘉不仅依轮次自己站岗，有时他还为个别偶尔生病的组员效劳，替他们站岗。他大小是一个负责人，他也接受了这个部队的优良传统：一个负责人应该关心和爱护群众。其实他也睡不安稳，自从和大部队分开以后，他的神经，似乎非到跨过平汉线是不肯休息的了。

何况横竖他得每夜起来照料牲口。现在，是归各人自己照料自己的马匹了。他得亲自上草上料，而且，正如一个合格的马夫，他总是守着它吃，并非混混沌沌把草料一齐倾倒在槽里了事，而是分批地上草上料。但他不常骑它，宁愿多走点路。他存心顾惜马匹，因为他不知道路有多长，不知道什么时候会突然爆发一场战争的风暴！……

这是一条变幻莫测的漫长的旅途！在他看来，它之不可捉摸，有如一次探险的远洋航行。

七

在行军的第六天上，队伍很早便在北严家坞停歇下来。

这里离铁道只有三十里了。他们得好好休息一下，准备一下，积蓄着一场冒险行动所必需的精力。他们也许可能一下突破那个困难的顶点，立刻结束掉这场奇异的旅行。也许会把行程拖长下去，甚至发生一点不幸。……

显出一副疑难莫决的神气，余明终于走回来了。

"怎么样？"队副庞得山微笑着仰起头问。

"搞他妈条鸟呵！"余明唠叨着，坐向炕沿上去，神情显得焦灼不安。"通通挪到高阳方面去了！连人影子都没找到一个。……"

"敌情呢？"左嘉问，颦蹙着微黑的圆脸。

"山杉正在保定阅军！"余明回答得很简捷。

而他忽然振奋起来，于是把一只腿子盘往炕沿上去，用一种平板无味，但是带点恼怒的口气一直说了下去。

他详细谈到那个他们打算求助的同一番号的队伍的转移，因为高阳方面正在酝酿战斗，他们恰好在前天调走了。返防的时间谁也不能确定。至于敌情，正因为那个混蛋在进行阅军，铁路沿线的戒备已经格外严重起来。

敌人一直便把平汉线当成一道险关来防卫的。除却铁甲车的经常巡行，"护路村"的组织，便连一个小站口也不放松，安设起种种装置，探照灯和听音器。最近，为了那个强盗头子的安全，花样更加多了。他们每每出其不意地搜索那些他们认为可疑的村庄，出其不意地在道口设下伏兵，妄图切断我军的交通线。而且随意浪费着枪弹来为自己壮胆。……

"敌情就是这样!"队长斩钉截铁地结束道,"这一回日子叫我们选好了! ——他们也是去路西的。……"

这所谓"他们",是指那住在同一村庄,一支政治情况相当复杂的地方部队说的。他们原来住防邻近津浦线的文安一带,因为遭到敌人一次袭击,几乎溃不成军,决定拖到路西整编。他们也是这天开到北严家坞的,人数约有两千左右。

余明还没讲完情况,左嘉便叹口气把眼睛埋下了;但他随即昂起头来,因为他从队长的添语里得到一个启示。

"我们跟他们一道走不很好吗?!"他迫不及待地说。

"这倒也是一个办法。"队副庞得山审慎地同意说。

"我已经初步提说过了! ……"

"他们答应吗?!"左嘉又惊又喜地插进来问。

"当然答应! 可是同志,你要知道这是他妈一个什么样的部队呵,连炊事员都带得有家眷! ……"

"管他的呵! 至多同两天路。"左嘉性急地叫起来。

余明没有张声。他沉思着,随即摇摇头苦笑了。

"真是少见!"他随即叹口气,顺着自己的思路说下去道,"队伍还没出发,就满街满巷都知道了。……"

这正是他的顾虑的所在。也是他的疑虑的起点。

在探访本军,察明敌情之后,他去拜访他们,正是希望和他们同道。他是没有忽略过这支杂牌部队的名声的,而正如左嘉说的,短时间的同行,他也认为问题不大。但在回来的路上,那疑虑开始爬进来了。

当他打从一家小吃摊子面前经过的时候,他曾听见那支队伍里一名士兵正在向老板高谈阔论。

"我什么都不想,"那位军爷端着一碗白干,十分渴望地说,"只想过了铁道好好睡它一觉,——已经半个月没沾过炕了! 每天都跟敌人稀里哗啦地打……"

"你们是从哪里来的呢?"那摊贩老板问。

"文安。老天爷,今晚上过铁路不要出岔子才好呢!……"

余明放缓脚步听了一下,他开始怀疑了。而且开始注意到别处也在谈着同一话题,仿佛安置了播音机一样。

"你们出去听一听吧,"他结束着他的追述,"跟这种队伍一道走不出事那才有鬼!"

"敌人该不会一下就知道吧?"左嘉悬心地反问道。"这个谁也不敢保险!"庞得山摇摇头说。

"那我们又怎么办呢?……"

左嘉越发显得愁眉不展了。

"我们总不能这样拖下去啦!……"

这有点近于责难,而从心情上说,则又类乎一个大为失望的呼号。他一时想起了过去几日来那些步步担心,以及当天达到本村之后,从村口向西瞭望,第一次捉住了他那些隐隐约约的山影时感到的无限喜悦。……

"再拖下去恐怕更糟!"他又叹息着加上说。

"同志!"余明拖长着声说,"我比你更着急呵!"……

"你要相信终归有办法到路西。"庞得山安慰着左嘉。

"真活见鬼,碰到他妈这样的队伍!……"

余明忽然怒发冲冠地嚷叫了。

这已经成了习惯:每当面临一场危机,碰上一桩困难问题需要当机立断的时候,余明总是十分激动。而表面上虽然是在批评那支杂牌队伍,实则他倒是在认真权衡利弊,努力刷掉那些妨碍他在主要问题上做出决定的杂念。

他是经常出生入死的,现在这点小问题可把他难住了,因而他就更加发火,毫无假借地一直叫嚷下去。

"你们没有看见那位负责人呵!早该回去抱孙子了!……"

"好啦！"庞得山大笑道，"说咱们自己的事情吧！"

"我知道！问题无论如何总得解决……"

"那又怎么办呢？"左嘉扣上去问。

"恐怕不可能找到十全十美的办法……"

庞得山的语调十分审慎，似在斟酌着每个字的分量。

"我看只有跟着他们走了！"余明紧接着说，他的怒火显然已经萎了，"不过我们应该保持自己的独立行动。走，一道走，出了岔子，我们要抽得脱身。"

"我也是这样想，"庞得山赞同道，"我们自己机动一点好了，不能完全依靠他们。"

"对对对对对！"左嘉异常兴奋，"万一又通过了呢？……"

"我更希望这样！"余明平板无味地说。

他原想这样添上一句："难道我愿意带起你绕圈子么！"但是他又咽下去了，担心这会冲撞左嘉。

"既然你们同意，"他停停又说，"就马上开会吧！"

"怎么，今晚上就走么？"左嘉稍稍有点着慌。

"有什么办法呢？你是跟着人家一道走呀！"

"我看这样倒好！"庞得山解释说，"拖久了，万一真的暴露了目标，那会更不好搞。"

左嘉没有反对，他已经默认了。

"也对，"他想，"要出岔子就早点出吧！……"

几个组长很快就被召唤来了。他们挤在炕上坐下，严肃而认真地倾听着队副庞得山的有关通过铁道的详细报告。

黄昏正在侵蚀着屋子的角角落落，窗外不时送来一阵阵晒场上的干粪气味。一只蝎子，嗒的一声从屋顶掉在泥地上了；但是没有引起任何人的注意。

在夕暮的静寂里，那个皖北人把各方面的情况都讲完了。于是他又开始阐述队部刚才做出的最后决定。

"总括地说,"他末了结束道,"走,一道走,可我们随时都要准备单独行动!……"

当余明讲话的时候,他特别强调纪律,强调战斗的信心和勇气。会场的气氛于是突然紧张起来。

"我不是不信任你们,"他半是解释,半是鼓舞地接着说,"这回情形不同了,我们得格外警惕!有大后方的客人,又有抗属,若果出了岔子,不要说我们丢脸,就连本军的威信也会遭到损失!……"

最后,他又叮咛大家指定人扶持那个孕妇和那几个年老的抗属,于是散会,催促组长们去进行种种必要的准备。主要是劝说全体队员好好睡上一觉。庞得山则负责去和友军同村公所联系,问明确定的出发时间,集合地点,路线以及口令。而当众人分头退去之后,余明就动手检查他的武器。

他走出去,在室外的台阶上坐下来。随即紧握着那支左轮的把柄,拇指一拨,那个算是那些滑亮的小东西的窝巢的轮盘,便掉向一边,完全显露出来。于是拿枪筒插在平铺着的两腿之间,他就动手打磨起来。从那轮盘上每个小孔一直到那条神秘莫测的弹道。

有如母亲收拾孩子,他是做得那么矜持。那个在院里翻晒干粪的老太婆,津津有味似的笑了。

"同志,你不要点麻子油么?"老太婆关切地问。

"麻子油怎么行呵!"余明忍俊不禁地笑起来。

"那么香油呢?"

"我什么也不用,谢谢你!……"

余明摇摇头回答,正用缠了绸片的小指头擦着枪膛。

老太婆沉默下来,静静瞧看余明打磨枪支。过了一阵,她可又娓娓动人地说起来了。她夸奖他擦枪的动作灵巧,随又怜惜及他的断臂,问到受伤和治疗的经过。

"呵哟，天老爷子！……"

当听见余明讲起医生怎样锯掉他那只负伤的手臂的时候，老太婆皱着脸惊叫了。仿佛自己直接见识过医生动手术时的情景那样。

"俺们就是指头上扎一针也要痛半天呢！……"

"痛自然痛，"余明微笑着说，同时站了起来，"现在碰到节令都还不大舒服。……"

他把手枪插入附在皮带上的套子里面，穿过场坝，走向大门外面去了。他想检查一下全体队员是否已经休息，而他一头碰见正从对面走来的左嘉。

"同志，"他充满关心问道，"你怎么不去睡呢?"

"我要去照料一下牲口。"左嘉忙匆匆回答说。

余明咧开嘴善意地微笑了。

"好，"他说，"今晚上也许要用它了。……"

八

"同志，俺这个骡子有点野呵！……"

穿过暗夜，那个老年回胞扭转身下着警告。

"你隔开两三步走吧！"他随又加上说。

于是左嘉把他那匹年轻和善的青马紧紧一勒，等那黑骡子占先四五步了，然后又再放松佩带，让它跟踪前进。而且，他又沉没在混杂的想念当中去了。

这些想念，多半是出发时候种种混乱现象引起来的。在集合场上，手电筒乱晃着，嘈杂的人喊马叫声使他感到有如置身于一片野市。这和他过去四五个月经历过来的夜行军是多么不同呵！在过去那些夜行军里，你很难听见过高的声响，一根火柴的亮光往往引起一番严重的责难。便是在极端紧迫的场合，混乱的景象也很少有，总是保持着严肃的静穆。仿佛就是落片树叶都能听见。他记起边塞一役的情况来了。

敌人在午后三时便占领了距离司令部八里路的吕汉，同时十里外的恼北也已主动撤离。敌人一次险狠的分进合击，眼看快成功了；但是直到黄昏时候，作战部队这才掩护着司令部和老乡从容转移。而在出发半小时后，敌人就到达了，攻略下那座空无所有的村庄——边塞。

他一再为眼前这些人们设想，若果碰见边塞那种情况，他们又将怎么样呢？这晚上的秩序多么糟呵！……

然而，现在，左嘉的耳根已经清静多了。只是间或可以听出一声咳嗽以及低语。这不是什么纪律生了效，也不是谁的烦忧得到了同情，倒是那种走了十多里路过后，一阵生理上的疲劳镇静住了大家。但是他想，在这无边的旷野上，在这深沉的暗夜里，人们也许感觉到了扰扰嚷嚷的无聊……

他抬起头，毫无目的地瞭望了一回，似乎想要探索一下这莽莽平野上的夜的边际。随后，他又轮番地审视着前前后后的行列。但他一无新的发现，照例是一些没有多少差异的蠕动着的人影，以及少数夹杂在行列间的黑黢黢的骑者。

有人在擦燃火柴吸烟。但在几小时的经历当中，这已经不奇怪了。左嘉仅仅由这火光想起了他来冀中时那一次通过平汉路的情形。想起那个小车站上的探照灯的光亮和他的恐怖，以及偶尔为一丛树木隐蔽一下时的丢心落意。……

"这回我懂得了。"他想，相信上一次的经历即将复活。

然而，前面的列子忽然停歇下来。而在一阵扰攘当中，他那青马的头和那黑骡子的臀部碰击在一起了。

青马冷不防吃了那骡子一脚，打算飞奔开去；但是左嘉用力勒紧佩带。而当他跳下马来的时候，那野市又开幕了。四处传播着笑语声，埋怨声和咳嗽声，以及那种疲倦透了的很响很响的呵欠声。有人走出行列，不加选择地顺势在道旁空地上躺下去，随即打起鼾来。

牵了马，左嘉忙着去找自己的队长。他终于把余明找到了。于是充满疑虑、惊慌，他向余明追究起来。

"这究竟是怎么一回事呵？……"

"你赶紧骑起马去问一问吧！"余明正在叮咛着准备上马的庞得山，"有情况就立刻转来。我到前面去了！"

"这究竟是搞的什么鬼呵！"左嘉执拗地重又问了一遍。

"左嘉同志么！"余明逼近他望了一眼，"快去把你的人叫拢来吧。大家记清楚哇，"他又扫了一眼别的三个组长，"就集合在这里，不准随便离开！……"

他翻身上马，朝着跟庞得山相反的方向疾驶而去。

他所指定的集合地点有着几棵枣树。所有几个组的人都到齐了。他们默声坐着，羡慕着那些代替了喧嚷的零落的鼾声。建筑师隐蔽在李茵怀抱里吸燃了烟斗。他每吸一口，那个女同志俊美沉静的面孔便在火光中闪现一下。她傍着丈夫坐着，就像坐在公园里谈情说爱那样。左嘉看见她抿嘴笑了。

他微微叹了口气。他感到怅惘，因为他不能够确定那个微笑代表着一种怎样飘然而来的意念：她感觉到了一下胎儿的悸动？她联想起了一段爱情上的黄金般的记忆？或者她骄傲于这种别致的生活方式乃是一页新的历史的插曲？……

他忽然意识到了自己的焦灼。于是，他推断那个女看护是在嘲弄他了，立刻感觉到了羞惭。

"真是糟糕！"他毫不自觉地嘀咕了一句。

"呵……呵……呵……"那个老年回胞连连打着呵欠。

仿佛互相唱和似的，左嘉接着也陪他呵欠了几下。

"刚才很吃了几脚吧？"老年回胞忍住呵欠问道。

"还好。"左嘉含混地回答说。

"家伙就是有一点野！"老年回胞接下去说，"跑路行呢，去年回民大队给鬼子围住了，一连纠缠了几天，你才说停下来缓口气，又打响了！可我就从没走过一步。……"

余明、庞得山从暗黑的原野上分头驰回来了。

他们已经打听清楚全部情况。一里路外发现了一个汉奸。一经追捕，那个背叛祖国的败类，就跑进一座祠堂藏起来了。于是前哨要求队伍停止前进，派人包围了那祠堂。他们尽力说服、劝诱，可是那个坏蛋死也不肯打开庙门。最后，几名战士翻墙冲进去了，很快逮捕了那汉奸。而且缴获了那支在暗夜里侦察人员不易辨认的木制手枪！……

这就是所以突然停止前进的全部缘由。然而，队长、队副都只简单说没啥问题，不曾提到具体情况。他们都带有一种喜怒参半的激情，感觉太扫兴了。他们仅止简捷地催促大家准备出发。可是最后，左嘉实在耐不住这闷葫芦了。

"这究竟是怎么一回事呵？"他发愁地问。

"说起来丑人！"余明大叫，"赶快排列子去吧！……"

同样的行程又开始了。同样的没有多少差异的人影和同样的漫无止境的黑夜……

当队伍到达张埠的时候，已经午夜两点钟了。这里离铁道有五里路，队伍应该停下来等候武装侦察的最后报告。起初，列子就停立在黑黢黢的村街当中，随后便自由散开，分头移向街沿边去坐下或者蹲下。

因为已经接近铁道，这一次的秩序比较良好。没有人敢随意闹嚷了。大家都沉默着，动手收拾装备，主要是一双脚。余明的一队人则比以前忙碌。那些自愿扶持他人的干部正在叮嘱他们的对象：不要慌张，不要离开他们。

当听到必要时需得挟持着前进的时候，那位老年回胞，忍不住悄声笑了。

"好，我不要你们扶！"他谢绝道，"我还有骡子！……"

"牲口要过了铁道才能骑呢!"左嘉从旁提示。

"我也不要谁搀扶!几里路我还能跑……"

"太封建了!……"

有谁和老头儿打趣,于是立刻引起一阵哑笑。

然而,正在这时,他们听见了重机枪声。散坐在阶沿上的友军一下都站起来了。大家惊诧着,车前车后问询着那些恰巧被他们瞅见的人影。一切都混乱而杂沓。穿过街道,一股手电筒的亮光投射过来;但是立刻在人们的责难声中消失掉了。

打从村公所里,一群人闹嚷着急走出来。前面一个老乡提着一口长方形玻璃罩子的小灯。

"同志!"那老乡怒愤地叫道,"靠你们催俺没有用场!"

"我们给你马骑。"一位武装同志劝诱地说。

那口小提灯不动了,于是一大堆人包围过去。

"什么事情?……唔!……真的干起来啦?!……"

"真是一塌糊涂!"左嘉低声埋怨。

"咱们的人不要乱走动啦!"庞得山镇静自若地说。

打从村街的西头,有急躁的马蹄声传来;而接着,三位骑者随即奔驰着出现了。那些围着提灯探询的人们忽然发现了新的消息来源,于是散开,分头奔向那三位骑马的人。

"同志,前头打响了吗?!……"

"不生关系!……老庞!……"

骑者之一在左嘉面前勒住了马。他躬着腰身四处窥探,最后从马上纵身跳下来了。

"究竟怎么一回事呵?……"

庞得山和左嘉一齐发问,同时从村外传来两响步枪。

"搞他妈的鬼呵!"余明无法抑制地嘶声叫了,"这简直是告密呢!……"

于是，他简单扼要地告诉他的伙伴：友军的侦察前哨，已经被敌人发觉了。但他判断，那是把守路口的敌人，因而不会追击。然而队伍必须立刻转移，以防意外。他已经把他的意见告诉那两位同行的骑者了。他们也都表示同意。

"你听！"他叫他们注意枪声，"还是在原处响！"

"这样说今晚上不是过不成铁路啦？"左嘉失望地问。

"你还想过铁路？不出鬼就算好了！……"

"真糟糕透了！……"

左嘉感觉自己的旅途一下又挪长了。他有些恼怒。恼怒那些不可饶恕的笨拙的侦察，恼怒村街上的惊慌，以及那两响无异向敌人告密的枪声。而当他重新上路的时候，这点恼怒就又转化为自嘲，随即沉没在疲惫和无聊里面。

同样蠕动着的人影和那个同样的无边无际的黑夜……

他竭力想使自己假寐，养一养神；这是他早已习惯的了。但他没有做到，他就那么眼睁睁一直望入黑夜。破晓了，一轮红日从容不迫地从那布满彩霞的天边涌现出来。

九

他们宿营在一家激响着手摇织布机噪音的院子里面。而在那些粘满飞絮的炕上，组员们已经洗好了脚，全都睡了。他们没有谁脱衣服。其中一个刚才脱完了一只脚，手里还握着一只袜子，可就那么倒下去睡融了。

左嘉颓然望着那只已经冻得发紫的赤脚，随又瞟了一眼那只还在冒着热气的脚盆，于是一种责任感提醒他：他该有所行动，以免冻坏一位同志。

"这个家伙！"他烦恼地叫道，"起来洗好脚再睡呵！"

他随又用手推推那个睡得很酣的剧团团员；但那青年人翻了个身，似乎睡得更舒服了。

"真是糟糕！……"

他羡慕着别人的酣睡，气恼着自己的无法安静。

他率性跳下炕，走出院子去了。他觉得，若果问明这住马村周围的情况，他很可能丢心落意睡上一觉。其次他还应该去看看余明和庞得山。一夜之间，他对他们的信任已开始下降了，逐渐丧失了安全感。

在整个村子里面，他没有碰见一个武装同志。所有借来宿营的屋子都在散发着鼾声。就像玩把戏样，在一家马掌店里，一个伙夫，躺在一条狭窄的长凳上就睡熟了。村公所里，在闹闹嚷嚷地征集着食粮马料。因为里面尽是友军，他没有进去。然而，当一个老乡告诉他说，右侧二十五里便是定州，三天前还有敌人出来骚扰的时候，他就更难安于这局面了。他想看看村外是否派有岗哨，但他大为失望。

站在村口，穿过那些和平宁静的田野，他含愁地向着定州方面望过去了。

"连岗哨都没有！"他愤愤地自语道，"真是糟糕！……"

埋怨着余明，他在考虑自己是否应该留下来守哨？……

"不打紧！"他忽然听见背后枣树林里有人说话，"叫同志们安心休息好了。"

"可是同志！"余明紧跟着说，"这个开不得玩笑呵！"

那人扬声笑了。

"怎么，我还是村农会的主席啦！"

当左嘉走近队长的时候，农会主席已经走出枣林去了。

"你也没有睡么？"余明眯细枯滞的眼睛注视着左嘉。

"老乡讲这里离定县只有二十多里地呢。……"

"快去睡你的呵！没有什么，农会就要派人侦察去了！"

"呵！……"

左嘉丢心落意地惊叫了一声。余明的认真负责，太叫他感动了！但他一时竟然找不出适当的话来表达。

"真活见鬼！"余明忽然嘀咕起来，同时动手催紧皮带，"图捡便宜，倒把多余的事情都搞出来了！……"

友军夜里侦察上出现的错误，太叫他生气了。他没有顾及左嘉充满感动的心情，甚至看也没有看左嘉一眼。仿佛左嘉也不过是株枣树，实在普通得很。他绷着脸走出枣林去了。

当余明嘀咕的时候，左嘉自以为了解余明：他太劳累了！而他们相约同行的部队确也是支使人头痛的部队，纪律太差，所有的侦察都是笨蛋。何况他又已经知道，余明同样渴望早点过路西去！左嘉因而更感动了。

左嘉舐舐嘴唇，强使自己浮上一个宽解的微笑。他就要说话了，然而余明却又蓦地大发脾气！于是他想，余明自然讨厌那支部队，但也讨厌那个极力主张跟随他们同行的人！

左嘉想起那场会商来了。而他愈来愈加激动。

"这才岂有此理！"望着那个驮着疲劳的背影，他不平地喃喃说，"这怎么能光怪我呢！？……"

他不觉得自己有多少责任，因为他又不是队长。

"平常价那样自信，那样专断！……"

他继续想。而余明离他愈远，他的不平也就更加厉害。

仿佛避开一个仇人似的，他迈开脸，在一个树根上坐下了。这时，余明恰恰回过头来，他望了望左嘉，就又继续走他的路。他本想劝左嘉回营地休息的，可是，也许以为左嘉喜欢一个人坐在树林里冥想，或者写写日记，他没有打搅他。

然而，即使余明实行了他的愿望，打声招呼，他也未必能消除那种在他一无所知的纯主观的误解。因为左嘉已经连篇累牍地为他的不满找到了旁证。而且全都合情合理。

"别人骑马他就批评，"他紧接着想下去，"可是他自己呢，从来就很少走路！……"

于是他又随手给余明扣上一顶帽子：自私自利！

"没有办法！……"

最后，他大声嘀咕了一句，站起来，走出树林去了。

这句简单话语，包含着丰富复杂的内容，而且掺杂着一些不干不净的东西。对于这些"教养"太差的"老粗"，你就无法得到他的理解：没有办法！既然极不相投，那么就分手吧？然而，这里不是公园和游艺场，是敌后：经常都存在战争、流血以及死亡。因此只能忍耐下去，没有办法！……

这句话有类一个呼号，但也代表着一颗决心。随又变成一种近于报复的阴暗心理，他用不着再操心了，能够安全通过铁路自然很好，如果发生岔子，那是余明的事！

"我就连话也不想多说了，"当其回到营地，躺在炕上的时候，他又想，"看你们怎样把我送过铁路！"

这样的态度一经确定，他的心情也随之平静了。

然而，等到召集组长开会的时候，他却照样按时出席。这不是一场酣睡已经消除了他的偏见，但是他的不平已经很淡薄了。虽然他认定自己的到场只是应景。

参加会议的人大多带点慵懒的神情，仿佛他们刚从浓睡里被拖出来的一样。不时有人打着长而且响的呵欠。便是余明，也不像往常那样精力充沛了，他缓慢地提示着需要讨论的中心议题：照旧跟着友军一道走呢，或者分开手单独行动？

在分析了这两种办法的利弊之后，一个掀下巴青年打算发言；但是余明却又抢着说了下去。他用一种嘲讽腔调谈起那场他在当夜没有报告的捕捉汉奸的故事，于是他的元气又旺盛了。

"幸得是支假枪！"最后，他用一种幽默口气笑道，"不然的话，恐怕还要准备担架抬伤员呢！……"

"嘴巴怎么这样刻薄?"左嘉想,不以为然地皱皱眉头。

那个早想发言的年轻人开口了。他从大家担负的任务谈起,然后转到友军的历史,以及昨晚一夜之间带给他的印象,于是正面提出自己的意见:立刻分开手独立行动。

"不仅为了完成任务,"他断然地结束道,"为了保护本军的威望,也应该这么做!"

"有什么不同的意见没有?"余明扫了大家一眼。

"恐怕不会有什么不同的意见吧,"庞得山静静地笑了,随即把眼光停留在左嘉身上,"左嘉同志呢?"

"我没有什么意见。"左嘉平板无味地回答。

"你用不着客气呵!"余明紧接着说。

左嘉感觉到自己脸泛红了。

"好!"余明并没有怎样注意左嘉的神色,于是接下去说,"既然没有人反对,那就算决定了!……"

他随又暗示大家,他和庞得山已经分头进行过一些活动,也许很快就有结果。无论如何,像昨天夜里那样的虚惊,不会再出现了。

余明从炕上跳下来了,随即走向神色冷漠的左嘉。

"不要着急,同志!"他热情地安慰说,以为左嘉还在为昨天夜里的失败懊丧,"早迟我们总会安安全全把你送到路西去的!老实讲吧,"他又转向其他的人,带点不以为然的神情笑道,"跟他们一道,把多余的麻烦都搞出来了!……"

"这个责任我负!……"全屋子的人都显得惊异地一齐望向左嘉。

"为什么呢,"左嘉紧接着自问自答地说明着为什么该他负责,"因为我主张得最激烈……"

"这个简直不成理由!……"

只当那是一种迂气的客套,余明首先掀开嘴大笑了,随即带点神秘味儿,望庞得山下巴向上一扬。

"我先走了！你们歇一会也出发吧！"

他精神抖擞地走出去了，村街上随即传来一阵急骤的马蹄的声响。

十

"真是撇脚八呢！……"

那个把细审视着余明的证件的老乡，终于信任地笑了。

"你把它收捡好吧。"他接着退还证件。

"这下你不会怀疑了吧？"余明接过证件笑道。

"不是那个话，各人有各人的责任呵！……"

老乡是张埠区农会负责人，共产党员。从前是个木匠，五十多岁，红铜色的瘦脸上蓄着两撇漆黑、地道的八字胡须。因为生性关系，又因为时刻觉得自己肩负着一种神圣庄严的责任，他的神态严肃，对工作一向出格的持重。

余明已经同他进行了十多分钟不着边际的谈话，早就有点不耐烦了。现在，余明重又提出那个严重问题：区农会是否愿意帮助他们单独通过铁路？谈话的地方是村公所。余明费了好多周折才找到他。因为村长不在，到二十里外的灵都公干去了。

木匠同志并不立刻答复余明提出的要求。他沉思着：取出烟包，十分苏气地缓缓装上一斗旱烟，划根火柴，吸燃，吧起来；随又缓缓吐出一股烟雾。

"同志，你不知道。"最后，他发愁地说，"昨天夜里出的那场乱子，太叫人头痛了！……"

"我们绝对不会搞出那样的笨事！……"

"你说过不了吧，"老木匠只顾说自己的，"他们不信！结果一去就碰响了。你们倒可以转移，我们一些浮在表面上的村干怎么办呢？恐怕你听说过，去年就因为暴露了目标，小石头的村长硬给抓起去一炮

'崩'了！可谁也没有叫鬼子吓倒——照样干！不过……"

"幸好昨晚上闹的乱子不大！"余明欣幸地说。

"当然！要不，你今天也找不到什么人呵！"

"那么怎么办呢？"余明紧接着问。

他聚精会神地凝视着对方，渴望能够得到一个满意答复；木匠同志则在重新装着旱烟。

"你们单独在直角停下来就好！"他装着烟，迅速瞟了余明一眼，"耐性点，等到夜里看吧。敌人守住口子的呢，就不要动，没有守，我会通知你们，又来好了。千万忙不得！就像弹墨线样，要看准！一忙，就会不大对劲。"

"好！"队长赞同道，"那么事情就这么说定了呵！"

"唉！自己人嘛，说一句算一句！"

"好好好！……"

余明跳起来和木匠同志握手告别。这个特别持重的人一下变得这么干脆，太使他感动了。

当策马走出村子的时候，余明还在激赏着老木匠的诚恳直率。这不是他第一次在华北劳动人民身上发现的特点，因为曾经被对方的迂缓弄昏了头，木匠师傅最后流露出来的同志间的纯金般的德行，也就格外显著。而且格外地打动了余明。

余明就由着他那匹建昌种小红马随意前进，不时鞭打一下道旁白杨树的嫩枝。而且不时热情洋溢地嚷叫一句两句。

"北方人真干脆！——太痛快了！……"

他忽然想起他们召开队会时的情形，以及左嘉的迂气。

"他还要争着负责任呢！"队长好意地大笑了，"人倒很热情的，就是政治上太弱了！……"

但他没有再想下去，重又开始估量摆在面前的情况。

他忽又想起不久前他同一批干部偷越同蒲路时的情形。那路警向他们敬着军礼，一再恳求他们迅速通过。

"当然，那究竟是中国人，"他接着对自己说，"又只有他妈两三条烂枪！……"

他情不自禁地向那小红马鞭打了两下，立刻奔跑开了。

直角离张埠有二十里地。当余明赶到的时候，队伍早已经在直角宿营了。庞得山是在余明离开驻马半小时以后出发的，此刻正在主持小组长的汇报例会。经过探询，余明被一位村干领进那座宽敞整洁的院落里去。

"今天这个房子阔气！"他大声激赏着那屋宇。

庞得山平静的笑脸在一处窗口上出现了。

"刚才把汇报会开完呢！"他大声望余明说。

"你们恐怕到得也不久吧？……"

当余明走进屋子的时候，他问，向着所有在座的伙伴兴致勃勃地投了一瞥。随即就把眼光停留在表情冷淡，一言不发的左嘉脸上。

"同志！"他充满关心地说，"靠着急没有用呵！"

"我为什么要着急呢？"左嘉故示镇静地反问。

"那就好！……"

余明毫不介意地笑了；立刻把脸转向了庞得山。

"老庞，情形还不坏呢！……"

"看你的神气就知道了。"

"现在就看夜里有没有变化。"

"怎么说呢？"庞得山扣上去问。

"青坡、张埠都没有事！"余明带点矜持地说，已经在炕沿上坐下了。"依我判断，敌人不见得已经发觉有队伍要去路西。农会帮我们派人侦察去了！也许晚上可以过去……"

"我还以为没有问题了呢！"左嘉暗自想道。

于是浮上一点嘲讽的微笑站了起来，打算退了出去。

"你就走啦?"余明显然有点惊怪。

"会不是已经开完啦?"

"怎么就开完啦? 夜里的准备工作还没有谈呢!"

"照你说,不是情况还不大确定么? ……"

左嘉微笑着,但却带点揶揄人的神气。

"我倒想回去躺一躺呢。"他又自觉失态地加上一句。

然而,这却没有发生大效果,余明已经感觉得不痛快了。而且感觉左嘉对他有所不满。

"好,"他尽力克制自己,"我几句话就完了! ……"

于是左嘉略欠自然地退回原处坐下。

他静静倾听着余明较有系统的报告。但是,他的心情却像一个监督学生背诵的塾师。而且,对于那些早前他认为出色的措辞以及语调,他第一次感觉到了无聊。

"江湖十八诀!"他摇摇头想。

"因此,"队长接下去说,"我们必须事先准备一下。即或有人守吧,这也不是什么坏事。大家想来都知道我们的工作作风:多流汗水,少出岔子! ……"

接着,他又把上次出发前的叮嘱重复了一遍。

"总之,"他匆忙地结束道,"情况就是这样,你们赶快回去叫大家休息吧! ……"

于是特别意味深长地望左嘉笑一笑。

"要不,你也像等不得了!"他暗自在心里加上一句。

于是就以左嘉为首,所有的人都退了出去。因为分组以后,他一般都和他那一组的组员们一起住了。而当屋子里清静下来的时候,庞得山长长伸个懒腰,顺势站了起来。

"我们也躺一躺啦?"他夹着呵欠问。

"哼,文——化——人! ……"

余明不胜惋惜地冷笑一声，也从炕沿边站起来。

"你像有什么事得罪他啦？"庞得山审慎地问。

"连我自己也不知道怎么会把他得罪了！……"

余明苦恼地叹口气，随即拖开被盖，准备休息。

"简直莫名其妙！"他又恼怒地加上说。

"你这个态度也不大好。"庞得山笑一笑说，"知识分子嘛，他们有他们的生活方式，又特别敏感，我们应该随时考虑到这一点，免得惹出些不必要的误会。"

"你这个话对！我们以后咳声嗽都得小心！"

"又是这副腔调！"同样已经爬上炕去的庞得山笑了，"我不过是说，我们以后谈话、态度，多留意点罢了。同志，这不是一个一般待人接物的问题呵！……"

"乱弹琴！"队长嘀咕了一句。

他还有点抵触情绪，因为这一向他对左嘉特别把细。

"好吧！"他一面钻进被窝里去，一面接着又想，"就是受罪，横竖也只有一两天了！……"

十一

在张埠一座大院子里，人们已经休息下来。炕上、阶沿上和屋角落里已经挤满了人，没一点空地方。左嘉在院坝里遛着马；对他说来，休息已经成为可有可无的事情了。

虽然决心随遇而安，但他毕竟希望平平安安到达路西！

"管他妈的！"他尽量找理由安慰自己，"只要他安安全全把我送过铁路，一切由他去吧！……"

他重又回忆了一遍他同余明那场针锋相对的谈话。

"也许是我神经过敏，"他克己地想，感觉到了那种原谅别人的快乐，"他们一般都粗枝大叶搞惯了的。就算他真的存心藐视我吧，我也犯不上和他赌气！……"

一个人影忽然走近他来，紧紧瞅住他瞧看。

"你怎么不休息呢？"余明关切地问。

"你看吧，"左嘉支吾道，"到处都挤满了！"

"来，我给你找个地方。……"

余明替他把马系在磨盘上面，领他走进一间照着一盏大麻子油油灯的屋子，请他到炕上去。

"你躺一下吧，睡一个钟头算一个钟头！"

左嘉认定余明是想解开他们之间的疙瘩，相当满意。于是，为了礼貌，实则倒是由于那种因为负气积压下来的担心的怂恿，他叩问队长，这个停留是否因为消息还不确实？

"不是说今天夜里没有守口子么？"他又追问了一句。

"消息自然确实，"余明肯定地回答，"不过有时他会半夜三更摸起来呢。他就是这么神出鬼没的，叫你摸不准他的活动规律！"他忍不住打了个呵欠，随又接下去说，"所以为了争取更百分之百的安全，不能不多停留一下。……"

余明随即坐在椅子上假寐起来。左嘉也在炕上躺下了。

左嘉老是睡不安稳。余明的关切消除了他的不满，然而，余明的提示却又把他的担心激起来了。那个百分之一的意外使他感到焦灼，而且随即掩盖了一切。

于是，那个使他那么心安理得的决心，转瞬间又彻底瓦解了！而他所能看见的只是不幸，乃至流血牺牲。

"麻绳子偏往细处断。"他记起了一句成语。

他失望地叹口气，更感觉不安了。

他偷眼去看余明：他斜靠在椅子上，看姿势显然并不舒服；但他睡得多么平静！左嘉也没有从那个躺在同一张炕上的皖北人的鼾声里听出任何急躁不安的声响，他睡得更酣畅。

"我也只有信任他们了，"他在心里对自己说，"到了现在，不信任他们也没办法！……"

他终于迷糊过去了。当他忽然一下清醒转来的时候，他听见屋子里有人在同余明和庞得山谈话。他欠起身，留神地望了过去：桌子上多出一盏长方形的提灯，余明对面坐着一位拖起两片浓黑胡髭，身穿蓝色便服的老乡。左嘉并不知道这就是张埠的区农会主席，但他立刻神经质地坐了起来。

"我们的人躲了一阵才逃出来的，"木匠同志继续说，"总之，今天晚上无论如何不能走了！"

"敌人还有些什么活动呢？"余明严重地问。

"一进村子就把青坡的村长抓了！紧接着挨门挨户搜索，——没有哪一家漏掉！……"

"他妈的，一定是前天夜里把目标暴露了！"

"真是糟糕！"左嘉情不自禁地嘀咕了一句。

他已经下炕了。他急步走向方桌边去。

"同志们！"木匠同志催促道，"快准备转移吧！"

"真活见鬼！"余明切齿大叫，"事情就这么遇缘！"

"现在只看怎么样转移呵！"庞得山提醒着他。

"我知道！难道准备留在这里挨打吗？！……"

"老抱怨有什么用处呢？"庞得山笑一笑说。

"怎么没有用处？我们的任务就是绕圈子玩！……"

"真是糟糕透了！"左嘉略显颓唐地嘀咕说。

余明含怒地从椅子上一下跳起来了，斩钉截铁地说出他已经盘算好的决定：队伍马上向直角转移！

左嘉到院坝里照料牲口去了。那个负责传达决定的庞得山则四处奔走着，叫醒那些已经熟睡的人们。幢幢人影划破着单调而又神秘莫测的黑夜。那位老年回胞，牵着他的骡子，从马房走向院坝中去。他在愁眉不展的左嘉面前停下来了。

"同志，鬼子想留我们在路东玩两天呢！"他打趣说。

"好呀！那你就玩下去吧！"左嘉冷冷地怄气说。

他感到一点不满。起初，这不满是那回胞的乐观口气引起来的，但跟着他就转移到余明身上。他觉得余明太浮夸了，因为下午开会他说得那么兴高采烈，仿佛一切都没问题。而且，并未认真征求大家的意见，就把问题决定下来。

然而，由于休息前那场和解，他的不满就又变成惋惜。

"太专断了，让他这样搞下去怎么成呢！……"

他决心放弃他在前一天所曾决定的随遇而安的消极态度。而且，就像马上要执行这个新的决定似的，他忽然发觉队员们的行动过于迟缓。于是他牵了马活动起来，四处催促大家来迅速点，赶紧去排列子。随又跑去找余明下命令出发。

余明、庞得山正在和木匠同志谈话，而且新添了一个短小打扮，穿着破旧的老乡。他们的神情紧张而又机密。因为根据新的情报，敌人已经向张埠出动了。

余明蓦地站了起来；他折着一张地图，藏向挎包里去。

"假定判断不错，"他同时说，"陪他绕圈子好了！"

"情况最坏也不过是这样！"庞得山也说得很坚定。

"列子已经排好了呢！"左嘉匆匆地边走边说。

当一挨近桌子，他立刻感觉大家的神情有点异样。

"情况有什么变化吗？"他显得不安地问。

"你就带起队伍先出发吧！"余明只顾催促着庞得山。

接着，他又同区农会主席和那老乡热情地握手告别。

"同志，我们不要失掉联络呵，"他同时叮咛道。

"没有错的！"

"好！……"

余明喝彩似的叫了一声，忙匆匆走出屋子去了。左嘉一手拖住那个准备尾随出去的木匠师傅。

"情况究竟怎么样呵?"他乞求地低声问。

"青坡的敌人就要来了。"

"左嘉同志!? ——快! ……"

余明的瘦脸在房门口闪了一下；左嘉寻声赶过去了。

"说是敌人就要来啦?!"左嘉在大门口追上余明。

"不生关系!"

"可是……"

"大家沉着点啦!"站在阶沿边上，余明对着排在街心的行列说了。"慌慌张张只会引起混乱，——哪个还在嘀咕?! ——我只要求大家严格遵守夜行军的纪律。绝对禁止抽烟! ……"

穿过暗夜，队伍在开始移动了。但是左嘉忽又忙匆匆走出列子，忙匆匆走向余明。

"究竟还隔多少远呵?"他带点恐怖地问。

"我还留到后面在啦，同志!"

"可是……"

"你要等敌人到了才肯走么?"

左嘉没有回答上嘴，他叹口气牵起马走开了。走了几步他才想起他该骑上牲口。他停下来，但他老是跨不上马背。而列子已经融合在暗夜中了。他担心着掉队。却又恼恨自己的腿子不大听话。

他重又上马；他照旧失败了。但他忽然发觉一只手臂伸来扶他跨到马背上去；他骑上去了。

"你这个同志骑马不大行呢。……"

左嘉听出这是那位区农会主席不很佩服的评语；但他一声不响，只顾忙匆匆策着马匹前进。

十二

这才叫作不幸而言中！情况果然发展到了最坏的境地。

友军的行动，的确已经为敌人发觉了！而且认定有一支部队企图到路西整顿，于是立即设法阻挠：派遣了三队人沿着保定、定县之间的地区进行"游击"。

这三路敌人的兵力不大，因为目的只是阻挠。一路由定县出发，一路灵都，一路则来自离青坡七里地的车站。经常埋伏路口的敌人，便是从那个车站上派遣来的。他们的共同趋向是北严家坞，那个我军过去来往必须停留的站口。

这个恶毒的骚扰一直持续了五天。那支友军，已经向安国方面躲闪开了。余明一队人则在疲劳奔波地绕着圈子，同敌人进行着那种捉迷藏式的行军。因为军民关系一向很好，人数又不多，余明、庞得山都认为不必另外调换路线。

这中间，变化最大的是左嘉。他那浑圆的脸孔，更消瘦了，情绪上时常经历着急剧复杂的变化。他曾经一再安慰自己，强使自己承认目前这个处境远远比不上以往几个月中他所经历过的严重，因而他该镇静下来。然而，当一想到这支队伍微不足道的实力，他的担心又抬头了。还有余明，他无论如何不能和那个指挥若定的司令员相比，当从张埠出发的时候，左嘉对余明的信任更降低了。而情况越坏，他对余明的信赖也就越加淡薄。仿佛一切麻烦都该余明负责。

他的遭际确也相当狼狈。他好不容易在区农会主席的帮助下骑上马，但他一直到了村外都没有发现列子！他们好像已经被黑夜吞没了。他勒住马，尽量集中他的目力探索。

"搞他妈的鬼呵！"他嘀咕道，"庞得山同志！……"

他随即压低嗓音呼唤，但他得不到回答！他又大着胆前进了，同时考虑他是否回转去找余明妥当些……

"一塌糊涂!"他咒骂着,因为他不能有所决定。

一个骑马的人忽然向他迎面奔驰过来。

"左嘉同志么?"勒住马,庞得山欣喜地问。

"今晚上太黑了!"左嘉虚假地叹口气说。

他一下丢了心,跟随庞得山走去了。而且十分平稳地一连通过两个村落。于是他想,虽然没有过成铁路,却也万幸没有发生岔子。然而,出乎意外,列子忽又停下来了。因为前面闯来几位从直角出来的老乡,庞得山正在盘问他们。而从那短促的语调和这黑夜,左嘉预感到不大吉利的兆头。

"看还有什么鬼等着在吧!"他沮丧地想。

"敌人把直角占了!"一阵低语声传播开来。

"不要嘀咕,大家就地安安静静歇一歇吧!"庞得山下达着命令,"绝对禁止抽烟!……"

他得等余明来共同做出决定;而余明终于急驰着赶到了。

"老庞!怎么停下来呵?敌人还会盯上来呢!……"

余明感觉得很突异,随又追问一句:"情况有变化吗?!"庞得山这时已经走过来了,开始向他谈起直角的情况。

"嗯?!……什么时候?……搞他妈的鬼呵!……"

余明不时用一些短句岔断庞得山的叙述。

最后,他跳下马来,取出电筒,同庞得山一道,隐蔽在土埂边翻检地图去了。随即做出决定,队伍立刻挪回那个刚才经过的村子,然后向南转移。这是一个没有停歇的行军,左嘉重又感觉它将没完没了,永无止境!……

此后几天的经历也不轻松。一天上午,他们不能不掩伏在一个村子里顶住敌人的试探轰击。而若果发生惊扰,暴露了目标,其结果将不堪设想。一次傍晚,则被迫放弃了刚刚煮好,算是当天唯一一顿饭菜，转移到野外去。于是度着露宿的生活，而且就蹲在田野里眼睁睁望见敌人从大道边通过。

就在田野里露宿的那个晚上，左嘉顿然觉得自己的头发一刹那都白了。这自然是个飘然而来的幻觉，然而他却越来越乖僻了，加深了他对余明的不满。因此，在次日的小组长汇报会上，他忍不住提出凡是他能想到的种种质问。

他想在每一次转移上找寻余明的错误，但他都失败了。余明的答复并不缺乏理由。到了最后，左嘉的态度却也更顽固了，几乎已经完全丧失了理性。

"不管怎样，"他固执地说，"昨晚上露那一夜未免太冤枉了！……"

余明早就想发作了，但他尽力抑制，避免发生争吵。

"像上次掩伏在村子里不省事吗？"停停，显出一副挑衅神气，左嘉又加上说。

"同志，"余明无可奈何地苦笑着解释道，"那一次是大白天哟！"

"正唯其是夜里更不该往野外撤！"

"恰恰相反！"余明忍不住顶上去说，"夜里又不容易暴露目标，我们为什么要待在村子里犯险呢？"

"我看这样，"庞得山尽力排解，"这件事就不要再提了，以后决定什么问题，大家多商量商量好啦！……"

"那也要看情形！"余明想，恼怒地扬扬眉毛。

"我就要求这点，"左嘉也在心里对自己说，"我为什么要由你牵着鼻子走呢？……"

于是，这场几乎酿成严重冲突的争辩，很快便结束了。

然而，这被结束的是争论，并非互相间的成见。因此，以后碰见商量什么事情，或者决定什么事情的时候，余明总要冷冷地加问一句："有意见就发表呵！"或者："左嘉同志有什么意见吗？"于是左嘉也就喋喋不休地发起言来。……

左嘉逐渐自以为占了上风，他的情绪算比较平稳了，彻底改变了他那随遇而安的态度，嘴巴既然硬过，他总不能做得太乏。他对职务重又热心起来。到了第五天上，因为情况已经松缓，三路敌人都退回老巢喘息去了，左嘉的心胸甚至一下开朗起来，而且，这个一向常以态度严肃自夸的知识分子，忽然变来很轻松了。特别喜欢讲两句俏皮话。

这天早上，当余明在全体会议上总结了几天来的经历，并对敌人新的动态做了初步估计之后，大家都觉得像完成了一桩繁难任务那样，很欣幸了。但是，部分家属却也一下感到了疲乏、可怖，有如刚才摆脱了一场噩梦。会议刚一结束，他们就赶快回转营地去了。

在归途当中，那个健康乐观的老年回胞忽然叹了口气。

"哎呀！"他苦笑道，"这几天把人头都给转昏了。"

"这有什么抱怨的呢？"左嘉突然开心起来，"老太爷！这样好玩的事，你以后就拿钱也买不到呢。只有我们队长太不值得！"他假装叹了口气，"一直跑来跑去，又吵又闹，再不休息下来，恐怕他会张开口咬人呢！"

他随又快意地一笑；虽然以后每每回忆到这番谈话，他总不免感到难受、羞惭，自觉心地不大干净。

左嘉实际上也并没有完全丢心落意。回到宿营地舒舒服服睡了一觉，他才领会到这不是一件事情的完结，仅仅是告了一个段落，此后如何，那就很难讲了。

于是他又痛定思痛地回忆了一遍几天来的经历。

"万一又出岔子呢？"他想。"这是无论如何料不到的！"他大声回答自己，同时从炕上坐起来。

他的睡意已经消失，他的悬心又开始了。最后，他得到了一个回忆，昨天下午，队伍行进中碰见几个打从路西来的荣誉军人。他们洒洒落落走着，一路哼唱着《红缨枪》。

于是左嘉走出列子去了，叩问他们是怎样过的铁道。

"没有什么，换套便衣就过来了！"

"碰到盘查呢？"

"没有碰见盘查。有老乡带路啦！又穿的便衣。"

这段回忆和谈话狠狠打动了左嘉。

"到了万不得已的时候，我们为什么不可以这么做呢？"他一再寻思，"总之，"他又退一步想，"夜长梦多，这样拖下去是不行的！恐怕还有人想休息几天呢。……"

他从炕上跳下来了。戴上眼镜，扣上帽子，他准备去找余明、庞得山谈谈自己的想法。

十三

那个面色红润，个子矮小的区长同志微笑着摇一摇头。

"你不能这样说！"他否决着余明的意见，"我比你消息灵通：等不到一星期'扫荡'就要来了。同志，把前几天的情况估计得太严重，你会犯错误的！那只是一种试探。"

"我同意你的意见！但我认为'扫荡'不会就来。"

"可是已经有不少征候了。"区长自信地笑了两声。

"好吧，"余明勉强满足了他，"山杉回北平没有呢？"

"这两天在石家庄。不然，铁道上不会有这样紧！"

"搞他妈条卵哟！……"

余明嘟哝着，锁着眉头沉思起来。

"一支队完全开走了吗？"停停，他又充满期望地问。

"全开走了！"那位做过多年小学教师的区长照旧微笑着回答，"可能就是为了对付'扫荡'。路西的骑兵营间或也来搞敌人一下，可是眼前显然不可能来。"

"那就只有自己打主意了！"余明叹口气说。

这时，左嘉兴致勃勃地走了进来，刚一跨进屋子，他的话语便已到了喉头，急想说出他已经准备好了的建议。但一发觉那个商人打扮的区长，他把话头咽下去了。

他显得十分拘束。他打量着区长同志，随又向了余明窥探。

"你坐啦!"余明介绍道，"这位同志是这里的区长。"

左嘉忽然好像发觉了一桩喜事似的笑了起来。

"同志，你们该得到有什么情报啦?"他迫切地问道。

"怎么没有?"区长正待开口，余明就抢着回答了，"敌人在准备'扫荡'了! 山杉还在石家庄阅兵。我们自己的队伍一时无法联系，都在准备反击敌人新的进攻!……"

左嘉早已从他还没有坐热的炕沿上站起来了。并且已经奔走呼号似的走向余明。

"这个怎么办呢?"他失声问道，同时在方桌边坐下。

"现在就是在商量怎么办呢!……"

余明觉得左嘉的追问全是废话，但是语调相当客气。

"同志!"他随即把脸掉向区长，"走新乐怎么样呢?"

"恐怕更麻烦吧! 首先你要绕过安国、无极……"

"你看这样好吧!……"

左嘉忽然感觉提出他的建议的时机到了。因为情况既然不久就会加紧，路口一两天内又不可能松懈下来，向本军求援和另谋出路困难也大，于是那个唯一的安全办法，也就只有学那些荣誉军人的样，化装成老百姓通过铁道!

"这当然只是我个人的想法，"嗽嗽喉咙，他意外谦逊地紧接着说，"率性分批化装成老百姓通过，你看怎么样呢?"

"这个办法倒也值得考虑，"区长审慎地赞同说，"好在你们人数也不算多。"

"一次走十多个总行吧?"

"行！就是找衣服难找一点；不过也有办法。"

"行李呢?"

"更加容易！你人没到，行李就送到了。"

"我这个头发不是也要剪掉?"

左嘉抚摸着他的西式头笑起来，仿佛自己已经化装成一个土里土气的河北老乡。

"还有这副眼镜。"他随又加上说。

"你近视得不厉害吧?"

"取了就不大看得见！……"

"唉，这倒是个问题！"区长叹口气说。

这时候，又是气恼、又觉可笑的余明，一下跳起来了。

"赶快收捡起呵！"他望定左嘉直直爽爽地叫道，"化装通过？万一出了岔子，那才连账都不好报呢！"

"你这副眼镜的确是个问题。"区长搭讪地摇摇头说。

只有左嘉本人没有张声。他苦笑着，奇怪自己为什么忽略了这样一个简单明了的切身问题。

"你听他的口音也不行呀，一张嘴就会出鬼！……"

"好了吧，"左嘉终于窘迫地说，"这件事不谈了吧！……"

"如果叫敌人捉住了，那才羞死人呢！"余明一个劲说下去，"简直像鸡鸭一样，至多扳两下命！……"

庞得山和善平稳的面相忽然出现在门框里。

"怎么样呀?"余明立刻瞪住他问。

"问题不简单呵！"庞得山苦笑着回答。

他刚才从张埠侦察转来，他把马鞭挂向墙壁上去。

"简直每天夜里都在守口子了。"他简捷地加着说明。

"啥呵！"余明又咆哮了，"率性强制通过吧！"

"这倒也是个办法。"

见多识广的区长似乎万事都很赞成，他随又举出不少例子，证明这是一个值得慎重考虑的办法。

　　"可是，"区长随又蹙着脸问，"你们的武力怎样？"

　　"长长短短看有二十多条枪嘛。"左嘉颓丧地回答。

　　"同志！"余明厉声大叫，"你不要太小看我们这一点武力呵？两个手榴弹还要跟他干一场呢！"

　　"可是好多人没有经历过战斗呵！"庞得山提示说。

　　"我知道！不然也不会叫人这样头痛了。……"

　　于是余明恼怒地蹦跳起来，走近庞得山去，带点冷酷地重复一遍区长先前提供的情况：敌人新的"扫荡"快开始了；山杉还在石家庄阅兵；一支队挪到高阳方面作战去了；骑兵营行踪飘忽，无法确定什么时候能在铁道附近出现……

　　"走新乐吧，"他接着说，"绕的圈子太大！……"

　　区长爱莫能助地咂一咂嘴，站起来了。

　　"好吧，同志！"他插入说，"你们慢慢商量吧！"

　　"只是耽搁你太久了！"余明热情地和区长握手。

　　"没什么。都是自己人啦！……"

　　当余明陪同客人出去的时候，左嘉立刻挨近庞得山去。

　　"你要多起点作用呵！"他悬心地紧瞅着那个依旧那么平稳的庞得山，压低嗓音，又像恳求又像告密似的说道，"完全靠他决定事情不妥当呵！——只晓得大喊大叫！……"

　　"一人一性，"庞得山劝解说，"你千万不要介意！"

　　"我不会介意！"左嘉赶忙解释，"怎么说得上介意不介意呢？不过闹一阵闹不出办法来呀！……"

　　他忽然住了嘴，而且改变了表情。他瞟见余明回转来了。

　　左嘉显得有点忸怩，仿佛已经意识到了他的做法不大光明磊落。然而，余明丝毫没有想到他正在说自己的坏话：他颦蹙着脸，神情专注地一直望着炕边走去。

余明无疑已经感觉到他所负担的责任的分量了。他坐在炕沿，不声不响，仿佛一个衰弱疲惫的老人。

"我看你就大胆点吧，"好像刚从遥远的梦境里醒转过来似的，他忽然望定左嘉，脸上掠过一丝笑意。"同志！"他的笑意更葱茏了，"强制通过不一定会碰响呢！"

"不！不！不！与其犯这种险我宁肯转去！"

"这就不好搞了！"余明叹息着躺了下去。

"我真不懂！"左嘉摇摇头说，"哪里都可以过去呀！"

"同志，事情没有你想的简单！"庞得山笑笑说，"这是敌后，没有个可靠的出发点，落脚点，敌人的封锁线不好过呵！"

"暂时不谈了吧！……"

余明一面说一面不大耐烦地翻身坐了起来。

"谈也没用，"他又紧跟着说，"到明天再看吧！……"

仿佛决心摆脱什么纠缠似的，他劝左嘉赶快回去休息，同时动手解去皮带，准备好好睡它一觉。

十四

余明已经理好那匹汗水刚刚干透的小红马的佩带，只等把脚套进踏镫，他就骑上去了。但他停歇下来，带点忧闷神色，掉头转向那个站在大门首的木匠同志。

本是一个很有决断的人，现在他却感觉到了犹豫。

"同志，刚才谈的认真靠得准么，"他又慎重地问。

"没有错的！每天都是那样：天一亮就撤走了，火车要早饭过后好久才过……"

"就是对铁甲车把握不大？"余明悬心地插入问。

"鬼东西奸狡透了！有时候一两天看不见影子，有时候白天晚上来回几趟！不过呢……"

"只要它早上不来就对劲了！"余明近乎祈求地说。

"多半都是夜里过呵！这一点你们放心。"

他们重又握手作别。余明纵身上马，走向村口去了。

在同区干、村干，特别是同那位负责区农会领导工作的木匠师傅做过反复推敲之后，事情大体已经算确定了。但他照旧不很放心，似乎以往那种勇往直前的气魄已经离开了他。想起过去他亲身经历过的那些大胆行动，他多少有点丧气。

他由着马匹缓缓前进。正是当顶的太阳烘暖着他，使他已经感到有一点睡意了。一群野鸽振着羽翅，向着蔚蓝的晴空奋飞上去。但也许力量太微弱了，或者是在卖弄丰姿，翻翻身，炫耀一下银灰色的腹部，便又纷纷下坠，做着回旋的低飞。夹道的白杨萧萧作响，似在指明这里确曾有过和平安乐的时代，而人们却正在为了把侵略者赶出去贡献出自己的生命。

杂在田野间的马苕在放花了。偶尔可以看见几株花色鲜艳的桃树，枯黑的野椿树的稚叶已经转成深绿。一匹昂头阔步的骡子，拖着一架空无所有的粪车，沿着几经挖毁过的"汽路"①，走过来了。

余明从隆隆的车声中清醒过来，赶紧把马勒向田边。

"老乡！"他随口问道，"鬼子前几天到过这一带吧?"

"同志呢，"那个赶车的老头儿苦着脸回答道，"俺们村里已经被鬼子糟蹋得不像样了！——得，得，得……"

皱皱眉头，余明在单调的驱策骡子声中转上大道。

他吁一口气，又咬牙切齿地哼了一声。他的睡意已经消失尽了。但他照旧听凭小红马缓缓走去。

---

① 当时北方的公路，一般叫"汽路"。

他一时陷在一种忧愤交集的心情里面。而且，那点早已淡薄下去，由于过分审慎而来疑虑，又开始苦恼他了。他想起种种新的情况，想起那支名副其实的所谓杂牌队伍的友军，以及那个势在必行的计划和它可能出现的后果。

末了，他终于嚷叫道："还是回去慢慢扯吧！"一下斩断自己的思路。于是随意向那小红马的臀部重重挥打了几马鞭；而那匹矫健的牲口，立刻奔跑开了。

余明挺起上身，紧闭着嘴，鼻孔做着深长的呼吸。在北方，在这莽莽平野上面，只有一辔任意驰骋才能体会到它的广袤浩瀚。而且让你尝到那种勇往直前的欢欣……

当临近宿营地时，他把辔带一勒，然后又放松它。小红马把脚步放慢了，照旧缓缓前进。

"家伙今天可跑够了！"他自言自语说，又摸摸马颈脖。

一架从他身边擦过的自行车在马后停下来。

"同志，我才去找你来呢！……"

余明把马勒住，又将一边辔带一牵，回转身去。

"呵！"他惊喜交集地望着扎起长衫的区长叫了一声。

"我特别赶起来告诉你们一个消息：前几天出岔子的那个队伍，又拖起转来了！……"

"他们打算怎样办呢？"余明悬心地问。

"在安国吃了一顿败仗，他们打算走老路子！……"

"搞他妈的鬼呵！"

"他们早上到北严家坞的，准备休息两天就走。……"

"那还算好！"

"情况我通通告诉老庞了，你们要走就赶快呵！……"

商人打扮的区长已经翻身上车。车轮在滚动了。

"真拿他们没有办法！"区长同志忽又从车上扭转头愤愤地叫道，

"整个北严家坞差点叫他们闹翻天了！……"

他随即大喊一声："回头见！"于是飞驰而去。

"就这样吧。看来也没有其他的办法了！……"

望着区长同志急剧逝去的身影，余明的所有疑虑，几乎已经一下被那支杂牌队伍带来的恶兆头排斥馨尽。

"我就不相信格外还有什么办法！"他重又对自己说。

于是拨转马头，十分坚定地朝着村子前进。

而且，正和那场驰骋一样有效，区长的谈话，不仅使他逐步坚定下来，甚至预见到了一个胜利的结局。

到了宿营地点，把那汗水已经略干的马匹系在院外柱子上面，他就走进院子里去。晒场上的粮食正好收进屋了，几只九斤黄在啄食着残余的颗粒。而在正屋台阶前面，一只色情的雄鸡，则用一只脚蹦跳着，绕着一只小母鸡兜圈子。它耸起翅膀，歪歪斜斜的像个醉汉。

带点孩子心情，余明笑骂着用马鞭抽了那流氓一下，随即缓步跨向台阶上去。而在同时，庞得山走出来了。他正躺在炕上纳闷，因为听见余明的口音，他就立刻跑了出来。

庞得山在门槛边停下来，脸上露出近于惶惑的苦笑。

"真糟糕！"他叹息道，"那支队伍又转来啦。"

"他们当然会转来呀。"

"当然会转来！"因为余明的语气、神色都显得满不在乎，这使得庞得山吃惊了，"我们要赶快下决心才行呢！"

"我碰见区长了。"余明跟即说明，"进去扯吧。"

一进屋子，余明便把马鞭往着炕头一掷。

"我们明天早上通过！"他同时简捷地说。

"拿得稳么？"

"那也看怎么说。"

余明决然坐向炕沿，他的意见似乎没有反驳余地。

"格外也找不出更好的办法了！"他又蹙着脸加上说。

庞得山好一会没有张声。

"我就担心非战员太多了呵，"停停，他才郑重其事地沉吟道，"有些人恐怕也不赞成。……"

"不生关系，事先只让有战斗经验的骨干分子知道好了！……"

然而，余明的口气尽管照旧那么坚定！由于队副庞得山的提示，他又忽然记起了司令员的嘱咐："只有一句，千万出不得岔子啦！"于是烦恼又开始侵扰他了。

"自然，"他接着带点恼恨地说，"百分之百的安全是说不上，不过目前也只好多少冒点险了！"

"情况本来也太糟糕……"

"去他妈的！这回这个差事真把人作难够了！……"

余明忽又激动起来。他咆哮着，一下从炕沿上跳起来！

"我倒宁肯去同敌人作战痛快得多！"他继续嚷叫。

"你怎么又来啰。"庞得山笑笑说。

"是的，我又发火了！想想看，怎么不叫人发火呢？你也在这条道上来来去去跑过几趟，哪有这一回这么样不痛快！说情况严重么，和过去比起来，真不算一回事！可是你算算今天已经好久了吧？……"

他扬起身子，摊开胳膊，寻衅似的紧盯着庞得山。

"我只问你一句呵！"他随即挪正上身，微踮起脚，昂头逼视着那张泛着愁闷的脸孔，"再不过去，难道把任务原封不动带转去吗？那才叫丑死人呢！……"

正像偶尔同一位亲密战友闹翻了脸那样，他一转身走开了；而他恰恰一眼瞥见刚好闯进门来的左嘉。

"怎么办呵?!"左嘉迫不及待地问，"听到说么……"

"那支队伍又转走了嘛！"队长不假思索地抢嘴道，"你去叫大家睡一觉吧！晚上九点按时出发。"

"今晚上过得了呀?!"

"不生问题。"

"还开不开会呢?""用不上! 有什么情况我会通知大家。"

"好、好、好，再跟他们搅在一起那才糟呢!……"

左嘉感到一种意外的喜悦，轻轻松松转身走了；但他随又回过身来，快步走向余明。

"不会是强制通过吧?"他悬心地微笑着问。

"你是怎么的呵? 出了岔子我负责任!……"

十五

在张埠那座同一院落里面，所有的队员都睡熟了。完全醒起的只有左嘉。他是靠着墙壁坐在一把柴草上的。虽则闭着眼睛，但是他的头脑死也不肯休息。刚一迷糊，那些生疏地名的跳动，又把他惊醒了，于是他重又把它们编排一次。

"……柳堤、侯邬、南朵、大花石，"他认真默念着这些生疏的地名，"情形严重就走白村……"

他没有发现错误。队长余明出发前宣布的越过铁路后的三条路线正是这样。一条正规路线，其余两条是应急的。这路线单子每组只有一份，到达张埠时就收去销毁了。

这是个新办法，为前两次准备工作中所没有的。因此，从左嘉看来，未来的局面是在显示着恶兆头了。尽管曾经努力迫使自己相信那些入情入理的解释，但是效果并不巩固。现在，那怀疑又来了。他随即记起一点更为严重的情节：组长们并没有开过会，出发时的报告也很简略。

这一天，余明的神情、态度，也被他那么活灵活现地记起来了。然而奇怪，他倒没有发现什么可虑的地方。余明比往常安静得多，没有发过什么脾气。而且充满自信，正如他是一个具有绝对权力的主宰者那样。

左嘉多少算安心了。但当想起他们单独谈话时的情景，他又感到不很痛快，惭愧自己竟会表现得那样服帖。

"真狂妄！"他忍不住叹息道，"他给我负责任！"

他冷冷地从鼻孔里笑了。

"我就让你逞威风吧，你也只能逞这一两天了！……"

"自然而然呵！"有谁没头没脑嘀咕了一句。

左嘉微微吃了一惊，但他随即感到一阵轻快，而且津津有味似的悄声笑了。因为这是那个和他靠在同一堵墙壁上的剧团团员的梦呓。

"是的，一切听其自然，"他尽力安慰自己，"实在犯不上跟什么人赌气！——也太无聊！……"

他站起来，走向那间唯一有着灯亮的房间门口去看时间。他伸出左臂，拿手表靠近那微弱的光亮：正三点了！他吃惊地抬起头来，随又忙匆匆走进屋子里去。

他没有发现余明和庞得山。他又匆匆退出来了。

"糟糕！"他嘟哝道，"再不走天快亮啦！……"

正像一只老鼠那样，他轻脚轻爪地四处转着、瞧着，希望找到余明和庞得山。至少找到一个可以交谈的人来。然而，他所发现的只有在酣睡中的队员。最后，那位编剧家刚刚吸燃的烟斗的火光，把他吸引住了。于是绕过几堆横七竖八躺着的睡者，他望那火光走去。

背靠着墙，编剧家正在从容不迫地抽烟。他的怀里，则横躺着那个睡得十分酣畅的孕妇，他的爱人李茵。

"已经三点钟啰！"左嘉躬下身子，声调焦急地说。

那个沉默寡言的人慢条斯理地把烟斗从嘴里取出来。

"天亮了怎么办呢？"左嘉随又固执地问。

"跟他们一道走你放心呵！"

这位由建筑师改行为编导家，说了一句充满信赖，行军以来对他说过的较为完整的话；但是左嘉并不满意。

"你不能这样说！"左嘉顺势在编剧家面前蹲下去了，"他们判断情况有时并不准确；就是胆大！要是碰响了怎么办？他们倒满不在乎，横竖搞惯了的！……"

他已经肯定了这是一次强制通过。

"真是岂有此理！"他愤恼起来，"太专断了！……"

建筑师微不可见地在烟斗的火光中微微笑了一下。

"开口闭口他负责任，这个责任他负得起吗?!"

编剧家照旧没有回答。

"唉，你说说这个责任他负得起吗？"

"呃。"编剧家极为含混地吱了一声。

"真是狂妄！"左嘉自以争取到了支持，更加理直气壮起来，"人呢，也跑得连影子都不见了！……"

他已经站了起来，决定继续去找余明提出抗议。

"呵，呵，呵……"

靠近门口，那个老年回胞已经醒了。听了那呵欠声，谁都会断定他睡得很不错。

"唉，强制通过呵！"左嘉停下来提示说。

"他们横竖都有办法！"那位老年回胞笑一笑说。

然而，这个带点呵欠的激赏声调，把左嘉激恼了。

"要是碰响了呢？"左嘉接着反问。

"哪里有那么凑巧的事啊！……"

左嘉在意想中啐了一口，十分扫兴地车身走了。

但他并没有继续去找余明，倒在院坝阶沿上坐下来。刚才的两次谈话，把他所有的勇气都挫伤了。至少是扫了他的大兴，而且给了他一个反省的机会。

"这究竟为什么呢，"他固执地想，"难道我的生命真的比人家的更值价吗?! ……"

他无论如何不能肯定这个问题，因而更加感到苦恼。

"自然，"他接着又想，"生命的价值是有等差的，但是这个天秤并不操在每个人自己手里!"他把自己批驳倒了。"而且，那种为了民族解放事业勇于把生命轻轻一掷的人，岂不是常常获得人民和历史的高度评价? ……"

他随即想起几桩他所熟知的革命先烈的逸事，于是他责备自己是个懦夫，而且嘲讽着自己的惊慌不安。

"不! 事情没有这样简单……"

但他又想，一下把许多叫人那么心服的理由全推翻了!

他看见有人从外面走进来。他猜想，若果不是余明，定会是庞得山。他撑起身，不加思索地迎面走去。

"你哪里去?"庞得山笑问道，"就要出发了呢!"

"怎样是强制通过呵?!"

"不是! ——你听我说……"

"不是!? 已经三点多了! ——天都快要亮了! ……"

"你放心吧，不会有什么危险! ……"

"我不是怕危险! 怕危险我又不到敌后来了。"他理直气壮地傲然一笑，因为他此时此刻想到的确乎只是一个是非问题。"我只觉得这一次的行动太岂有此理，既不开会，也不明白宣布，凭着一两人的独断就决定了。……"

庞得山抱歉地、感觉为难地轻轻笑了两声。

"我不是说你!"左嘉赶快声明，"你，我信得过!"

"可是同志，到了路西我们再慢慢谈好吧?"

"不! 我就要找他问一问，——他太专断了!"

"他在青坡呢。要提意见，也得到路西才行啦!"

左嘉逆来顺受似的叹口气，一下坐在身后磨盘上面。

"真岂有此理！"他不平地嘀咕说。

"到了路西你什么意见都可以提！你看这样好吧？"

队副说得非常诚恳，在理，随又拍拍左嘉的肩头。

"同志，就这样吧！我通知大家集合去了。……"

左嘉没有张声，也没有动弹。他茫漠地凝视着淡白月光下自己的影子，心里塞满一种说不出的苦趣。

人们已经陆续起身，已经陆续穿过院坝，走向大门外排列子去了。可以听见轻微的咳嗽声，短促的呵欠，以及马蹄在三合土晒场上敲击出的清脆的声响。所有的马匹，都从马房里接连着牵出来了。

"同志，"这是那老年回胞的话语声，"隔开点吧，我这个骡子有一点野，受不得惊呵！……"

庞得山把那青马的缰绳递给左嘉。

"这是你的马，"他柔声说，"我们出去集合好吧？"

"真太岂有此理了！……"

十六

充满紧张味儿，左嘉照样在那条沿着土岗蜿蜒上去的小道上蹲下来。现在，他的所有的不满已经退位，那种往往成为怯懦者的救星的命运观念，正在对他发挥作用。

土岗子并不高，没有一棵树木。较为打眼的只有那几个自卫队的老乡。倒转戴了军帽的庞得山，则在向西瞭望。他半蹲着，隐身在一横土垾后面。小道左边面临一片沼泽，浸在浅水里的茂密的草叶，好像一袭绿色的绒布。在凌晨的静寂中，一只青蛙呱呱呱叫了两声，随又猝然而止。

左嘉多少感觉有点闷气，因为他终于猜不透这里离铁道究竟还有多远。他微微叹一口气，于是发愁地注视着列子的动静。正像表演杂技那样，有人就那么蹲在地上，静悄悄向路边展移过去。而且就那么停下来小解。

那个漂亮的孕妇赶紧抓住编剧家的胳膊，把脸埋在他的怀里，以免笑出声来。……

"难道我真比别人怯懦吗？"

左嘉苦恼地自问，随即浮上一个自怜的抿笑。

"不幸来时大开门。"一句谚语忽然跳上他的记忆。

他稍稍振作了。带着一点决心，他动手检查横七竖八扎在脚上的鞋带。随即活动几下穿上家常鞋子的脚，看看松紧是否合适，而且是否牢靠。于是他就一径凝视着那片沼泽，以及沼泽以外的广阔原野，尽力不让自己分心。

天色已大亮了。从那辽远苍翠的地平线上，一轮火红的朝日正在缓缓上升。……

"路线都记得吧?!"庞得山猛然低声叫喊，列子哗地一下站起来了。"忘记不得呵！我们已经派人到前面警戒去了，一过铁道，各组就按照路线走自己的。不要惊慌，群众会配合我们行动。这些都记得吧？——好！……"

庞得山意外敏捷地走向列子前端去了，跟即举起手枪一挥，做了一个命令出发的动作。

于是队伍沿着坡道前进。刚才绕过一个弯子，青坡的市街便出现了。街道不长，两边阶沿上排列着几乎全村的男女老少居民。他们全都带着一种又惊又喜的兴奋神色。

当队伍走下坎道，进入村街的时候，一个小孩子甚至欢呼起来。有人从家里提了茶水出来，一两个小贩则在兜售着滚热的馒头。这是所谓护路村之一，然而你会连一匹习于告密的"张口汉奸"也找不出来。所有狗类，都叫老乡们格杀掉了。

列子相当零乱。因为不少人小跑起来，而且挤成一团，已经不成其为列子了。于是，一个坐在门槛边扣着纽扣的老人，站起来奔向阶沿下去，跺脚甩手地尽着忠告。

"同志们沉着点！——鬼子睡觉去了！……"

左嘉略一回头，很想表示一下他内心的感动；但他随又一直挤向前去。他担心走掉队。

尘土飞扬，而且还在不断升级！仿佛有千军万马经过那样。一匹枣骝马忽然昂头长叫了一声，随又很响很响地打着响鼻。那个一向和善平稳的庞得山忍不住发火了。

"步子放低一点好吧!?——看看这个尘土！……"

"一塌糊涂！……"

左嘉愤恼地咕哝了一句。他被那老年回胞挤掉队了。

队伍已经走出村子，已经望得见铁道了。而且，那些走在先头的队员已经发现正在铁路边警戒的余明和其他武装干部。村外是一片旷地，因此少数人要争先也就更容易了。他们似乎深信只有穿过铁道才能获救。

左嘉绕过两三个人，拼力挤向前面去了；但是他那青马忽然狂叫着直立起来……

行数不清的列子缺了只角。因为那匹容易受惊的黑骡子还在狠狠打着蹦子。而那位老年回胞则在朝前紧拖着它。最后，在其他队员的帮助下，那撒野的家伙算驯服了。

然而，左嘉却还在忙乱而绝望地降服着他那头青马。家伙下颚上吃了几脚，弄得嘴上血流如注。当其直立狂叫之后，它便挣脱了左嘉的控制，立刻奔跑开了。现在，它停留在一片田野上，打着响鼻，随又悠然自得地啃食着麦苗。左嘉自信已经可以捉住它了，但它又一惊跑开了。

青马的鞍鞯早已移到腹部，它所负载的行李，也已散落在田野上。左嘉则已被它弄得汗流浃背。因为发觉只有警戒尚未撤去，他绝望了，决心放弃它去赶队伍。

他气恼、着急，嘀嘀咕咕，同时动手清检着几件重要行李——那些装着材料的背包。这是一件难堪的事，他得四处收集它们，又得留心警戒。若果警戒撤了，那就只有一个合格的绝望等着他了。何况他对那头青马并未完全断念：路程还远，情况也不确定，没有马骑在他实在不可想象！

他的希望重又燃起来了，因为他忽然瞥见那青马已经安静下来。而接着，他得到个好主意：他该去笼络它！于是，一束足以引诱任何一匹牲口的麦苗，立刻采撷好了。

他轻脚轻爪走近青马；不幸它似乎又想跑掉！

"你快吃嘛！"他终于又像讨好，又像生气地说了，仿佛它会十分理解他的处境，"这个家伙！……"

"你是怎么搞起的呵！……"

那个受了队长派遣，颈子上挂着手榴弹的掀下巴青年，从他身后奔走呼号地跑过来。

"就只等你一个人了！……"

"这个家伙它要跑呢！"左嘉有类诉苦地解释说。

"这样！这样，"停下来喘口气，掀下巴忽然灵机一动，"你就站在那里，我悄悄走后面去！……"

掀下巴绕向马后，他就要把缰绳抓住了，但那畜生一惊又跑开了。他随又试了两次，可是始终未能如愿以偿。于是劝左嘉不必为青马劳神了。因为眼前最重要的是那个随手可得，也可随手而失的安全！马呢，到了路西可以设法解决。

然而，那个因为得到帮手胆大起来的左嘉并不赞同他的建议！

"我们再试一次怎样？请你帮帮忙吧！……"

"你们究竟打不打算走呵?! ……"

这是余明的咆哮声。而且，余明本人立刻就出现了。

"你们存心要等敌人来发觉吗?! ……"

他怒发冲冠,他咬牙切齿,因为这是牵涉到好几十个人安全的问题,但他却立刻激起了左嘉的反感。因此,他的警告不仅没有唤起必要注意,反而为左嘉积压下来的"不满"和"委屈"打开一条出路。左嘉一下变得很激昂了。

他的脸色转青,他的嘴唇有些颤动。他决心要反抗一下余明一向以来的"独断专横"。他大嚷大叫起来,完全忘记了这是什么场合! 更没有想到这样下去会落个什么结局。

"你凶什么?! ——你在凶哪一个?! ……"

他的暴躁使得余明大为吃惊,因为他就从未想到这个温文尔雅的知识分子竟会这样不识大体! 但他不住喘气,尽力克制自己,好一会没张声。

"你把我当成什么人在?! 我忍受得太多了! ……"

"同志,我只问你一句,"最后,余明终于充满苦恼,压低嗓子轻声说了,"你究竟打不打算走呵? ……"

"我就不打算走!"

"我就偏要你走!"队长余明忍不住咆哮起来,"这不是你一个人的问题,——我背也要把你背起走!"

有人跨越铁路奔跑过来,用手掌圈住嘴边嚷边跑。

"搞快点呵! ……像有火车来了! ……"

"你认真不走吗?!"余明望定左嘉切齿大叫,随即把头转向那两位武装同志,"你们把他给我架过铁路再说!"

"我又不是汉奸!"

"你们怎么站住不动啦?!"余明更生气了,他指责着两位武装同志,"你们怕他咬你们两口吗?! ……"

于是,就在余明和左嘉那种互不相让的叫嚷声中,两位健壮青年挨身过去,开始不住地劝诱着,说服着,架着一直吵闹不休、又蹦又跳的左嘉横过铁道，走向路西大道边去。而当汽笛鸣叫起来的时候，左嘉已经被安顿在余明的小红马上了。

左嘉不久就听见了大炮的轰击声。于是立刻埋下身子，完全忘掉了他所一手造成的所谓屈辱，而且毫无怜惜地不断对那小红马的颈脖擂着拳头。

十七

队伍已经陆续到达大花石的小学校里，而且吃过饭了。他们只等掩护部队到齐，便可决定就地宿营，或者进入更为安全的地带。这里离铁路有五十里路，算是比较安全的了。经过探询，二十里外还住着那一营赫赫有名的骑兵。

五十里路的急行军，已经把大家弄得很疲惫了。他们躺在课堂里的桌椅上面，似乎十分安于他们的处境。没有休息的只有庞得山和那个怀着鬼胎的左嘉。后者老是忧心忡忡，若果余明他们出了岔子，他将永远变成悔恨的俘虏。此外，左嘉还想了很多，仿佛在这不到一天中间，他才真正认识了自己！真正认识了余明和一个人干革命最需要的是什么……

当左嘉愁眉不展，向庞得山表示他对余明他们的挂虑的时候，尽管庞得山力言绝无意外，他却依旧不很放心。他坐在课堂阶沿上，强制自己一心一意修理那副横过铁路时给弄坏了的眼镜。最后，余明终于和负责掩护的武装同志到了。

当那铁甲车轰着大炮的时候，余明他们隐蔽在一处土埂下面，始终不动声色。于是几分钟后，那个经常浪费着弹药的怯懦的怪物，遂又咆哮着走掉了。而余明也就从土埂边爬起来，拂拂尘土，率领其他同志出发。

因为急于想知道队伍是否完整，他们沿途很少休息，大家也都很疲惫了。余明看来更瘦小些，睫毛似乎也较以往长些。他已经大不像一个生气勃勃而又十分严峻的同志了。

现在，在那课堂外面，他正一面倾听着庞得山对情况的分析和对下一步行动的设想，一面掏着耳朵碗里的尘土。

"依我看就在这里住一夜吧！横竖你们也走乏了。"

余明没有立刻作答。停停，他才扬起他那黧黑的瘦脸。

"还是找骑兵营可靠点！你就骑起马去联系吧。"

"这两天大家都拖疲了！至少也等你们休息阵再说怎样？"

"安全第一！"余明反驳道，"不要偷这点懒！"

"也好。不过你们总得休息阵啦？我饮饮马就走了。"

于是队副庞得山敏捷地走下阶沿，走去饮他的马。而接着，左嘉从那门阶上一下站了起来。余明的出现给他带来少有的激动，到了现在，他已经无力控制它了。

他走向队长，略一扬起他那一边镜脚缠了棉线的眼镜。

"余明同志，你的马我已经饮过了。……"

这是一场严肃谈话的开端；但是他的声调忽然颤抖起来，而且立刻把头埋下去了。

"好，"余明苦笑一声，"等阵我们换着骑吧。"

"不！不！你骑吧！我一直就没有走过……"

"你不要客气呵！"余明生涩地说。

透过眼镜片子，余明看见了一片泪光。于是他也感到内疚，随即皱皱眉头，把脸转向课堂里去。

"大家起来准备走啦！"他吆喝道，"来机动点！……"

1942 年 10 月写成

1981 年第三次校正